Mehr Bäume. Weniger CO_2.
www.cpi-print.de/umwelt

MIX
Papier aus verantwortungsvollen Quellen
FSC® C083411
FSC www.fsc.org

Thomas Brezina:
Liebesbrief an Unbekannt

www.edition-a.at

Cover und Satz: Isabella Starowicz
Lettering: Typejockeys

Gesetzt in der Garamond Premier Pro
Gedruckt in Deutschland

1 2 3 4 5 — 23 22 21 20 19

ISBN 978-3-99001-336-6

THOMAS BREZINA

Liebesbrief an Unbekannt

edition a

Für Carmen und ihre liebevolle Weisheit

Lieber Wer-immer-du-bist,

hier schreibt dir Emma, deine zukünftige Traumfrau, die allerdings derzeit eine Alptraumfrau ist. Eigentlich sollte ein so hoffnungsloser Mensch wie ich alle Hoffnung aufgegeben haben, aber irgendwas in mir schreit: Tu es nicht, tu es nicht.

Warnung: Ich bin die totale Versagerin und habe in den vergangenen drei Jahren meines Lebens so ziemlich alles verhaut, was ich nur verhauen konnte. Ich sehe weder großartig aus, noch kann ich irgendetwas besonders gut (außer die falschen Männer wählen). Aber meine neue Freundin Patricia hat mir geraten, meinem zukünftigen Traummann Briefe zu schreiben, auch wenn ich nicht den Schimmer einer Idee habe, wer du sein könntest.

So sitze ich, Katastrophen-Frau Emma, an meinem Schreibtisch, der nicht einmal mir gehört. Ich schreibe mit dem Füller, den ich mir heute geleistet habe (obwohl ich eigentlich kein Geld dafür habe), und bei jedem Wort denke ich mir, du musst mich für völlig verrückt halten, weil ich das tue.

Je länger ich schreibe desto mehr spüre ich aber, dass es so vieles gäbe, was ich dir erzählen möchte. Natürlich ist das einfach Wahnsinn, denn wie gesagt bin ich dir noch nie begegnet, und normale Menschen erzählen nicht einfach in die Luft hinein irgendwelche Geschichten aus ihrem Leben.

Aber als normal kann man mich ohnehin nicht bezeichnen. Das hängt aber nicht mit den unfassbaren Fehlern zusammen, die ich in der Vergangenheit gemacht habe. Mein Wahnsinn hat damit zu tun, dass ich noch immer daran glaube, dass es Männer mit Herz, Hirn und Verstand gibt, die ehrlich und aufrichtig sind. Männer, die mich nicht ausnehmen oder ausnützen, mit denen ich offen reden und herzlich lachen kann.

Männer, die zärtlich sind und mich einfach nur im Arm halten, wenn ich mich danach sehne, und die sogar bereit sind, Schwäche zuzugeben und sich an mich anlehnen.

Männer, die beste Freunde sein können.
Männer, die mich wollen, aber nicht brauchen und nicht an mir hängen wie tonnenschwere Kletten.
Ich bin so völlig geisteskrank, daran auch weiterhin zu glauben, dass es diese Kategorie von Männern gibt. Für mich selbst bräuchte ich nur ein einziges Exemplar davon, und das sollst du sein, an den ich diesen Brief schreibe.

Obwohl ich keine Ahnung habe, wo du bist und wie es dir geht. Aber natürlich müsstest du auch wollen und vor allem – das ist der größte Haken an der Sache – müssten wir uns begegnen. Damit das möglich wird, schreibe ich dir. Patricia behauptet, es wäre möglich, auf diese Weise den Herzmann zu finden, ihn »ins Leben zu ziehen«, wie sie das nennt.

Allerdings raucht Patricia auch etwas, das mehr high macht als Marihuana und verdient ihr Geld mit Wahrsagen. (Sie muss erfolgreich sein, weil sie regelmäßig für einen Fernsehsender den Ausgang von Wahlen vorhersagt und in fast allen Fällen Recht behalten hat.)

Das hier ist mein erster Brief an dich, mein erster Versuch, und ich fürchte, er scheitert so kläglich, wie die gefühlten 50 anderen Briefe, die ich schon begonnen habe...

1

Zerknüllt landete auch dieser Brief im übervollen Papierkorb und fiel zu Boden, der mit weiteren Papierbällen übersät war. Emma beschloss für diesen Abend aufzugeben. Seit fast einer Woche versuchte sie, diese völlig verrückten Briefe zu schreiben, aber sie hatte noch keinen fertig bekommen. Nie war sie ganz zufrieden.

War sie schon so verzweifelt und fertig, dass sie solche Tricks nötig hatte?

Sie streckte die Arme und den Rücken und blickte durch die große Scheibe des Erkers in die Nacht hinaus. Der leicht orangegelbe Schein der Straßenlampen fiel auf die zerkratzte Holzplatte, die direkt in den Erker eingebaut war. Emma machte die Füllfeder zu und beschloss, noch einen Spaziergang zu machen. Sie brauchte frische Luft.

In der Diele nahm sie ihre Jacke vom Haken, schlüpfte hinein und trat aus der Haustür in den langen Windfang. Er machte hier in Brighton und so nahe am Meer an manchen Tagen seinem Namen alle Ehre. Sie schritt nach vor zu den vier Stufen, die hinunter zur Straße führten.

Durch die Dunkelheit kam das Geräusch des Rollens der Wellen vom nahen Strand, und in der Luft lag der Geruch von Tang und Salz.

Sofort meldete sich die Stimme ihrer Mutter in ihrem Kopf: »Emma, Salz kann man nicht riechen.«

Egal. Die Luft hier in Brighton war so herrlich anders. Für Emma roch sie nach Freiheit und Weite, und tief in ihr war da die leise Hoffnung auf eine bessere Zukunft.

Blöde Idee, das mit den Briefen an den zukünftigen Traummann, dachte Emma, sauer auf sich selbst. Sie hätte die Zeit besser nützen können als mit dem Schreiben von Briefen, die sie ohnehin alle weggeworfen hatte.

Besser nützen. Aber wie eigentlich? Mit Putzen? Oder Saugen? Oder Lernen, wie man ein echtes Englisches Frühstück zubereitet, ohne Toast und Eier anbrennen zu lassen? Oder vielleicht sollte sie trainieren, die Betten der Gästezimmer schneller zu machen und die Decke wirklich glatt zu streichen. Der einzige Gast an diesem Wochenende hatte bei der Abreise spitz bemerkt, dass sein Bett am Abend ausgesehen hätte, als hätte schon jemand darin gelegen.

Allerdings war er ein Mann der Sorte, die nur glücklich sind, wenn sie an allem herumnörgeln können. Auf solche Typen konnte Emma wirklich verzichten.

Einen Mann, einen echten, liebenswerten Mann wie durch Magie ins Leben ziehen, wie sollte so etwas möglich sein? Wenn nirgendwo dort draußen einer lebte, der an ihr interessiert war? Wenn es nur Psychos gab, von denen sie wirklich die Nase voll hatte?

»Vergiss es einfach«, sagte sie sich. »Vergiss es und lebe jeden Tag wie eine Perle auf einer langen Kette.« Das war auch ein Rat von Patricia, und er klang einfach realer.

Wenig später saß sie aber wieder am Schreibtisch im Erker. Emmas Füller flog nur so über das Papier.

Lieber Wer-immer-du-bist,

ich kann es nicht lassen. Ich hatte wirklich fest beschlossen diese Briefeschreiberei bleiben zu lassen, weil sie nutzlos und sinnlos ist. Aber was ist die Alternative?

Ich kann in die Glotze schauen.
Ich kann auf Netflix Serien Binge gucken. Mein Rekord liegt bei neun Folgen an einem Tag. Fünfzig-Minuten-Folgen meine ich, nicht diese Fürzchen von Sitcoms wie »The Big Bang Theory«.

Ich könnte natürlich auch ein gutes Buch lesen, aber im Regal hier stehen nur Bücher, deren Titel ich nicht einmal verstehe. Die Bücher gehören meiner Tante Nell. Sie ist das, was man »intellektuell« nennt und statt Sex hat sie mit Männern wahrscheinlich nur spirituellen Gedankenaustausch, der zu einem geistigen Orgasmus führt. Tante Nell und vor Lust stöhnen sind zwei Dinge, die ich mir nicht zusammen vorstellen kann (und will). ;-)

Siehst du, es geht schon los. Denke ich nur: Ich will mir das nicht vorstellen, geht die Vorstellung nicht mehr aus meinem Kopf raus.

Tante Nell stöhnt sicherlich: »Oh, Henry, flüstere mir schmutzige Dinge ins Ohr. Zum Beispiel die Relativitätstheorie von Einstein.«
Oder: »Oh, Henry, lies mir Nietzsche vor, denn das macht mich so an.«
Oder: »Henry, ja, gib's mir! PHI-LO-SO-PHIE mich! THE-O-RIE mich! THE-O-tiefer! Aaaaaa!«

Ich hoffe, du bekommst ein Bild, wieso die Bücher, die in diesem Haus stehen, mich nicht wirklich begeistern. Denk aber nicht, dass ich nie etwas lese. Ich tue es doch. Aber mehr Krimis oder Romane mit viel Herz und Schmerz, in denen sich die beiden Hauptpersonen am Ende kriegen.

Tante Nell hat mich nach meiner Lieblingslektüre gefragt, ich habe ehrlich geantwortet, und ihre naserümpfende Reaktion war: »Herz-Schmerz-Romane also. Ach ja. Wahrscheinlich als scheinbares Trostpflaster für das, was du im Leben nicht hast. Du flüchtest dich da in eine Scheinwelt, Emma, die ein verzerrtes Bild der Wirklichkeit gibt. Romane dieser Art sind wie ein Esslöffel Zucker in eine Tasse Tee, weil man denkt, er wäre sonst zu bitter. Solche Romane verkleben den Geist und die Sinne.«

Ach ja, ist das so? Nell fährt voll auf Nietzsche ab. Daher hat sie auch ungefähr zwei Meter Bücher von ihm. Aber ist das nicht der Philosoph, der gesagt haben soll: Wenn du zum Weibe gehst, vergiss die Peitsche nicht? Der Mann ist entweder auf Dominas gestanden oder aber er war Sadist. In Nells Augen ist er natürlich realer als jeder Liebesroman mit Happy End.

Kein Wunder, dass sie nie verheiratet war und selbst Papa einmal angemerkt hat, seine Schwester hätte bei Männern einen etwas eigenartigen Geschmack.

Ich schreibe dir, den ich nicht kenne, weil ich das Gefühl habe, es tut mir einfach gut.

Ich will dich wirklich nicht zumüllen mit meinem emotionellen Schrott und den Verbänden, die ich auf alle Wunden gelegt habe, die mir in den vergangenen Monaten geschlagen worden sind.

Das klingt sehr dramatisch. In Wahrheit ist die ganze Sache noch wesentlich schlimmer.

Da du diesen Brief nie wirklich lesen wirst, gestehe ich dir etwas, das ich sonst nie aussprechen würde: Als ich vor drei Wochen in Brighton angekommen bin, stand am nächsten Tag in der Zeitung ein Bericht vom Sohn eines Rockstars, der hier lebt. Der

Bursche ist im Drogenrausch von den Klippen gesprungen und war tot.

Damals habe ich mir gedacht: Der hat es gut...

2

Emma richtete sich auf. Ihr tat der Rücken weh, weil sie so schief über das Papier gebeugt gesessen hatte. Sie erhob sich und ging ein paar Schritte im kleinen Arbeitszimmer auf und ab.

Auf dem Regalbrett, zwischen den Ordnern, stand ein gerahmtes Foto der Berge von Salzburg. Es hatte sie schon in das Wohnheim bei der Uni nahe von London begleitete, als sie Tourismus und Hotelmanagement studiert hatte. Das Bild zeigte den Blick aus ihrem Kinderzimmer, und es hatte immer eine beruhigende Wirkung auf sie.

Nun war sie also in Brighton gelandet. Emma, studierte Tourismusfachfrau, ziemlich gescheitert, beruflich wie privat, Vertretung für ihre Tante Nell, der das B&B gehörte. Als sie es vor ein paar Wochen von ihr übernommen hatte, ließ Tante Nell wenig Zweifel, dass Emma für sie eine Notlösung war, weil der Nachbar, der es eigentlich hätte leiten sollen, frisch verliebt war und lieber Freizeit wollte.

»Aber jetzt im März und April kommen ohnehin kaum Gäste«, hatte Tante Nell gesagt. »Du kannst dich also einleben.«

Wovon Emma leben sollte, hatte sie nicht gesagt. Keine Gäste hieß nämlich kein Einkommen. Emma war sehr knapp bei Kasse. Die Saison, so hoffte sie wenigstens, würde Ende Mai beginnen, also in zwei oder drei Wochen. Bisher hatte sie aber praktisch keine Reservierungen bekommen.

Genug gegrübelt, entschied sie. Frische Luft würde ihr nun wirklich gut tun. Sie trat aus dem Arbeitszimmer, das gleich neben dem Eingang lag und schlüpfte noch einmal in die blaue Regenjacke aus dem Secondhand-Laden einer Wohltätigkeitsorganisation. Emma nahm die Hausschlüssel aus der Schale auf dem Ablagebrett in der Diele und verließ das Haus.

Auf der obersten Stufe blieb sie stehen und blickte über den länglichen Platz. Sein Name war New Steine, eine seltsame Mischung aus Englisch und Deutsch, die ihr noch keiner hatte erklären können. Die Häuser waren in zwei gegenüberliegenden Zeilen angeordnet, alle mit drei oder vier Stockwerken, einer Kellerwohnung und Dachzimmern. Die meisten waren weiß, dazwischen aber gab es ein blitzblaues und ein pfefferminzgrünes Haus. Das Haus von Emmas Tante Nell war gelb mit weißen Fenstern.

In der Mitte des langen Platzes befand sich ein Streifen Rasen, natürlich eingezäunt und am Abend abgesperrt. Sie hatte als Anrainerin einen Schlüssel.

Die meisten Häuser waren winzige Hotels und wurden von den Besitzern betrieben. Zu dieser Jahreszeit kamen noch nicht so viele Touristen nach Brighton, aber mit Juni fing die Hochsaison an. Emma hoffte auf viele Gäste, da sie Geld verdienen musste.

Die Nacht war windstill. Das war eine willkommene Abwechslung nach den Stürmen der vergangenen Wochen. Für den nächsten Tag war auch schon wieder starker Wind vorhergesagt.

Mehrere Male atmete Emma tief durch und füllte ihre Lungen mit der Meeresluft. Sie stieg die Stufen hinunter und ging nach links Richtung Strand.

Selbst auf der Marine Parade, der Straße, die 25 Meter über dem Strand entlang der Küste verlief, war um diese Tageszeit nicht mehr viel los. Sie musste nur ein paar Autos und ein Motorrad abwarten, dann konnte sie die Straße überqueren. Eine lange Treppe verlief im Zickzack an der steilen Mauer nach unten zum Meer.

Mit der Hand strich sie über das Metallgeländer, das von vielen Lackschichten überzogen war. Es trotzte Salz und Seeluft, aber der Rost kämpfte sich trotzdem durch und mischte sich mit dem gebrochenen Weiß. Emma stieg die steinernen Stufen hinunter und erreichte das Ende der Treppe, das unter Arkaden führte.

Sie mochte diese Stelle nicht sehr. Erstens hing hier immer der Gestank von altem Öl der Fish&Chips-Bude in der Luft, und zweitens war es ein wenig düster. Um schnellstens auf die untere Uferstraße zu gelangen, lief sie los. Am Ende des Handlaufs gab es eine Metallkugel, und aus einer Laune heraus packte Emma sie mit einer Hand, stieß sich ab und wirbelte herum Richtung Meer, so wie sie früher als kleines Mädchen manchmal gesprungen war.

Für eine halbe Sekunde fühlte sie sich so leicht und so befreit wie schon lange nicht mehr. Sie hatte das Gefühl zu fliegen, keinen Boden mehr unter den Schuhen. Die Schwerkraft holte sie schnell wieder zurück nach unten.

Emma landete auf dem Boden, prallte aber gleichzeitig gegen ein Hindernis, das sie dort nicht vermutet hatte. Sie kippte zur Seite und fiel.

Hinter sich hörte sie ein Aufstöhnen. Sie kämpfte sich in die Höhe, aber beim Versuch, mit dem linken Fuß aufzutreten, schoss ihr ein brennender Schmerz durch den Knöchel. Sie musste ihn sich verstaucht haben. Gegen wen oder was war sie da gesprungen?

Als sie sich umdrehte sah sie am Ende der Treppe jemanden stehen. Es war ein Mann in einer Jacke mit aufgestelltem Kragen. Sie konnte nicht viel von ihm erkennen, nur dichtes Haar, das ihm in die Stirn hing, und einen Vollbart. Sein Gesicht lag im Schatten.

»Habe ich Ihnen wehgetan?«, fragte sie stotternd.

»Nicht so schlimm.«

»Das tut mir leid. Entschuldigen Sie bitte.«

»Sie sind zum Glück nicht schwer.«

Emmas Tante hatte sie vor Drogensüchtigen und Obdachlosen gewarnt, die hier in der Nacht herumlungerten.

»Sie haben so aufgestöhnt, wenn ich Sie verletzt habe, dann kann ich Sie ins Krankenhaus bringen...« Emma kam näher auf ihn zu.

Schnell drehte der Mann den Kopf weg, als wollte er nicht, dass sie sein Gesicht sah.

»Wirklich kein Problem«, hörte Emma ihn murmeln. Er wandte sich ab, und als er ein paar Schritte machte, konnte Emma sehen, dass er leicht hinkte. Trotz der Schmerzen in ihrem Knöchel humpelte sie ihm hinterher, bis sie auf gleicher Höhe mit ihm war.

»Ich habe Sie wirklich nicht verletzt, oder?«

»Lassen Sie mich in Frieden!« Schroff stieß er sie weg. Emma stolperte erneut, und ihr Knöchel erinnerte sie mit einem heftigen Schmerz, dass er Schonung wollte.

»Ich habe mir nur Sorgen um Sie gemacht«, rief sie aufgebracht. »Kein Grund, so unfreundlich zu sein.«

Der Mann blieb stehen, kehrte ihr aber den Rücken zu. Emma fielen die Ermahnungen ihrer Tante ein, und sie wich zurück. Wenn er sich auf sie stürzte, sie niederschlug oder vergewaltigte? Hörte es hier jemand, wenn sie schrie?

Es sah aus, als wollte der Mann noch etwas sagen, aber dann überlegte er es sich anders. Kopfschüttelnd stapfte er nach vorne gebeugt, die Hände in den Jackentaschen, davon.

Armer Kerl, dachte Emma.

Sie überlegte, ob sie zurückgehen sollte, oder den Madeira Drive überqueren und noch ein wenig über den Kiesstrand schlendern.

Der Mann war in der Dunkelheit verschwunden. Sie blickte die lange untere Uferstraße hinauf und hinunter. Es waren nicht einmal Hundebesitzer mit ihren Vierbeinern unterwegs. Was für eine einsame Nacht.

Eine Nacht, die ihrer Grundstimmung sehr entsprach.

Der Strand fiel in einer kleinen Stufe ab, die hoch genug war, um sich zu setzen. Die auslaufenden Wellen leckten über die Kiesel, und Emma hörte das Platzen der Schaumblasen. Sie ließ sich nieder und blickte hinaus zum Horizont, wo sich winzige Lichtpunkte bewegten. Es waren die Lastschiffe, die von Frankreich nach England unterwegs waren, wie man Emma erklärt hatte.

Zu ihrer en, nur ein paar Minuten zu Fuß entfernt, erstreckte sich der berühmte Pier hinaus in das Meer. Es war ein langer Finger, ein Steg, an dessen Ende Achterbahnen und andere Rummelplatzattraktionen aufragten. Brighton Pier bedeutete Spaß, Fish&Chips, Popcorn, Eiscreme, Spielhallen, in denen jeder mit nur ein paar Pennys dabei sein konnte. Lachende Kinder, vergnügte Familien und Liebespaare, die ständig Selfies von sich machten.

Nur einmal war Emma zum Pier gegangen. Es war vor drei Wochen gewesen, und sie war durch die lärmerfüllten Spielhallen gewandert, bis zur letzten Achterbahn. Sie hatte sich sogar einen Token gekauft und war in einen der kleinen Wagen gestiegen. Wenige Sekunden später sauste sie durch die Kurven und den Looping, immer das Meer unter sich und mit einem Gefühl, als würde sie im nächsten Augenblick ins Wasser stürzen.

Sie schrie, wie sie es auch als kleines Mädchen auf dem Rummelplatz gemacht hatte. Aber nun hielt sie die Stange vor sich mit beiden Händen fest umklammert und streckte die Arme nicht mehr übermütig in die Höhe, wie sie das früher getan hatte.

Ihr Übermut war schon lange verschwunden und einer Niedergeschlagenheit gewichen, die einfach nicht mehr weggehen wollte. Lange war sie nicht am Pier geblieben, da sie die Ausgelassenheit der anderen Leute und vor allem die verliebten Pärchen nicht ertragen hatte.

Der Pier war in dieser Nacht bereits geschlossen, die Lichter auf die Hälfte gedimmt. Der Spaß schien zu schlafen und neue Kräfte für den nächsten Tag zu sammeln.

Sie konnte die Augen nicht von dem langen Steg nehmen, und bei der Erinnerung an ihre bedrückte Stimmung, während sie mit der Achterbahn gefahren war, kam ihr ein Gedanke: Sie würde nie wieder die Arme in die Luft strecken und aus voller Kehle kreischen. Ihr fehlte dazu das Vertrauen.

Sie musste sich überall anklammern, um nicht erneut so schrecklich zu fallen. Ihr ganzes Leben war ein einziges Festhalten geworden, bis ihre Hände schmerzten und die Fingerknöchel weiß hervortraten.

Sie hatte das Vertrauen verloren, in sich und darin, dass sie auf den Beinen bleiben konnte.

Vor allem aber war in ihr ein tiefes Misstrauen in den Fluss des Lebens, in die Gerechtigkeit und die Möglichkeit, wenigstens für Tage wieder etwas wie Leichtigkeit, Glück und Liebe zu fühlen.

Emma beugte sich vor, stützte die Ellbogen auf die Knie, legte das Gesicht in die Hände und schluchzte. Es war kein befreiendes Weinen, es war ein trockenes, verzweifeltes, fast würgendes Schluchzen, das schmerzte.

Zuerst dachte sie, das Meerwasser wäre hochgespritzt, als sie etwas Kühles auf ihrem Handrücken fühlte. Sie spreizte die Finger und spähte durch.

Vor ihr stand jemand, der sie angefasst hatte.

3

Überfall, war Emmas erster Gedanke. Oder ein Betrunkener, der sie vergewaltigen wollte.

Emma fuhr in die Höhe und trat der Person mit voller Wucht in den Unterleib. Sie hörte ein gequältes Aufstöhnen und sah mit Befriedigung, wie sich die Gestalt vor ihr krümmte.

Der Selbstverteidigungskurs, den sie als 16-Jährige absolviert hatte, machte sich zum ersten Mal bezahlt. Die Bewegungen, Schläge und Tritte zur Abwehr von Angreifern hatte sie damals so viele Male geübt, dass sie in Fleisch und Blut übergegangen waren. Emmas Bein bewegte sich wie durch eine Feder betätigt, ihre Hände fuhren auseinander, und die Handkanten schnellten wie zwei Beile links und rechts gegen den Hals des Mannes, der noch immer vorgebeugt dastand.

Wieder ein Stöhnen, der Angreifer geriet ins Wanken. Sie packte seinen Kopf unter dem Arm und drehte sich, als wollte sie dem Unbekannten das Genick brechen. Er schrie erschrocken auf, und um dem Schmerz zu entkommen, ließ er sich zu Boden fallen.

Genau das war Emmas Ziel gewesen. Es war ein Mann in einer dunklen Jacke und Jeans. Er lag auf dem Bauch, Emma war sofort über ihm, riss seinen linken Arm hoch und verdrehte ihn auf den Rücken. Sie kniete halb über dem Mann und hatte ihn jetzt unter Kontrolle. Wenn er sich bewegte, musste sie nur den Arm leicht nach oben drücken, schon würde er aufgeben.

Schlagartig fühlte sich Emma stark. Sie war über ihre Reaktionsgeschwindigkeit und Kraft selbst überrascht. Zugetraut hätte sie sich nichts davon.

»Polizei!«, rief Emma. Das heißt, sie wollte es rufen, aber die Aufregung schien in ihrer Kehle zu stecken. Sie brachte keinen Ton heraus.

Der Mann bewegte sich und versuchte den Kopf zu heben. Sofort verdrehte Emma seinen Arm fester, worauf er stöhnte und sich wieder sinken ließ. Sie räusperte sich kräftig und holte Luft. Ein neuer Versuch, um nach Hilfe zu rufen.

»Ich tue dir doch nichts. Ich bin Eric, vom Lucky Beach.«

Nein, das konnte jetzt nicht wahr sein. Emma fühlte sich wie in einem schlechten Film. So etwas passierte nur ihr, das war wieder typisch. Der Funke Selbstvertrauen, der aufgeglüht war, erlosch, als wäre eine Welle darüber gerollt. Um ganz sicher zu gehen, beugte sich Emma etwas vor. Der Mann hatte den Kopf zur Seite gedreht, und obwohl sein Gesicht schmerzverzerrt war und nur vom schwachen Mondlicht beleuchtet wurde, konnte sie das frech vorspringende Kinn von Eric erkennen, sowie das tiefe Grübchen, das sie irgendwie sexy fand.

Sie ließ ihn augenblicklich los und sprang von ihm.

»Entschuldigung. Tut mir wirklich leid. Ich... ich wusste nicht, dass du es bist. Ich dachte...«

Ächzend stützte sich Eric auf die Ellbogen und richtete sich langsam auf. Er hielt die Hand in seinen Schritt, als müsste er seine Geschlechtsteile vor Emma schützen.

»Was bist du im normalen Leben? Leibwächterin? Rauswerferin? Auftragskillerin?«

»Nein, nein, es tut mir wirklich leid.« Emma klopfte seine Raulederjacke ab, als könnte dort Sand kleben, den es aber am Kiesstrand von Brighton an dieser Stelle nicht gab.

Eric hustete. Noch immer konnte er nicht aufrecht stehen.

»Wenn ich mit dir keine Kinder mehr bekommen kann, ist das deine Schuld.«

»Kinder? Ich glaube, ich bin nicht talentiert für Kinder.«

»Emma, es war ein Scherz.« Eric blickte sie von unten mit einem sehr gequälten Lächeln an.

»Wieso hast du mich angefasst? Ich dachte, es ist ein Überfall. Jemand will mich vergewaltigen.«

»Hier? Wo es alle sehen können?« Eric schüttelte stumm den Kopf. »Emma, was guckst du für Serien?«

»Aber wieso hast du dich angeschlichen?«

»Habe ich doch nicht. Ich habe dich dreimal gerufen, aber du hast nicht reagiert. Hast du geweint? Es hat nämlich so ausgesehen, und ich wollte nur fragen, was los ist.«

»Ach, lange Geschichte«, sagte Emma ausweichend.

Eric musterte sie nachdenklich, stellte aber keine weitere Frage. Stattdessen sagte er: »Ich habe mein Moped bei den Arkaden geparkt und dich zum Wasser staksen gesehen. Du warst unsicher auf den Beinen.«

»Ich habe mir vorhin den Knöchel angeknackst. Darum hinke ich.«

»Zuerst wollte ich dich in Ruhe lassen, aber dann habe ich noch schnell eine geraucht, und du bist auf einmal eingesunken, als wäre dir übel geworden.«

»Nein, nein, das hat nur so ausgesehen. Unkraut verdirbt nicht«, sagte Emma mit wenig Überzeugung.

Eric konnte endlich wieder gerade stehen. Noch immer aber hatte er die Schultern leicht hochgezogen und sah verkrampft aus.

»Geht es wieder?«, erkundigte sich Emma.

»Wahrscheinlich bin ich dort unten blau.«

»Eric, es tut mir wirklich...«

»Wenn du mich schon brutal niederschlägst, dann spendierst du mir jetzt wenigstens einen Drink.«

»Gut. Einverstanden.«

»Wir nehmen mein Moped und fahren zum Fitzherbert.«

Das Fitzherbert war eine Bar in der Fußgängerzone, nicht weit vom Theater und vom Brighton Dome entfernt, wo Emma eine Ausstellung angesehen hatte. Der Eintritt war frei gewesen, und aus Langeweile war sie hineingegangen. Die Bilder waren alle wilde Farbklecksereien, nicht uninteressant, aber trotzdem hatte sie die Kunst darin nicht ganz sehen können. Das lag aber vielleicht auch an ihr.

»Hast du einen zweiten Helm für mich?«

»Du nimmst meinen. Ich riskiere mein Leben.«

»Das kann ich nicht verantworten.«

»Aber mich krankenhausreif zu prügeln schon?«

»Ich habe im Haus einen Helm. Den hat einer von Nells Gästen einmal vergessen und nie abgeholt. Ich gehe zu Fuß, und du holst mich ab. New Steine. Das Cherry Tree.«

4

Im Fitzherbert waren nur noch zwei Gäste. Burschen, die an einem der kleinen Tische saßen, schon ein paar Drinks gehabt hatten, lachten und sich gegenseitig auf den Rücken schlugen. Die Frau hinter der Theke war wenig erfreut, als Eric und Emma eintraten. Sie hätte wohl lieber schon bald geschlossen.

Die Tür war hinter ihnen noch nicht zugefallen, da kam noch ein Gast.

»Eric, Bier für dich?«, fragte Emma.

»Ein großes, ja. Ich sitze hinten in der Nische. Muss nur kurz...« Er hielt sein Handy hoch.

»Alles klar.« Emma fragte sich im Stillen, was Eric am Handy machen musste. Nachrichten beantworten? Von wem konnten sie sein?

»Das geht dich gar nichts an«, ermahnte sie sich und bestellte ein großes und ein kleines Bier.

Der Mann, der nach ihnen eingetreten war, stellte sich rechts neben sie.

»Gleich noch ein großes, bitte, wenn Sie schon dabei sind.«

Die Laune der Frau verbesserte das nicht. Sie ließ das Bier aus dem Hahn in ein hohes Glas rinnen, stellte es weg, zapfte das nächste, während der Schaum im ersten zurückging, stellte es weg und nahm ein kleineres Glas für Emma. Ihre Bewegungen waren sehr geübt und sicher.

Emma spürte einen Blick auf sich gerichtet. Sie spähte aus den Augenwinkeln zu dem Mann, der nur einen Schritt entfernt stand. Ihn umwehte der Duft eines Herrenparfüms, eine Mischung aus Leder, Holz und orientalischen Gewürzen.

Jetzt nur nicht zu ihm drehen, ermahnte sie sich. Wahrscheinlich starrte er auf den kleinen Leberfleck über ihrem rechten Mundwinkel. Er war zu klein, um als Schönheitsfleck zu gelten, und zu groß für eine dunkle Sommersprosse.

Neulich hatte Emma ein Mann in ihrem Alter angesehen. Sie hatten beide am Holzgeländer der Brüstung oben an der Marine Parade gestanden. Es war genau wie jetzt gewesen. Der Mann hatte sie prüfend betrachtet, und schließlich hatte sich Emma zu ihm gedreht.

Sein Gesicht war ernst, seine Brille hatte etwas zu dicke Rahmen, er trug ein weißes Hemd und dunkel Hosen und war damit besser gekleidet als die meisten Männer in Brighton.

Emma fand den Mann irgendwie interessant, und weil sie in letzter Zeit nicht viele Männer angesehen hatten, lächelte sie ihm zu. Er kam die zwei Schritte näher, die sie voneinander entfernt standen.

»Hallo«, sagte sie.

Er nickte kurz und räusperte sich. »Ich habe einen Tick«, waren seine ersten Worte. Emmas kurzer Moment, in dem sie sich wieder wie eine begehrenswerte Frau vorgekommen war, endete damit schlagartig. Am liebsten hätte sie sich einfach weggedreht und wäre gegangen.

Es war jedoch zu spät und kam noch schlimmer. »Ich habe einen Tick. Ich halte es nicht aus, wenn Leute Toastkrümel im Gesicht kleben haben. Sie haben hier einen.« Er deutete an die Stelle, wo sich Emmas Leberfleck befand. Sie starrte ihn ausdruckslos aus und antwortete dann: »Danke. Danke für den Hinweis.«

Auf so einen Hinweis hatte sie jetzt keine Lust. Jetzt nicht und in Zukunft nicht. Daher ignorierte sie den Blick, obwohl der Duft des Parfüms wirklich anziehend auf sie wirkte.

»Das macht fünf Pfund.« Die Kellnerin stellte das große und das etwas kleinere Bierglas vor sie auf eine blaue Frotteematte mit dem Logo des Fußballclubs Chelsea. Sie hatte die Gläser gut gefüllt und seitlich rannen Schaum und Bier herab. Emma kramte eine zerdrückte 5-Pfund-Note heraus und reichte sie der Frau. Sie nahm die Gläser und wollte sich nach rechts drehen, wo Eric an einem schmalen Tisch in einer Nische saß.

»Verzeihung«, sagte der Mann, der sie angestarrt hatte.

Nein, keine Bemerkung über Krümel von verbranntem Toast in meinem Gesicht, dachte Emma und beschleunigte die Drehung. Sie machte einen Schritt...

...das heißt, sie wollte einen Schritt machen. Aber etwas hielt ihren rechten Fuß zurück. Emma stolperte nach vorne, versuchte sich zu fangen, stolperte dabei aber weiter und ihre Hände mit den vollen Gläsern schnellten in die Höhe. Sie schaffte es die rutschigen Gläser festzuhalten, das Bier aber schwappte heraus. Der Mann war auf sie zugesprungen und hielt sie gerade noch fest, bevor sie stürzte.

Die Gläser waren halbleer, das Bier auf dem Boden.

Wie konnte man nur so ungeschickt sein?

»Brauchen Sie was zum Abwischen?«, fragte die Kellnerin. Sie klang noch mürrischer als zuvor.

»Nein, danke«, sagte Emma.

»Nicht Sie. Er!«

Erst jetzt bemerkte Emma, dass sie den Großteil des Biers über den Mann geschüttet hatte. Sein roter Strickpullover hatte auf der Brust einen großen nassen Fleck. Das Bier hatte seine Spur aber auch vorne auf der Jeans hinterlassen, was peinlich aussah.

»Es tut mir so leid. Entschuldigung.« Emma nahm die kleine Frotteematte vom Tresen und wollte den Fleck am Pulli trocknen. Der Mann ließ es sich gefallen.

»Ihr Schnürsenkel ist offen. Ich wollte Sie aufmerksam machen«, sagte er.

Emma blickte auf und in ein frisches, leicht gebräuntes Gesicht. Sie sah einen Anflug von Bartstoppeln, buschige Augenbrauen und ein Lächeln, das echt und freundlich schien. Sein Haar war kurz geschnitten und recht präzise frisiert.

Als sie da so mit dem nassen, nach Bier stinkenden Frotteetuch an seinem Pullover fummelte, kam sich Emma wieder einmal unendlich lächerlich vor.

»Lassen Sie mich.« Die Kellnerin war hinter dem Tresen vorgetreten und schob Emma zur Seite. Sie hatte ein frisches Geschirrtuch gebracht und tunkte das Bier vom Pullover mit schnellen Griffen auf. Danach zeigte sie auf die Flecken am Hosenstall und meinte: »Das tun Sie besser selbst.« Der Mann lachte kurz auf und nahm ihr das Tuch ab. Als er fertig war – mit nicht so viel Erfolg wie am Pullover – nahm sie ihm das Tuch wieder ab, warf es auf den Boden und bewegte es mit der Schuhspitze über die Bierpfütze.

»Tut mir wirklich leid.« Emma zuckte entschuldigend mit den Schultern.

»Last order«, rief die Kellnerin und läutete die Schiffsglocke an der Wand neben dem Tresen.

»Ein Glas Chardonnay«, bestellte der Mann.

Die Tür des Pubs wurde aufgestoßen, und eine dunkelhaarige Frau schlüpfte herein. Sie hatte diese Art sich zu bewegen, um die sie Emma sofort beneidete: sicher, elegant, sehr damenhaft. Die Frau winkte dem Mann, kam auf ihn zu und betrachtete ihn stirnrunzelnd. »Was ist dir denn passiert?«

»Kleiner Unfall mit zwei Biergläsern. Muss nur trocknen.«

Emma war erleichtert, dass er sie aus dem Spiel ließ. »Wieso warst du nicht in der Vorstellung?«, hörte sie die Frau vorwurfsvoll fragen. Sie deutete mit dem Daumen über die Schulter Richtung Stadttheater, das schräg gegenüber vom Fitzherbert lag.

»Weil ich viel zu spät war, verzeih mir. Ich war unten am Strand beim Pier. Jamie hat schon sehr auf seinen Abendspaziergang gewartet, denn ich war heute lange in der Kanzlei und musste noch so viel vorbereiten für die Verhandlung morgen.«

»Du kennst nur deine Arbeit.«

»Ich muss es morgen schaffen, für meinen Klienten 500.000 Pfund zu retten, weil er sonst pleite geht. Aber ich komme am Dienstag in die Vorstellung. Versprochen.«

Die Kellnerin schob das Glas mit dem Weißwein zu den beiden.

Emma fragte kläglich, ob sie bitte noch einmal ein Pint und ein halbes Pint haben könnte. Wortlos machte sich die Kellnerin ans Zapfen. Eric tauchte neben Emma auf. »Ich übernehme das.«

»Nein, ich.«

»Du bindest deinen Schnürsenkel.«

Gehorsam bückte sich Emma nach unten. Sie kam sich vor wie ein dummes, kleines Schulmädchen.

Eric bezahlte und trug die Gläser in die Nische. Er holte auch noch zwei Säckchen Chips, riss beide auf und drehte sie Emma hin.

»Danke, nein.« Sie klopfte auf ihren Bauch.

»Bist du schwanger? Von wem?«, fragte Eric grinsend.

Emma nahm das Glas und drohte scherzhaft, es ihm über den Kopf zu leeren.

Sie prosteten sich zu und nahmen beide einen Schluck. Das Bier war genau richtig gekühlt und schmeckte.

»Was ist los? Hast du geweint am Strand oder nicht?« Eric sah sie auf eine Art an, als wollte er ausdrücken, dass es für Emma kein Entkommen gab. Sie musste ihm jetzt die Wahrheit sagen.

Lieber Wer-immer-du-bist,

37 Minuten nach Mitternacht. Könntest du Eric sein? Wäre das möglich? Können diese Briefe wirklich so schnell wirken, und habe ich meinen zukünftigen Mann schon angezogen? Habe ich vorhin einen Fehler gemacht, als mich Eric vor der Haustür abgesetzt hat? Hätte ich dich hereinbitten sollen auf einen »letzten Drink«, der natürlich direkt ins Bett geführt hätte?

Eric, ich hätte dich so gerne hier behalten, ich gebe es zu, wenn du derjenige bist, an den ich diese Briefe schreibe. Ich hätte dich gerne an mich gezogen und dich geküsst. Du hast dich so angenehm angefühlt, als ich hinter dir auf deinem Moped gesessen und mich an dir festgehalten habe.

Gehst du viel ins Fitnessstudio? Trainierst du? Deine Bauchmuskeln sind stark, und Schwimmreifen scheinst du keinen zu haben. Jedenfalls konnte ich keinen durch deine Lederjacke spüren.

Ich sitze hier und schreibe dir, weil ich einfach loswerden muss, wie unendlich blöd ich mich fühle. Wenn du wirklich derjenige bist, der in mein Leben soll (ich kann mir das vorstellen), dann habe ich unser erstes Date total verhaut. Nicht wegen des Tritts in deine Mitte. Das war irrtümliche Notwehr. Nein. Aber ich habe auf jede deiner Fragen eine falsche Antwort gegeben. Mit falsch meine ich, eine erfundene Antwort, eine Lüge.

Langsam finde ich diese Briefe, die ich hier schreibe, gut, weil ich dir etwas sagen kann, was ich dir gegenüber nicht auszusprechen wagen würde.

Du hast mich gefragt, ob ich am Strand geweint habe. Meine Antwort: Ich habe eine Atemmeditation gemacht, mit stoßweisem Ausatmen. Nell tut das regelmäßig, und ich habe sie dabei beobachtet, am Tag bevor sie abgereist ist.

Die Wahrheit ist: Ich habe geweint, weil es der einzige Weg ist, diesen schrecklichen Knoten in meinem Hals und meiner Brust loszuwerden, der dort sitzt und wehtut.

Eric, wie soll ich dir jemals sagen, wer ich wirklich bin? Du würdest sicher allen Respekt vor mir verlieren. Es kann nicht anders sein, denn ich habe selbst vor mir keinen Respekt mehr.

Wenn du wüsstest, was ich alles getan habe in den vergangenen Jahren und welche Folgen es für die Menschen rund um mich hatte, und für mich natürlich auch.

Deshalb lüge ich. Deshalb rede ich von stoßweiser Atmung und Meditation. Deshalb habe ich dir auch im Lucky Beach, als du mich auf den Mojito eingeladen hast, erzählt, ich wäre Journalistin und würde eine große Geschichte über die kleinen Hotels und B&Bs in Brighton recherchieren. Deshalb hätte ich das Hotel von Nell für einige Monate übernommen.
Du hast es geglaubt und mich bewundert, weil ich für ein Magazin schreibe.

Aber es war alles nur gelogen.

Manchmal bekomme ich in letzter Zeit Angst, dass ich mir die Lügen nicht merke, die ich Leuten erzähle. Ich versuche wenigstens, ziemlich die gleichen Geschichten zu verwenden, um nicht völlig durcheinander zu geraten.

Aber bestimmt würdest du dich nicht mehr über den Tisch beugen und »Echt?« sagen, wenn ich dir reinen Wein einschenke. Dabei mag ich diese Momente mit dir so besonders. Weil ich dann deine dunklen Augen aus der Nähe sehe und die kleine Narbe über der Augenbraue, die vom Biss deiner Zwillingsschwester stammt.

Heute habe ich mich so zurückhalten müssen, dir nicht mit den Fingern durch deine Haare zu fahren. Ich hätte nie gedacht, dass ich rote Haare anziehend finde, aber deine schon.

»Ginger« nennt ihr die Farbe hier. Wieso eigentlich Ingwer? Ingwer ist doch nicht orange oder rot, sondern eher gelb.

Es tut so gut, mit dir zu reden. Danke, dass du mich vor drei Wochen auf den Mojito eingeladen hast, als ich im Lucky Beach gesessen habe. Ich hätte mir den Drink nie leisten können, dabei ist Mojito ganz oben auf meiner Hitliste.

Der Grund, wieso ich trotz des Regens in ein Strandcafé gekommen bin, war die Hoffnung auf eine frühe Happy Hour. Wenig Gäste, mehr Großzügigkeit, habe ich gedacht. Aber ich hätte nie damit gerechnet, dass du mich einlädst.

Weiß das dein Chef? Hat er eine Ahnung, dass sein Caféleiter/Kellner Frauen auf Drinks einlädt?

Er ahnt es, wie alle Lokalbesitzer ahnen, dass ihre Mitarbeiter sich bedienen. Es war bei uns auch so, daher kenne ich mich aus. Aber daher weiß ich auch von »frühen« Happy Hours, von verbilligten Drinks, damit die wenigen Gäste zu trinken anfangen, auf den Geschmack kommen und weitertrinken. An schwachen Tagen kann man so gutes Geschäft machen.

Wie du hörst, bin ich Expertin.
Oder ich war Expertin. Mich lässt niemand mehr in ein Lokal, um es zu leiten, wenn er oder sie erfährt, was geschehen ist.

Vielleicht deshalb eine Warnung: Bleib besser weg von mir. Ich bringe kein Glück.

Jetzt bin ich beruhigt, dass ich dich nicht ins Haus eingeladen habe. Es ist gut, dass nichts weiter geschehen ist. Für einen One Night Stand bist du einfach zu freundlich.

Habe gerade gelesen, was ich alles geschrieben habe. Ich muss verrückt sein. Dieses Briefeschreiben muss aufhören. Ich werde den Brief zerreißen und wegwerfen.

Wieso schreibe ich das auf? Wieso schreibe ich meine Frage auf, wieso ich das aufschreibe?

Emma, du hast sie nicht mehr alle.

Mit einem tiefen Seufzer richtete sich Emma auf. Es war genug. Wenn sie mit Eric flirten wollte, dann musste sie nur ins Lucky Beach gehen und sich an einen Tisch setzen. War wenig Betrieb, hatte er Zeit. Sie konnte weiter vorgeben, Journalistin zu sein. Vielleicht gefiel sie ihm, und er hatte Spaß an einem kleinen Flirt.

OMG, wie lange hatte sie schon nicht mehr geflirtet. Am vergangenen Abend war es das erste Mal gewesen, dass sie mit einem Mann annähernd das gehabt hatte, was man Flirt nennt. Natürlich sehnte sie sich auch nach mehr Berührung, einer langen Umarmung, zarten Küssen, die langsam heftiger wurden, und sie hätte nichts dagegen gehabt, auch wieder einmal einen Mann in ihrem Bett zu haben.

Es würden dann wieder die üblichen Zweifel und Unsicherheiten beginnen, aber das nahm sie in Kauf.

Ja, sie beschloss, Eric beim nächsten Mal einfach Andeutungen zu machen, dass sie bereit für mehr wäre. Bisher erschien er als liebenswert, wenn auch nicht als Traummann. Ihre Lügen würde er irgendwann herausfinden, aber wenn sie bis dahin schon Spaß miteinander gehabt hatten und die Gefühle abgeflaut waren, konnte es ihr egal sein.

Nachdenklich blickte sie durch das Erkerfenster auf die parkenden Autos.

Emma, Emma, was ist aus dir nur geworden, fragte sie sich im Stillen. Viel wichtiger aber war wohl die Frage, was aus ihr werden sollte?

Sie schob den Stuhl zurück und stand auf. Zeit, ins Bett zu gehen. Schlafen und vergessen. Das hatte in der Vergangenheit immer geholfen.

5

Wie viel hatte sie am Abend getrunken? Beim Aufwachen fühlte sich Emma wie nach einer Partynacht. Sie versuchte sich genau zu erinnern, und ihr fielen nur zwei kleine Bier ein. Davon konnte sie doch nicht so benebelt sein.

Sie setzte sich im Bett auf und warf einen Blick aus dem Fenster. Ihr Zimmer – eigentlich das Schlafzimmer ihrer Tante Nell – lag unter dem Dach, war niedrig und eng. Emma mochte hier so gut wie gar nichts: Die Blümchentapete war hoffnungslos altmodisch und ausgebleicht, das Bett zu hoch und für ihren Geschmack zu weich, das Braun des Schranks der Nachtkästchen hatte ihr vom ersten Moment an nicht gefallen.

Das Wetter verbesserte ihre Laune auch nicht gerade. Der Himmel hatte das gewohnte Grau und der Wind rüttelte an den Hälften der Schiebefenster. Emma rechnete mit Regen bis spätestens Mittag.

Was für ein großartiger Wochenbeginn, dachte sie und stand auf.

Die Küche befand sich, wie in vielen dieser Häuser, im Souterrain. Es war ein Keller, der halb aus dem Boden ragte und Fenster besaß, durch die Licht fallen konnte. Emma stapfte gähnend die steilen Treppen hinunter. Das Haus war schmal, besaß aber vier Stockwerke samt Dachgeschoss, und dann noch Küche und Essraum im Keller.

Sie fröstelte und zog den ziemlich ausgeleierten Bademantel fester um sich und den Stoffgürtel zu. Auch der Mantel war aus dem Besitz ihrer Tante, und Emma hoffte, sich bald einen eigenen neuen kaufen zu können.

Aus Sparsamkeit hatte sie die Heizung nicht mehr eingeschaltet, aber in Brighton brauchte man sie manchmal sogar im Juli, hatte ihr Patricia erklärt. Der Anblick, der sich Emma in der Küche bot, war auch nicht sehr erfreulich: Drei volle Müllsäcke lehnten an der Anrichte, weil sie so oft vergessen hatte, sie hinaus an den Zaun zu hängen. In Brighton war es nicht erlaubt, den Müll einfach nur hinzustellen, da die Möwen sonst die Säcke aufrissen und den Abfall nach Fressbarem durchwühlten.

Sie füllte den elektrischen Teekessel und schaltete die Espressomaschine an. Während sie wartete, bis das Wasser kochte, schlenderte sie durch den Essraum. Hier gab es vier kleine Tische, an denen die Gäste ihr Frühstück einnehmen konnten. Auch diese Möbel waren alt und strahlten etwas Liebloses aus.

Ein schmaler Spiegel an der Wand sollte den kleinen Raum größer erscheinen lassen. Emma betrachtete sich kurz und fuhr sich mit den Fingern durch die Haare. Waschen, machte sie eine mentale Notiz. Sie war verstrubbelt, hatte dunkle Schatten unter den Augen und mochte sich an diesem Morgen gar nicht.

Vor dem Haus hörte sie das Brummen eines großen Wagens. Sie blickte durch das Fenster und sah das untere Drittel eines Müllautos.

Jetzt aber schnell, sonst blieb sie auf ihrem Mist noch länger sitzen, und es würde hier drinnen zu stinken beginnen. Sie raffte die drei Müllsäcke zusammen und lief damit ins Erdgeschoß. Auf dem Weg zur Eingangstür fiel ihr Blick in das kleine Arbeitszimmer und auf den übervollen Papierkorb. Er musste auch endlich ausgeleert werden. Sie trat die Papierbälle mit dem bloßen Fuß hinein und schnappte den ganzen Korb. Es war keine Zeit mehr, den Abfall in einen der Plastiksäcke umzufüllen.

Auf der Straße schlug ihr gleich der Wind vom Meer entgegen. Er wehte ihren Bademantel ein wenig hoch, und Emma versuchte ihn mit den Ellbogen wieder hinunterzuschieben.

Der Müllwagen war schon weiter nach oben Richtung St. James's Street gefahren.

»Warten Sie bitte!«, rief Emma und rannte hinterher. Die Müllsäcke schlugen gegen ihre Beine, der Papierkorb geriet gefährlich ins Rutschen.

Zwei Männer sammelten die Müllsäcke von den Zaunstangen der Häuser ein. Einer war klein mit muskulösen Armen, der andere hatte etwas Aristokratisches an sich. Die Männer drehten sich zu ihr, und der Kleine kam wortlos auf sie zu und nahm ihr die Säcke ab. Der andere deutete auf den Papierkorb. »Das nehmen wir nicht.«

»Jaja, verstehe«, Emma nickte schuldbewusst. Für Papier und Karton gab es einen Container am anderen Ende des Platzes, an der Ecke des Parks.

Als der Müllwagen mit einem Ruck weiterrollte, kam jemand um die Ecke. Zuerst sah Emma nur einen kleinen Hund, weiß mit braunen Flecken, der heftig an der Leine zog. Ihm folgte -

Sie erkannte ihn sofort. Es war der Mann aus dem Pub, dem sie das Bier über den Pulli gegossen hatte. Er trug einen dunklen Anzug, weißes Hemd mit Schlips und schwarze Lederschuhe.

»Langsam, Jamie, nicht so ziehen«, befahl er dem Hund, für den das aber nur eine Aufforderung zu sein schien, noch mehr Gas zu geben.

Emma fiel der graue Bademantel ein und das ausgeleierte T-Shirt, das sie darunter trug. Sie musste verwahrlost aussehen und es war ihr peinlich, wenn der Mann sie so sah. Sie griff an den Kragen und hielt mit einer Hand den Mantel am Hals zu. Ein neuer Windstoß schlug ihr vom Meer entgegen und wehte unter den Bademantel. Sie fühlte, wie der Saum hochgehoben wurde und drückte ihn mit der Hand energisch nach unten. Dabei kippte der Papierkorb und ein paar der Papierbälle fielen auf die Straße.

»Nein«, hörte sich Emma rufen. Der Wind trieb die Papierbälle vor sich her, und Emma nahm die Verfolgung auf. Sie schaffte es, einen einzufangen, als der kleine Hund neben ihr auftauchte. Er fand, dass die Jagd ein lustiges Spiel war und entriss ihr, was sie gerade eingesammelt hatte. »Gib das her!«, schrie sie ihn an.

»Aus, Jamie, aus!« Der Mann kam Emma zu Hilfe, hockte sich neben sie und versuchte, seinem Hund die

Beute zu entwenden. Emma kroch auf allen Vieren herum und schlug nach den weißen Bällen. Sie bekam einige zu fassen und beförderte sie in den Papierkorb zurück, den sie unter den linken Arm geklemmt hielt.

»Hier!« Der Mann streckte ihr die Hand hin. Emma wollte ihm abnehmen, was er für sie eingefangen hatte. Da er sich gleichzeitig zu ihr vorbeugte, schlug sie ihm aber voll auf die Wange.

»Verzeihung, ich wollte Ihnen nur helfen!« Er stand auf und hob abwehrend die Hände.

»Entschuldigung, entschuldigen Sie vielmals!« Emma wäre am liebsten im Boden versunken. Sie spürte den musternden Blick des Mannes.

»Kann das sein, sind Sie die Dame, die mir gestern das Bier...?«

»Ja, ich bin das. Entschuldigung noch einmal.« Emma nahm ihm die Papierkugeln ab und stopfte sie in den Korb. »Schönen Tag noch.«

Was war der Superlativ von peinlich, dachte sie. Oberpeinlich. Oder unerträglich peinlich? Sie drehte sich einmal im Kreis um zu sehen, ob ihr ein Papier entgangen war, konnte aber keines mehr entdecken.

Jamie wedelte und blickte hechelnd zu ihr. Den Blick seines Herrchens konnte sie nicht deuten, wahrscheinlich hielt er sie für geistesgestört, und sie konnte es ihm nicht verdenken.

»Ja, Entschuldigung dann noch einmal«, stammelte sie, und das verlegene Grinsen in ihrem Gesicht verursachte ihr Gänsehaut. Sie stolperte am Park entlang hinunter zu dem großen grünen Container. Er besaß ein rechteckiges Einwurfloch an der Oberseite, durch das sie den Papierkorb entleerte. Sie schüttelte ihn ein paar Mal, damit auch wirklich alles aus ihm rausfiel. Danach stellte sie sich auf die Zehenspitzen und sah durch die Öffnung.

Ihre hilflosen Briefversuche hatten es sich schon in der Tiefe des Containers zwischen alten Zeitungen und Kartons mit dem Amazon Logo gemütlich gemacht.

Als sie zu ihrem Haus zurückeilte, waren der Mann und Jamie nicht mehr zu sehen. Sie konnte ihnen nicht verübeln, vielleicht auf der anderen Seite des Platzes zu gehen, um einen Bogen um diese Wahnsinnige zu machen, die aussah, wie gerade aus einer Anstalt entkommen.

Oh, Emma, dachte sie und schlug die Tür hinter sich zu.

6

»Tut mir leid, aber dieses Briefeschreiben kommt mir einfach nur verrückt vor.« Emma seufzte. Es war Abend, und sie hatte eine Einladung zum Abendessen bei ihrer Freundin Patricia angenommen.

»Emma.« Patricia setzte sich ihr gegenüber an den Esstisch. Sie war noch immer von ihrer Arbeit geschminkt: dunkel umrahmte Augen, violetter Lippenstift, silberfarbener Lidschatten, der ein wenig glitzerte. Mit einem geschickten Griff öffnete sie ihre Haare, die hinten auf dem Kopf zusammengesteckt waren. Die dicken Locken der Kraushaarmähne wippten auseinander wie Sprungfedern. Patricias Gesicht erinnerte Emma immer an einen kleinen Mond, der aus der Nacht der dunklen Mähne schien.

»Ich weiß, du hast es mir erklärt, und ich...«

Patricia legte ihre Hand auf die von Emma. Die Fingernägel waren mitternachtsblau lackiert und mit kleinen Goldsternchen beklebt. »Das Business braucht diese Verkleidung. Ich könnte meine Vorhersagen auch im Bikini machen, aber das nehmen die Leute nicht so ernst«, hatte Patricia einmal ihren Aufzug erläutert.

»Emma, du hörst mir jetzt noch einmal genau zu, solange wir nüchtern sind. Danach werden wir zur Feier des Tages, weil du es endlich verstanden hast, eine Flasche Sauvignon Blanc köpfen und leeren. Und wenn uns danach ist, auch noch eine zweite. Damit überschreiten wir das erlaubte Tageslimit an Alkohol, erweisen uns als völlig unvernünftige und alkoholgefährdete Frauen, aber das ist mir egal. Ich hoffe, dir auch.«

Gehorsam nickte Emma, denn etwas anderes hätte Patricia nicht geduldet.

»Ich sage es dir noch einmal.« Patricia redete in ihrer ruhigen, etwas rauchigen Stimme, in der sie manchen Leuten Vorhersagen für ihr Leben machte, die in Wirklichkeit eine Art Hypnose waren, wie sie ebenfalls einmal verraten hatte. »Außerdem kannst du es auf meiner Homepage nachlesen.« Sie griff nach ihrem Laptop, klappte ihn auf, tippte und drehte Emma den Bildschirm hin.

Emma las mit, während Patricia ihr vorlas.

Liebesbrief an Unbekannt

Die Kraft der Anziehung nutzen, um einen Partner mit Herz und Hirn ins Leben zu ziehen. Wer Energie ausstrahlt, zieht Energie an. Es muss aber die richtige Energie sein, um das gewünschte Ergebnis zu erzielen.

Stell deine Energie vom »Wunsch nach einem Partner« auf »Ich habe einen Partner und bin glücklich« um, dann wirst du ihn in dein Leben ziehen.

★

Briefe an einen Partner zu schreiben, der nur in der Zukunft existiert, ist ein Zeichen an den Kosmos, diesen Menschen in deine Richtung zu bewegen, damit ihr einander treffen könnt.

★

Da diese Technik eher von Frauen angewendet wird als von Männern, richtet sich diese Anweisung auch an Frauen. Alle Herren sind aber herzlich eingeladen, es genauso zu machen.

★

Grundsätzlich: Du bist eine Frau, die einen großartigen, warmherzigen, ehrlichen, gut aussehenden Mann verdient. Einen Mann, der dich liebt und den du aus ganzem Herzen liebst. Einen Mann, der dich ehrlich will und nicht braucht und umgekehrt genauso. Einen Mann, der dein bester Freund ist, und du bist seine beste Freundin. Gerne fügen wir hinzu, dass er eine Kanone im Bett und treu ist.

★

Wir legen uns weder auf Haarfarbe noch Beruf oder Herkunft fest, denn diese Wahl überlassen wir dem Universum, dem Kosmos, der großen Macht, die uns umgibt.

★

Dieser Mann ist bereits geboren. Er hat genau das richtige Alter für dich und er ist gerne bereit, in dein Leben zu kommen, weil er dich genauso gerne treffen möchte wie du ihn. Er sucht eine Frau wie dich, weiß es vielleicht aber noch gar nicht, und dich kennt er schon gar nicht.

★

Dieser Mann mag irgendwo auf der Welt sein, aber das spielt keine Rolle, wenn du gewillt bist, ihn in dein Leben zu ziehen.

★

Du wartest nicht auf deinen Märchenprinzen, denn es gibt keine Märchenprinzen. Du bist auch keine Prinzessin, sondern eine Prachtfrau mit jeder Menge Macken, die dazugehören. Bei ihm ist es nicht anders.

★

Schick Energie an den Unbekannten aus, damit er dich finden kann. Er wird zu dir gezogen, oder aber du entdeckst den Weg zu ihm. Dafür musst du leuchten. Deine Energie muss das Universum durchdringen und in tausenden kleinen Strahlen ausgesandt werden. Einer davon wird den Mann deines Herzens und dich zusammenführen.

★

Liebesbriefe an Unbekannt zu schreiben ist eine Art, die richtige Frequenz einzustellen, damit du deinen Traummann anfunkst. Du musst die Wellenlänge vorgeben, auf der du funkst. Ist sein Empfänger auf diese Wellenlänge eingestellt, so wird durch Zeit und Raum ein unsichtbarer Kontakt hergestellt. Die kosmischen Kräfte werden alles in Bewegung setzen, damit Funkturm – also du – und Empfangsgerät – also er – zueinander finden.

7

Emma ließ die Worte einsickern. »Wie lange kann das dauern?«

»Von fünf Sekunden bis zu fünf Jahren.«

»Die fünf Sekunden hören sich gut an, die fünf Jahre weniger. Bis dahin bin ich alt und grau.«

»Wie alt bist du jetzt?«

»29.«

»Aha, und mit 34 bist du alt und grau.«

»Du weißt, wie ich das meine.«

»Die fünf Sekunden sind schon allein deshalb zu kurz für dich, weil du einen Mann brauchst. Weil du ihn dir so wünschst.« Patricia schlug auf die Tischplatte. Die vielen kleinen Glücksbringer aus aller Welt hüpften in die Höhe. »Das ist die beste Art, den wirklich richtigen Mann von dir fernzuhalten. Du würdest ihn nämlich erdrücken, wie eine Boa constrictor ihre Beute.«

»Patricia, es ist überhaupt nicht so...«

Emma traf ein langer, ruhiger Blick aus den geschminkten Augen. Patricia legte den Kopf leicht zur Seite und schwieg einfach nur. Nach ein paar Atemzügen stammelte Emma herum, schluckte und wurde verlegen. Weil sie den Blick nicht aushielt, sah sie im Raum herum: Es war ein geräumiges Wohnzimmer, in dem auf allen geraden Flächen hohe Stapel von Büchern lagen.

Ganz oben auf den beiden höchsten Stapeln thronten die Katzen Isis und Osiris. Sie war eine schwarz-weiß-rote Glückskatze, er ein pechschwarzer Kater mit weißen Pfoten und einem weißen Schwanz. Mit seinen smaragdgrünen Augen sah er auf Emma herab. Als sich ihre Blicke trafen, glaubte sie eine Stimme in ihrem Kopf zu hören.

»Kannst du das alles endlich kapieren, du dumme Nuss?«

Natürlich war es nicht der Kater, der das gesagt hatte. Oder doch?

Sanft tippte Patricia mit den Fingerspitzen auf Emmas Handrücken. »Du tust einfach genau, was ich dir sage, und wenn der Zweifel sich meldet, dann sagst du ihm einfach…«, Patricia schrie die nächsten Worte so laut, dass die beide Katzen herabsprangen und sich unter dem Sofa verkrochen: »Halt die Klappe!!!«

Mittlerweile wusste Emma, dass Patricias zweiter Vorname Sturheit war. Es war sinnlos, ihr zu widersprechen. Vielleicht kam das von ihrem Beruf, in dem sie Leuten ihre Zukunft vorhersagte. Sie musste es auf eine Weise tun, die die Leute überzeugte, und deshalb hatte sie sich angewöhnt, so eindringlich zu reden.

»Ich mache es.«

»Gutes Mädchen«, lobte Patricia und lächelte.

»Aber was tue ich mit den Briefen?«

»Was immer du gerne willst. Manche lesen sie laut dem Universum vor. Andere Leute versperren sie in einer Lade. Andere schreiben sie in ihr Tagebuch. Andere tippen sie auf dem iPad. Andere verbrennen sie. Hauptsache, du hast beim Schreiben deine Frequenz gefunkt.«

Emma wusste, dass sie sich albern fühlen würde, wenn sie die Briefe später las. Vor allem, wenn kein Traummann aufgetaucht war und die ganze Aktion umsonst.

»Stopp!«, rief Patricia. Emma fuhr zusammen. »Du zweifelst schon wieder.«

»Wieso weißt du das?«

»Liebste, mein Beruf ist Hellsehen und ein wenig Gedankenlesen. Außerdem steht dir alles mehr oder minder auf die Stirn geschrieben. Mit Leuchtbuchstaben.«

Verlegen grinsend atmete Emma tief durch.

»Hast du diesen Rat schon anderen gegeben? Das mit den Liebesbriefen an Unbekannt?«

»Vielen.«

»Und?«

Patricia überlegte und zählte mit den Fingern. »Trefferquote hängt immer davon ab, wie ernsthaft Leute die Briefe schreiben und wie sehr sie daran glauben, den richtigen Partner oder die Partnerin dadurch ins Leben zu ziehen. Bisher habe ich damit mehr als dreißig Beziehungen gestiftet. Neun davon sind verheiratet, fünf sind verpartnert, und nur eine Beziehung ist wieder in die Brüche gegangen. Kein schlechter Schnitt, finde ich.«

»Bei mir ist auch ein Mann aufgetaucht. Sonntagabend.«

»Erzähl!« Patricia deutete Emma, kurz zu warten, und holte schnell den Weißwein und zwei Gläser. Sie schenkte ihnen ein und sie prosteten sich zu.

Emma berichtete vom Spaziergang zum Strand und der Begegnung mit Eric.

»Ist er der Richtige? Was meinst du? Habe ich ihn angezogen?«

Wieder sah sie Patricia nur schweigend an.

»Sag etwas, bitte. Ich halte deinen Blick nicht aus«, flehte Emma.

»Cheers.« Patricia hielt das Glas in ihre Richtung, um erneut anzustoßen. Mehr war aus ihr an diesem Abend zum Thema Eric nicht herauszubekommen. Dafür wurde Quiche mit Tomaten und Karotten, dazu Fenchelsalat mit Orangenfilets serviert.

8

Es tat einfach gut, mit Patricia Zeit zu verbringen. Emma fühlte sich leichter, fast ein wenig beschwingt, als sie durch die Nacht nach Hause marschierte.

Ein angenehmer, frühlingswarmer Wind wehte ihr ins Gesicht. Die unerwartete Wärme um diese Zeit war wie ein Geschenk. Die Arme schwingend stapfte Emma durch die dunklen Straßen Richtung Meer, und die Umhängetasche, in der sie ihre wichtigsten Habseligkeiten immer bei sich trug, schlug bei jedem Schritt an ihr Hinterteil.

Beim Verabschieden, als sie sich Küsse auf die Wangen gehaucht hatten, hatte ihr Patricia noch ins Ohr geflüstert: »Träume, schreibe und glaube daran.«

Vielleicht würde Emma wirklich noch einen weiteren Brief an ihren zukünftigen Traummann schreiben. Nach zwei ziemlich großen und ziemlich vollen Gläsern Wein erschien ihr das Briefeschreiben wieder reizvoller.

Emma ging am Aquarium von Brighton und dem großen Bogentor vorbei, hinter dem sich der Pier ins Meer hinaus erstreckte. Sie steuerte die Kaimauer an und lief die Treppe hinunter zum Strand.

Dort, an die Mauer geschmiegt, gab es einige Bars und Cafés. Lucky Beach war eines der letzten Cafés, und auf Grund des milden Abends hatte es vielleicht noch geöffnet. Die Chancen standen um diese Jahreszeit nicht sehr gut, aber Emma wollte es trotzdem versuchen.

Sie hoffte, Eric zu treffen. Insgeheim vermutete sie, dass Lust und Mut mehr mit dem vielen Wein zu tun hatten als mit neuem Selbstvertrauen. Emma musste sich zwingen, nicht an das hässliche Unglücksentlein zu denken, als das sie sich seit längerem empfand.

Die ersten beiden Bars hatten die Rollbalken heruntergelassen. Außer Emma schien niemand mehr hier unterwegs zu sein.

Die Hoffnung stirbt zuletzt, gab Emma an sich selbst als Parole aus.

Auf der Holzterrasse des Restaurants, das als nächstes kam, waren Tische und Stühle gestapelt und mit Stahlseilen verbunden, damit sie niemand stehlen konnte. Der Kiosk, wo man im Sommer Souvenirs, Strandspielzeug und Sonnencreme kaufen konnte, lag noch im Winterschlaf. Die Fenster waren sogar vernagelt.

Mit jedem Schritt sank Emmas Stimmung. Es wäre wirklich schön gewesen, Eric diesmal zu ihr nach Hause einzuladen und einen Drink mit ihm zu nehmen. Sie kannte vom Besuch im Fitzherbert die Marke seines Lieblingsbieres und hatte vorsorglich zwei Dosen davon gekauft und in den Kühlschrank gestellt.

Emma lief schneller, um Klarheit zu bekommen. Sie spürte eine Enttäuschung nahen und wollte den traurigen Moment so schnell wie möglich hinter sich bringen.

Das Lucky Beach bot denselben verlassenen Anblick wie die anderen Lokale. Kam es ihr nur so vor, oder wurde die Nacht schlagartig dunkler? Auch das Rauschen der Wellen hatte seine sanfte, beruhigende Wirkung verloren. Emma hörte nur noch die Kiesel aneinanderschlagen, die das Wasser bewegte. Es war ein Knirschen, wie von Zähnen.

Einen Versuch war es wert gewesen, versuchte Emma sich zu trösten. Als sie allein vor dem verriegelten Café stand, überkam sie wieder diese schmerzhafte Einsamkeit. Sie neigte den Kopf nach hinten und blickte zum Himmel hoch, zu den Sternen, von denen hier, mit kleinem Abstand zur Beleuchtung der Küstenstraße, mehr zu sehen waren.

Ihre Augen füllten sich mit Tränen, die sie energisch mit dem Handrücken wegwischte.

»Blöde Kuh«, schimpfte sie sich selbst. Es war ein Gefühl, als würde ihr jemand den Hals abschnüren, und selbst mehrfaches Schlucken half nichts. Die Traurigkeit, die sich in ihr aufgestaut hatte, zog sie hinunter und erfüllte ihren Körper wie schwarzes Blut.

Emma musste sich setzen. Sie holte einen Stuhl unter einem Tisch hervor. Das Stahlseil zur Sicherung war lang genug, um ihm Bewegungsspielraum zu geben. Die Kälte des Metalls drang durch den Stoff ihrer Hose. Sie hätte am liebsten losgeheult, aber sie konnte einfach nicht mehr. Die Verzweiflung steckte in ihr und bereitete ihr diese unendliche Qual.

Wie sollte ihr Leben weitergehen? Wie sollte ein Mensch, der einfach nur versagt hatte, jemals wieder Freude finden?

Die Luft hatte die salzige Frische, die früher in Brighton von Kranken zur Heilung gesucht worden war.

Für jemanden wie mich gibt es keine »Heilung« mehr, hing Emma den düsteren Gedanken nach. Sie wucherten in ihrem Kopf wie ein Geschwür. Emma spürte ihre Tasche am Rücken, zog sie vor und öffnete sie. Sie kramte in der Unordnung von Schlüsseln, Pass, Geldtasche, Taschentüchern, Kaugummi und einem Lippenstift ohne Kappe. Sie holte einen alten Plastikkugelschreiber und ein paar Papierumschläge heraus, die an diesem Tag durch den Briefschlitz geworfen worden waren. Emma hatte sie vom Boden aufgehoben und beim Verlassen des Hauses eingesteckt. Sie war zu faul gewesen, zurückzugehen und die Post in der Diele abzulegen.

Das Papier der Kuverts diente ihr nun zum Schreiben.

Lieber Wer-immer-du-bist,

eigentlich kann ich dich nur warnen. Komm nicht. Bleib mir fern, denn ich bringe nur Unglück.

Mir selbst

Dir

Allem, was ich anfasse.

Weißt du, was meine Mutter gesagt hat, einen Tag nach der Katastrophe? Ich habe bei ihr gesessen und war so zerstört, dass ich nicht einmal mehr weinen konnte.

»Ich will mich umbringen«, habe ich gesagt.
Darauf meine Mutter: »Lass das bleiben, denn es geht sicher daneben.«

Sie war nur mit dem verschwundenen Geld beschäftigt. Ein Wunder, dass sie nicht so weitergeredet hat: »Wenn du dich erschießt, kann ich wahrscheinlich dein Hirn von der Wand waschen. Wahrscheinlich triffst du auch nur den Sehnerv, lebst weiter und bist blind. Wenn du dich erhängst, dann machst du sicher dabei etwas kaputt. Wahrscheinlich reißt der Haken aus der Wand und hinterlässt ein Loch. Wenn du eine Überdosis Schlaftabletten nimmst, kotzt du sicherlich alles voll, und wer muss wieder putzen? Ich!«

Als Nächstes hätte meine Mutter sicher gesagt: »Wenn du dich vor einen Zug oder die U-Bahn wirfst, verursachst du bestimmt nur einen Unfall, bei dem viele Unschuldige ins Krankenhaus müssen, aber der Zug rollt über dich hinweg und du bleibst unverletzt.«

Mich lässt das jetzt nicht los, was sie sonst noch hätte sagen können.

- Wenn ich von einer Klippe springe, ist zwei Meter tiefer ein Felsvorsprung, auf dem ich lande. Von dort muss mich dann die Feuerwehr retten.
- Wenn ich vom Dach eines Hochhauses springe, dann bestimmt auf einen Balkon.
- Wenn ich Harakiri begehen will, bricht das Messer ab, weil ich zu viel trainiert habe und meine Bauchmuskeln zu fest sind (nein, meine Mutter würde sicher sagen, das Messer bleibt in meinem Speckbauch stecken).

Ich frage mich, wann ich in den Augen meiner Eltern eine solche Versagerin geworden bin? Als ich die Schule mehr als gut abgeschlossen habe? Als ich mein Studium, das ich nur ihretwegen gewählt habe, ebenfalls mit Erfolg geschafft habe? Als ich ihnen Philip vorgestellt habe, der damals einfach alles war, was man sich von einem zukünftigen Schwiegersohn erwarten konnte: höflich, gut aussehend, charmant, offenbar professionell in seinem Beruf, wohlhabend. Die Bitterkeit und der Zynismus meiner Mutter waren wie Ohrfeigen für mich, und was sie sagte, klang so, als hätte sie es sich schon lange gedacht.

Wieso bin ich für sie die große Enttäuschung, und meine kleine Schwester Amelie, die jetzt demnächst zehn Jahre studiert und bis heute nichts von Bedeutung im Leben geschafft hat, ist in ihren Augen der Star?

Sie haben sie immer mehr gemocht als mich. Immer, immer, immer. Ich habe tun können, was ich wollte (siehe meine Leistungen weiter oben), aber es war nie genug und nie das Richtige.

Ich bin überhaupt jemand, der es einfach nicht Recht machen kann. Scheinbar niemandem. Ich bin immer zu wenig und zu wenig gut.

Philip hat einmal mit einem alten Kumpel von der Schule telefoniert und dachte, ich wäre nicht daheim. Aber ich war da und habe jedes Wort gehört. Philip: »Mir ist es wenigstens gelungen, sie von einem schlappen Hering in eine saftige Makrele zu verwandeln.«

Was er damit meinte, habe ich zuerst nicht verstanden. Natürlich war klar, dass es eine Gemeinheit war, aber damals habe ich mich noch immer an dem Gedanken festgehalten, dass alles doch wieder in Ordnung kommen kann mit ihm und das, was er da sagt, nicht böse gemeint war. Irrtum.

Philip: »Sie war von Anfang an willig, ich habe nur schnippen müssen, und sie ist ins Bett gehüpft. Oder hat sich in die nächste Toilette ziehen lassen. Wir haben es sogar einmal im Wald getrieben, wo wir Spaziergänger reden gehört haben, so nahe waren sie. Aber sie ist einfach nie richtig abgegangen. Heute ist sie wenigstens ein wenig mehr Schlampe und nicht mehr dieses saubere Mäuschen. Aber sehr viel schärfer ist sie nicht geworden. Dafür weiter willig, und das nützt auch.«

Ich habe alles gehört und Philip nie zur Rede gestellt. Ich habe mich in der Abstellkammer versteckt und dort eine Stunde gewartet, bis er fort war, damit er nicht herausfand, dass ich gelauscht hatte.

Seit damals muss ich immer an fettige Makrelen denken, wenn so etwas wie Sex in der Luft liegt. Bisher ist der Sex immer in der Luft geblieben, und er wusste wohl, warum. Um mich macht er einen Bogen.

In der langen Liste meiner Schwächen ist das Thema Sex im guten Mittelfeld.
So, jetzt habe ich es dir gesagt, denn ich habe sicher

einen Komplex, wenn es doch einmal zur Sache gehen sollte.

Alles klar, Eric, wenn du dir eine Sexgöttin erwartest, dann bist du bei mir falsch. Vielleicht hast du heute auch nur das einzig Richtige getan, was ich dir schon zu Beginn dieses Briefes geraten habe: Du hast die Flucht ergriffen.

9

Kein Selbstmitleid, kein Selbstmitleid«, sagte sich Emma leise vor. Sie hob den Blick und sah Richtung Meer. Dort, wo Wellen und Horizont einander trafen, zogen zwei Lastkähne dahin. Die Lichter der Schiffe verschwammen vor Emmas Augen. Sie bemühte sich nicht einmal, die Tränen zurückzuhalten, weil es nicht mehr möglich war.

Emma spürte ihr Kinn zittern, spürte die Falten des Weinens, die sich um den Mund bildeten, hörte sich schluchzen und fühlte die Tränen über ihre Wangen rinnen. Ihre Traurigkeit und Verzweiflung, die sie in den vergangenen Tagen ganz gut unter Kontrolle gehabt hatte, brachen aus ihr heraus.

Wieso schrieb sie diese idiotischen Briefe, die doch nichts halfen und sie nur traurig machten? Sie wollte die Umschläge zerreißen, hielt dann aber inne, weil sie vielleicht zuerst nachsehen sollte, was sie enthielten.

Sehr unfein zog sie laut durch die Nase auf und wischte sich mit dem Handrücken die Tränen ab. Sie schnäuzte sich, indem sie immer ein Nasenloch zuhielt und hemmungslos auf den Boden rotzte.

Es war ohnehin alles egal. Wem sollte sie gefallen? Wie hieß es so schön: Ist der Ruf erst ruiniert, lebt sich's nachher ungeniert. Sie atmete tief durch und hob die Umschläge ins Licht der Lampen auf der Kaimauer. Sie besah einen Absender nach dem anderen, aber es schien sich nur um Rechnungen zu handeln sowie zwei Sendungen des Stadtamts. Der letzte Umschlag war länglich, und auf der Rückseite stand...

Emma schloss die Augen, schüttelte kurz den Kopf und öffnete sie wieder.

Ihr erster Gedanke war: Ich drehe völlig durch.

Ihr nächster Gedanke war: ein Scherz.

Ihr dritter Gedanke: Ich bin in ein Wachkoma gefallen und halluziniere.

Sie drehte den Umschlag langsam um, weil sie sehen wollte, an wen er adressiert war.

Für ~~Alp~~traumfrau Emma

Mit einer hektischen Handbewegung drehte ihn Emma wieder zurück und las noch einmal den Absender:

Absender:

Wer-immer-ich-bin

10

Patricia hob nicht ab. Emma hatte mindestens zehn Mal die Kurzwahl auf ihrem Handy gedrückt, war aber immer sofort auf Patricias Mobilbox gekommen. Also war das Handy abgeschaltet. Patricia brauchte ihren Schlaf, weil sie sonst untertags nicht genug Konzentration für ihre Arbeit hatte. Kein Wunder, es war kurz nach Mitternacht.

Sie war die Einzige, mit der Emma jetzt sprechen wollte und konnte. Sie war vom Lucky Beach zurück zu New Steine gerannt und hatte den Brief die ganze Zeit mit beiden Händen gegen ihre Brust gepresst.

Unten am Strand hatte sie es nicht gewagt, den Brief zu öffnen.

Wer hatte ihn geschickt?

Eric? War es Eric gewesen? Aber wieso wusste er von ihrer Schreiberei an den Traummann der Zukunft? Sie hatte keine Silbe darüber gesprochen. Er konnte es nicht wissen.

Noch ein Versuch, Patricia ans Handy zu bekommen, und wieder hörte Emma nur die Ansage der Mobilbox, die sehr knapp gehalten war.

»Patricia hier, offen für schöne Neuigkeiten, allergisch gegen alles andere.«

Es war Patricias privates Handy. Für ihre Kunden hatte sie eine eigene Nummer. Als Emma das einfiel, lief sie an den Computer im Arbeitszimmer und googelte Patricia, die Wahrsagerin von Brighton. Sie tippte die Geschäftsnummer ein und hörte gleich darauf die Ansage: Der Teilnehmer spricht gerade. Haben sie einen Augenblick Geduld.

Also »arbeitete« Patricia noch. Sie war wach, und Emma musste mit ihr reden. Weil sie das berufliche Telefonat nicht stören wollte, legte sie auf und schickte eine SMS an diese Nummer.

Emma

Dringend! Brief von Unbekannt bekommen!

Emma lief im Wohnzimmer unruhig auf und ab. Der Raum war, wie alle anderen im Haus, mit alten Möbeln bestückt, die einen traurigen und lieblosen Eindruck machten. Zwei kleine Chesterfield-Sofas aus fleckigem Stoff, ein Lehnstuhl, ein Buchregal, ein offener Kamin mit Gasfeuer und Marmoreinfassung, auf der drei staubige Glasvasen mit trockenen Ästen standen.

Auf das Kaminsims hatte Emma den Umschlag gestellt. Wie ein Tiger wanderte sie davor hin und her, ohne ihn aus den Augen zu lassen.

Wieso meldete sich Patricia nicht? Kannte sie die Bedeutung von »dringend« nicht?

Emma nahm den Brief zum gefühlt hundertsten Mal mit spitzen Fingern und drehte ihn.

Für ~~Alp~~traumfrau Emma

Absender:

Wer-immer-ich-bin

Je länger sie nicht zurückrief, desto mehr war Emma überzeugt, dass Patricia hinter der Sache steckte. Sie hatte den Brief geschickt, damit Emma Hoffnung schöpfte. Das war wirklich sehr besorgt und lieb von ihr, andererseits auch enttäuschend. Es bedeutete, sie glaubte selbst nicht an ihre eigenen Empfehlungen.

Beim nächsten Gedanken musste sich Emma setzen: Patricia konnte nicht die Briefschreiberin sein, da Emma ihr erst am vergangenen Abend erzählt hatte, dass sie mit dem Briefeschreiben an Unbekannt begonnen hatte. Der Brief an sie war aber am Nachmittag eingeworfen worden.

Lange hielt Emma die Spannung nicht mehr aus. Sie wollte den Brief aufreißen und lesen, was drinnen stand. Wieso brauchte sie dazu Patricias Einwilligung? Das konnte sie doch auch einfach so machen. Sie streckte die Hand aus, als ihr Handy zu vibrieren begann.

PATRICIA stand auf der Anzeige.

Emma hob ab und rief ins Handy: »Ich habe einen Brief von ihm bekommen!«

»Darling, ich habe jetzt gerade zwei Stunden einen Börsianer beruhigt, der fürchtet, dass morgen der große Crash kommt und er alles verliert. Ich will ins Bett.«

»Patricia, ich habe einen Brief in der Post gehabt. An mich, von meinem Mann der Zukunft.«

Kurze Pause am anderen Ende. »Das ist kein Scherz?«

»Nein.«

»Was steht drinnen?«

»Ich traue mich nicht, ihn aufzumachen.«

»Sitzt du davor und starrst ihn an?«

»Ja.«

»Was steht auf dem Umschlag?«

Emma las Patricia Adresse und Absender vor.

»Wieso Absender: Wer immer du bist?«

»Das habe ich in meinen Briefen so geschrieben: Lieber Wer-immer-du-bist.«

Eine Pause trat ein, diesmal länger. Emma konnte durch das Telefon fühlen, wie Patricia nachdachte.

»Wem hast du von den Briefen erzählt?«

»Niemandem. Keiner Menschenseele.«

»Sicher. Ich meine, du trinkst doch gerne mal was.«

»Nein, ich war nicht betrunken und habe nicht im Rausch alles ausgeplaudert.«

»Irgendein Liebesgeflüster oder so, bei dem du dich vielleicht verplappert hast?«

»Liebesgeflüster? Was soll das denn heißen? Ich habe dir doch heute erzählt, dass es da nur Eric gibt und mit dem ist alles weit von Liebesgeflüster entfernt. Wir hatten nur ein Bier. Nein, zwei. Oder drei.«

»Eben. Kann es dabei geschehen sein? Kann das ein getarnter Liebesbrief von ihm sein?«

»Nein, nein, nein und noch einmal nein!« Emma schrie fast ins Telefon.

»Mach ihn auf und lies mir vor, was drinnen steht.«

»Das kann ich nicht.«

»Wieso schon wieder nicht?«

»Weil ich enttäuscht sein könnte.«

»Emma, du kannst vielleicht auch zu jubeln beginnen.«

Daran glaubte Emma aber einfach nicht. Besser in Ungewissheit bleiben. »Ich lasse den Brief einfach hier am Kamin stehen.«

Patricia sagte nichts drauf.

»Ich schlafe und sehe ihn mir morgen an.«

»Wenn du das aushältst.«

Emma fand die Vorstellung aufregend. Die Spannung und Neugier waren ein wenig wie Weihnachten, wenn sie die verpackten Geschenke am Bettende fand und an der Form nicht erraten konnte, was sie enthielten. Etwas aber musste sie Patricia unbedingt fragen.

»Ist das schon einmal geschehen? Hat jemand einen Brief von Unbekannt bekommen?«

»Nein. Das habe ich noch nie gehört.«

»Hast du sonst irgendeine Erklärung?«

»Nein.«

»Sicher nicht?« Vielleicht »sah« Patricia etwas, das sie Emma nicht verraten wollte, ging Emma durch den Kopf.

»Wir treffen uns im Marmalade. Zum Frühstück«, schlug Patricia vor. Das Marmalade war ein trendiges

Café am Ende von Kemptown, das die besten Sandwiches, Croissants und den größten Cappuccino servierte. Weil Emma nicht sofort reagierte, sagte Patricia schnell: »Meine Einladung natürlich. Wenn ich dir schon das Briefschreiben an Unbekannt empfehle, dann übernehme ich die volle Haftung.«

Emma war dankbar, dass Patricia in diesem Fall ihre Gedanken gelesen hatte. Sie war so knapp bei Kasse, dass selbst ein Besuch im Marmalade derzeit für sie Luxus war.

Sie verabschiedete sich von Patricia und legte auf. Noch einmal griff sie nach dem Brief. Sie roch am Papier und war ein wenig enttäuscht. Das Einzige, was sie riechen konnte, war Zigarettenrauch. Wer ihn angefasst hatte, war also Raucher.

Sie hasste Rauch und konnte sich niemals vorstellen, einen Raucher zu küssen. Die erste Enttäuschung war schon eingetreten, und bei ihrem Pech würden weitere bestimmt folgen.

11

Die Cappuccino-Tasse war so groß wie eine Suppenschüssel. Das Croissant fühlte sich angenehm warm und fettig an. Es hatte am Morgen zu nieseln begonnen und an den Scheiben des Marmalade rannen die Tropfen herab.

Das Innere des Cafés hatte seinen sehr speziellen Chic mit hellen alten Tischen und Stühlen, die alle vom Flohmarkt stammten. Auch Teller und Besteck waren alt, abgeschlagen und verbogen. Plastik gab es hier nicht, die Sandwiches waren in Backpapier gewickelt und mit Bindfaden zugebunden. Im Gegensatz zur Einrichtung von Tante Nells B&B war der Shabby Chic des Marmalade gemütlich und freundlich.

Patricia hatte grünen Matcha-Tee gewählt. Er war von einem sehr ernsthaften Studenten mit dicken Brillen aufgeschlagen und gebracht worden.

»Zeig her«, verlangte Patricia. Sie nippte am heißen Tee und gönnte sich schnell einen Bissen von ihrem Vollkorncroissant.

Emma wischte sich die Hände ab. Sie hatte fettige Finger, denn ihr schmeckte nur ein Croissant, das »Speck an der Hüfte« heißen sollte, wie sie manchmal dachte. Vorsichtig holte sie den Umschlag aus der Tasche und reichte ihn Patricia. Seit der Entdeckung des Rauchgeruchs war Emmas Neugier und Begeisterung etwas abgeflaut.

Patricia war ungeschminkt, was ihr Gesicht ungewohnt erscheinen ließ. Sie betrachtete den Umschlag prüfend von beiden Seiten und zog ein Messer aus dem Ständer auf dem kleinen Tisch.

»Soll ich, oder willst du?«

»Nein, ich.« Emma nahm ihr den Brief wieder ab und Patricias drängender Blick ließ gar nichts anderes zu, als die Klinge in die kleine Öffnung an der Seite der Flappe zu stecken und das Papier zu zerschneiden. Ihre Hand zitterte, als sie einen gefalteten Briefbogen herauszog. Es war leicht gelbliches Papier, nicht dick und teuer, aber auch nicht einfach Druckerpapier. Emma atmete ein und öffnete den Brief. Ihre Augen zuckten über die wenigen Zeilen. Danach schüttelte sie den Kopf leicht und ihre Augenbrauen wanderten hoch.

»Darf ich auch?« Es war keine Frage, sondern ein Befehl von Patricia.

Emma beugte sich zu ihr und las leise vor:

Liebe Emma,

es gibt einen Satz, der nicht von mir ist, sondern von einem Yogi am Himalaya. Dank dir ist er mir wieder eingefallen. Ich will ihn unbedingt mit dir teilen. Allein der Gedanke daran hat mir geholfen, wieder freudig nach vorne zu sehen. Vielleicht geht es dir auch so.

Die Weisheit des Yogi lautet:
In Wahrheit ist es einfach Liebe.

Es klingt so einfach und ist doch so schwierig.
Ich hoffe, ich habe mich jetzt nicht aufgeführt wie ein Elefant im Porzellanladen und du findest diesen Satz aufdringlich. Vor langer Zeit einmal habe ich ihn gelesen und er hat mich beruhigt und gestärkt. Vielleicht hat er auf dich die gleiche Wirkung.

Ein Mann, der gerne ein Traummann wäre, aber mehr ein Alptraummann ist

12

Romantisch.« Patricia nahm einen weiteren Schluck ihres Matcha-Tees. Ein kleiner grüner Schaumbart blieb auf ihrer Oberlippe zurück.

»Das habe ich auch so geschrieben in meinem ersten Brief. Deine zukünftige Traumfrau, die allerdings derzeit eine Alptraumfrau ist.« Emma las den Brief immer wieder, weil sie den Wortlaut der Zeilen nicht glauben konnte. Wenn sie in der Nacht auch alle Funken von Verliebtheit in einen Unbekannten in sich erstickt hatte, so glommen sie nun wieder voll auf.

In Wahrheit ist es einfach Liebe.

Einfach Liebe.

»Ist es nicht sehr früh, wenn er jetzt schon von Liebe spricht?«, fragte Emma.

»Schätzchen, er schreibt nicht, dass er dich liebt. Er schreibt von der Kraft der Liebe, der Wahrheit und der Einfachheit.«

»Aber es klingt, als hätte er meine Briefe gelesen. Meine Briefe an Unbekannt. Wie?«

»Das kannst nur du wissen.«

Aber Emma wusste es nicht.

»Wer ist er?« Emma wackelte mit dem Umschlag vor Patricias Gesicht.

»Hast du wirklich niemandem von den Briefen erzählt?«

»Wie oft noch? Nie-man-dem. Außer mir weiß niemand, dass ich mich Alptraumfrau genannt habe und zukünftige Traumfrau. Genau wie er in seinem Brief.« Emma sah Patricia flehentlich an. »Wenn du etwas weißt, dann sag es. Bitte!«

»Hier geht es nicht um Wissen.«

»Sondern?«

»Um mehr.«

»Was soll das wieder heißen?«

»Ich habe von so einem Antwortbrief noch nie gehört. Das Universum, der Himmel, die Macht, die uns umgibt, sie senden uns Botschaften. Manche versteckt, manche offen. Aber schriftlich sind sie mir noch nic untergekommen.«

Es war Patricia anzuhören, dass sie es genau so meinte, wie sie es sagte.

»Was mache ich jetzt?«

»Nichts.«

»Wie bitte?«

»Du lebst.«

»Aber ich will wissen, wer den Brief geschickt hat. Welcher Mann schreibt so etwas? – In Wahrheit ist es einfach Liebe?«

»Wenn die Zeit reif ist, wirst du ihn treffen.«

»Und bis dahin?«

»Verwendest du viel Liebe für dich selbst. Du verdienst sie nämlich. Statt zu warten, dass dich jemand liebt, tu es einmal selbst. Es wird dir guttun.«

Emma spürte, wie die Wut in ihr aufwallte. Sie wollte wissen, wer der Briefschreiber war, und Patricia mit ihren seherischen Kräften wusste vielleicht schon mehr. Sie hätte Patricias Tasse packen und ihr das grüne Zeug ins Gesicht schütten können.

»Ich weiß, was du jetzt tun willst. Aber es bringt dir auch keine Klarheit«, sagte Patricia seelenruhig.

13

Emma machte im Kopf eine kleine Liste:
Ruhige Minuten an diesem Tag: null

Ruhig gesessen an diesem Tag: nullmal

Pulsschlag: gefühlte zweihundertmal in der Minute

Schweißausbrüche trotz des kühlen Windes: mindestens zehn Mal

Zum Briefschlitz nachsehen gegangen, ob ein weiterer Brief eingeworfen worden war: geflunkerte 99-mal, in Wirklichkeit wahrscheinlich dreihundertmal

Gutes Gefühl, weil das viele Laufen durch das Haus auch eine Art Fitness-Training ist: durchaus

An Eric gedacht: dauernd

Mich gefragt, ob er den Brief geschrieben hat: dauernd

Mich schrecklich gefühlt, weil ich eine Alptraumfrau bin und bleibe: ständig

Mich als blöd beschimpft, weil ich so viele Lügen erzählt habe: gefühlte unendlich viele Male

Mich in den Spiegel geschaut und hässlich gefunden: viermal, danach habe ich den Spiegel abgehängt und zur Wand gedreht.

Um sich zu beschäftigen und abzulenken, zog Emma die vertrockneten Äste aus den Glasvasen, warf sie weg und brach auf, um etwas anderes zu finden, das sie hineinstecken konnte und das lebendiger wirkte.

Als sie New Steine nach oben Richtung St. James's Street ging, blieb sie auf einmal stehen und glaubte zu wissen, wer ihr da geschrieben hatte. Sie hatte eine Erklärung, wieso jemand den Brief gelesen hatte und sie als Traumfrau und sich als Alptraummann bezeichnete. Die Lösung war so einfach.

Nach ihrer Schwärmerei für Eric war Emma aber etwas aus dem Häuschen über den neuen Mann, der sich da für sie interessierte und ihr einen so wunderbaren Satz geschickt hatte.

Patricia hob auf keiner der beiden Nummern ab. Da Emma wusste, wo sie zu finden war, machte sie sich sofort auf den Weg.

14

Das ovale Holzschild an der Tür sagte: »Bitte Geduld und Vorfreude«.

Patricias Arbeitsplatz am Pier, weit draußen auf dem Steg, war ein hölzerner Planwagen. Drei Stufen führten hinauf zur Tür. Daneben war ein Schild angebracht, das Patricias Auftritte im TV beschrieb sowie einige Wahrsagungen, die sich als richtig erwiesen hatten.

Die Wagen der Achterbahn donnerten in der Nähe über die Schienen, ein paar junge Leute kreischten, als sie in einem Kanu einen Wasserfall hinunterrasten und nass wurden. Emma lief vor dem Wagen auf und ab, verließ den Platz aber nicht, damit sich niemand vordrängte.

Sie wartete und wartete. Nach 45 Minuten warf sie die Arme in die Luft. Wer war da bei Patricia drinnen, und was sagte sie ihm? Normalerweise waren ihre Termine doch im 15- oder 30-Minuten-Takt. Allerdings war jetzt auch Vorsaison, und vielleicht nahm sie sich da mehr Zeit.

Eine Stunde war vorbei, aber aus dem Wohnwagen war noch immer kein Lebenszeichen gedrungen.

»Hey, Emma!« Patricia war hinter Emma aufgetaucht, eine große Tüte Fish&Chips in der Hand. »Willst du?«

»Nein.«

»Was tust du hier? Lust auf Achterbahn?«

»Ich suche dich. Wieso sagst du, dass du jemanden drinnen hast, wenn es nicht stimmt?«

Patricia betrachtete das Schild. »Bitte Geduld und Vorfreude. Stimmt doch. Es sagt nicht, dass ich eine Kundin oder einen Kunden habe. Auch eine Wahrsagerin braucht Pausen.«

Emma machte eine wegwerfende Handbewegung, um zu zeigen, dass das jetzt egal war. »Ich weiß, von wem der Brief ist«, platzte sie heraus.

Patricia wollte sich gerade ein Stück gebackenen Fisch in den Mund schieben, ließ ihn nun aber wieder zurück in die Tüte sinken. »Ich höre.«

»Am Montag hätte ich beinahe wieder die Müllabfuhr verpasst. Ich bin im Bademantel hinaus, habe ihnen meine Müllsäcke gegeben und den Papierkorb mit den Fehlversuchen mitgenommen.«

»Du meinst Briefe, die dir nicht gefallen haben?«

»Ja. Mindestens...«, Emma ruderte mit den Armen in der Luft, »mindestens fünfzig zerknüllte Blätter. Ein paar sind runtergefallen, und der Wind hat sie fortgeweht. Aber dann kam ein Mann, dem ich Bier über den Pullover geleert habe, und er hat mir beim Aufheben geholfen.«

»Du meinst, er hat einen Brief gelesen?«

»Möglich. Er hat einen Hund.«

»Du hast ihn also in Bier gebadet, und er hat einen Hund. Sonst noch was? Woher kennst du ihn?«

Emma erzählte von dem Unfall im Fitzherbert. Patricia schloss die Tür zu ihrem Wagen auf und musste den Kopf einziehen, als sie eintrat. Emma folgte ihr.

Der Wagen war innen mit dunkelblauem Samt ausgeschlagen, es gab an der Hinterwand einen kleinen Tisch und einen Stuhl mit schmaler hoher Lehne für Patricia, für den Kunden einen bequemen Sessel davor.

»Ist es im Sommer hier nicht sehr heiß?«, wollte Emma wissen.

»Darling, ich habe eine Klimaanlage. Ich bin Wahrsagerin, aber nicht von vorgestern. Ich habe auch eine Heizung und...« Patricia lüftete den Stoff an der Wand, und dahinter kam eines dieser Zahlgeräte zum Vorschein, in das man Kreditkarten steckte, »ich bin gut ausgestattet.«

»Aha. Wahrsagung mit Kreditkarte bezahlen.« Emma fand es reichlich unromantisch, aber praktisch.

»Zurück zu deinem Traummann. Wie gefällt er dir?«

»Er sieht gut aus. Ich meine, er ist kein Model oder so, aber das muss ein Traummann auch nicht sein. Er war freundlich, als ich seinen Pullover durchnässt habe, und er riecht so gut. Aber er raucht.«

»Hast du ihn rauchen gesehen?«

»Nein, aber der Umschlag riecht nach den Fingern eines Rauchers.«

»Das ist ein dicker Minuspunkt.«

»Ist es. Sein Parfüm mag ich dafür sehr.«

Patricia hatte auf ihrem Stuhl Platz genommen und tippte die Fingerspitzen aneinander.

»Interessanter Weg, wie der Brief zu einem Mann führt, der für dich besonders sein kann.«

»Ist er mein Traummann?«

Wieder einmal schwieg Patricia auf diese Art, die Emma einfach wahnsinnig machte.

»Passt der Brief zu deinem Bier-Pullover-Anwalt?«, fragte sie schließlich.

Ratlos zuckte Emma mit der Schulter. Sie konnte es nicht abschätzen. »Da war eine Frau im Pub. Sie hat sich beschwert, dass er nicht in die Vorstellung gekommen ist.«

»Eine Schauspielerin?« Patricia nahm ihr Smartphone und googelte. »Im Theater Brighton läuft derzeit ein Krimi.« Sie überflog den Inhalt und studierte die Fotos der Schauspieler. »War sie das hier?« Sie zeigte Emma das Bild einer Frau mit schulterlangen dunklen Haaren.

»Ja, das war sie.«

»Nur eine Freundin. Da kann ich dich beruhigen.«

»Bist du sicher?«

Patricia nickte, gab aber keine weitere Erklärung ab, wieso sie das zu wissen glaubte.

»Soll ich... soll ich ihn suchen? Er muss in der Nähe wohnen. Ich kann auch am Abend ins Pub gehen und dort warten. Vielleicht kommt er. Oder was soll ich machen?«

Diesmal überlegte Patricia länger. »Schreib ihm.«

»Wie schreiben?«

»So wie du den ersten Brief geschrieben hast.«

»Es waren verschiedene.«

»Gut, gut. Schreib ihm weiter. Beschreibe deine Träume und Wünsche und erzähle etwas Schönes von dir.«

»Patricia, ich weiß nicht, wer er genau ist, ich habe keine Adresse, ich...«

Lächelnd hörte ihr Patricia zu, ohne darauf einzugehen, was sie sagte. »Emma, vertrau mir. Bisher ist es doch schon ganz interessant gelaufen.«

»So viel ist nicht geschehen«, relativierte Emma. »Der Typ kann eine taube Nuss sein, wie Philip. Der ist am Anfang auch erschienen wie ein junger Gott.«

»Hast du andere Ideen?«

Nein, die hatte Emma nicht. Aber sie hatte eine Frage. »Was mache ich mit dem Brief oder den Briefen dann? Wieder wegwerfen und hoffen, dass er sie findet?«

»Nein. Schließ sie weg.«

»Wie soll er dann etwas davon erfahren?«

»Sei ein Leuchtturm der freudigen Gedanken. Das reicht.«

»Manchmal machst du mich wahnsinnig«, sagte Emma.

Es wurde an die Tür geklopft. Patricia räusperte sich und rief mit tiefer Stimme: »Ich bin sofort für sie bereit.« Zu Emma sagte sie: »Das Business ruft. Wir hören uns. Viel Glück.«

15

Das weiße Papier vor ihr auf dem Schreibtisch schien sie herausfordernd anzugrinsen. Emma senkte immer wieder die Spitze der Füllfeder, um etwas aufzuschreiben, hob sie dann aber wieder und steckte die Kappe auf.

Kein Wort schien ihr richtig. Sie hatte bisher nur die Anrede geschafft sowie einen ersten Halbsatz.

Lieber unbekannter Traummann,

es gibt so viel, das ich...

Das war es dann auch. Weiter kam Emma einfach nicht.

»Es gibt so vieles, das ich dir erzählen möchte. So vieles, das ich von dir wissen will«, murmelte sie. Sie sah wieder hinaus in die hereinbrechende Dunkelheit, die Straßenlampen gingen gerade wie auf ein geheimes Kommando nacheinander an.

»Es gibt so vieles, das du über mich wissen solltest. Aber ich habe auch so viele Fragen an dich, und wie soll ich sie dir stellen?«, sagte Emma halblaut.

Der Türgong tönte in der Diele. Emma sah auf die Uhr. Es war kurz nach neun Uhr. Sie ging zur Tür und sah durch den Spion. Im Windfang stand ein schmächtiger Mann mit Hängebacken, der ungeduldig auf und nieder wippte. Sie öffnete.

Der Mann starrte sie überrascht an. Emma schätzte ihn auf Ende fünfzig.

»Guten Abend«, sagte sie höflich. Sein Koffer ließ vermuten, dass er ein Zimmer suchte.

»Nell erwartet mich.«

Emma lächelte entschuldigend. »Nell ist für ein Jahr verreist.«

»Wieso hat sie mir das nicht gesagt?«

»Das weiß ich nicht, aber ich vertrete sie und führe das B&B.«

»Wieso habe ich nichts erfahren, als ich mich angemeldet habe?«

»Angemeldet?«

»Ich habe geschrieben. Einen Brief. Wie immer.«

»Aha. Die Post ist manchmal etwas langsam hier.«

Der Mann hob einen kleinen Koffer hoch und drängte sich an Emma vorbei ins Haus. In der Diele blieb er kurz stehen und musterte sie von oben nach unten. »Sie vertreten Nell also?«

»Ja, ich habe von ihr alles übernommen.«

»Alles. Ja?«

»Alles hier!« Emma deutete in der Diele herum. »Wie war Ihr Name doch?«

»Henry Drummer. Drummers Ewiger Friede.«

Dieser Firmenname kam Emma bekannt vor. Ihr fiel ein, wo sie ihn schon gelesen hatte. Er war auf einem der Umschläge gestanden, die sie beschrieben hatte. Sie musste ihn noch in Nells Büro liegen haben.

»Wo ist Nell hin? Und wieso steht der Spiegel verkehrt?« Er deutete auf den Wandspiegel in der Diele, den Emma vom Haken genommen hatte, damit sie sich nicht mehr darin ansehen konnte.

»Sie trampt durch Afrika. Ohne Handy und Laptop.« Zu Emma hatte sie auch gesagt, dass sie eine »neue Ebene der Erkenntnis und Tiefe des Bewusstseins« erreichen wollte. Aber das hielt Emma nicht für erwähnenswert.

Henry Drummer musterte Emma noch immer kritisch. Deshalb fügte Emma hinzu: »Nell ist meine Tante und wie gesagt, sie hat mir alles hier übergeben.«

»So, so, alles übergeben«, hörte sie ihn leise sagen. »Dann ist es ja gut.« Seine Haare waren gefärbt und schimmerten unnatürlich schwarz im Licht der Deckenlampe. Der weiße Nachwuchs war an den Wurzeln zu sehen.

Emma fiel ein, dass keines der Zimmer hergerichtet war, in allen lagen Kissen und Decken ohne Überzüge herum. Staubsaugen und Fensterputzen hatte Emma für den Freitag eingeplant gehabt, da sie nur zwei Buchungen für das Wochenende hatte. Der unerwartete Gast kam ihr allerdings sehr gelegen, da sie das Geld brauchte.

»Ich... bereite schnell alles vor«, sagte sie und verstellte Mr. Drummer den Weg nach oben. Sie stand wie ein Wachhund am Fuße der Treppe und streckte die Arme zur Seite. »Machen Sie es sich doch im Wohnzimmer bequem.«

»Hat Nell gesagt, was mein Zimmerpreis ist und was alles inkludiert ist?«

Emma versuchte sich zu erinnern, ob ihre Tante etwas erwähnt hatte. Sie hatte Emma mit Informationen und Ermahnungen überschüttet, und ab einem gewissen Zeitpunkt hatte Emma einfach nicht mehr zugehört.

»Sie hat mir alles aufgeschrieben. Bevor ich nachsehe, eine Frage: Haben Sie ein Lieblingszimmer hier?«

»Nummer vier. Wie immer.«

Nummer vier war ein Doppelzimmer in den Hof mit einem kleinen Bad. Das Bett war riesig, mit einem mächtigen Haupt aus dunkelbraunem Holz, die Matratze durchgelegen, und Emma hatte, als sie sich einmal spaßhalber darauf geworfen hatte, das Gefühl, vom Bett verschlungen zu werden.

Sie deutete auf die offene Tür zum Wohnzimmer. »Wenn Sie es sich kurz bequem machen?«

»Bequem?« Drummer hustete verächtlich. »Ich muss arbeiten. Morgen besuche ich sechs Kundinnen.«

Zu Emmas Erleichterung ging er mit seinem Köfferchen dann doch in das Wohnzimmer, und sie schloss die Tür hinter ihm. Als Erstes lief sie in das Büro und suchte den kleinen Sekretär ab, der an der Wand stand, konnte aber dort die Post nicht finden.

Sie riss ihre Kapuzenjacke von dem Stuhl in der Ecke, und darunter lagen die Umschläge, auf die sie ihren Brief beim Lucky Beach geschrieben hatte. Emma blätterte sie durch und zog das längliche Kuvert heraus, das einen schwarzen Firmenaufdruck mit dem Wortlaut: Drummers Ewiger Friede trug.

Nell besaß einen Brieföffner mit Marmorgriff. Schnell schlitzte Emma den Brief auf und zog das gefaltete Blatt heraus. Es war mit der Hand geschrieben.

Ich werde am 11. Mai etwas später als sonst eintreffen und zwei Nächte bleiben.
Alles wie üblich, wenn ich bitten darf.

Was meinte er mit »wie üblich«? Wollte er mehr Kissen in seinem Bett oder spezielles Brot für das Frühstück?

Emma lief in den ersten Stock, stürmte in Zimmer vier und schob als Erstes das Fenster nach oben. Die Luft im Raum war muffig und feucht, Lüften dringend nötig. Im Schrank fand sie Überzüge für die gigantische Decke und die dicken Kissen. Sie kämpfte mit dem Laken und stopfte Kissen und Decke einfach so gut es ging in die klammen Überzüge. Noch ein kleines und ein großes Handtuch ins Bad an den Haken, dann war das Zimmer fertig.

Als sie ins Wohnzimmer zurückkehrte, hatte Henry Drummer dort das getan, was er wohl unter »wohlfühlen« verstand. Sämtliche Sitzmöbel und der niedere Couchtisch waren mit Mappen übersät. Jede Mappe trug einen Namen, geschrieben in geschwungener Handschrift.

»Das Zimmer ist bereit. Ich helfe Ihnen rauftragen«, bot Emma an.

»Meine Unterlagen bleiben hier, wie immer.« Drummer nahm den kleinen Koffer und sah sie streng an. »Nichts anfassen, es ist alles genau geordnet.«

Er schritt an Emma vorbei zur Treppe. Auf der dritten Stufe blieb er stehen und drehte sich zu ihr. »Wie üblich, nicht wahr?«

In Emmas Kopf klingelte eine alte Registrierkassa. Zufriedener Gast, gutes Geld, vielleicht sogar ein Trinkgeld. Also lächelte sie künstlich und versicherte ihm, dass ihr Service dem von Nell natürlich um nichts nachstand. Henry Drummer nickte zufrieden und setzte den Weg nach oben fort.

Emma verschwand im Arbeitszimmer und öffnete Nells Laptop. Sie suchte in den wenigen Ordnern nach Aufzeichnungen über die Gäste, konnte aber nichts finden. Normalerweise buchten Gäste über die Homepage, aber auch dort gab es im Archiv keine Notiz über Mr. Drummer. Die letzte Hoffnung waren die E-Mails, doch keines stammte von Drummer. Er schien immer Briefe zu schicken.

Hektisch durchsuchte Emma alle Laden des Schreibtisches und den schmalen Wandschrank mit den Ordnern. Frühere Post von Henry Drummer war nicht zu finden.

Was konnte Nell diesem Gast geboten haben? Emma klappte ihren Laptop auf und googelte Drummer Ewiger Friede. Es gab keine Homepage, aber in einer lokalen Zeitung einen kleinen Bericht über ihn. Er hatte es zum Geschäftsmodell gemacht, alte, alleinstehende Damen zu betreuen und ihnen zu Lebzeiten bereits das perfekte Begräbnis zu verkaufen. Außerdem garantierte er, wenn gewünscht und nötig, ihr Erbe abzuwickeln, für ihr Haustier einen neuen Platz zu finden und trauernde Freunde zu trösten. Er tat das auf betont altmodische Art und Weise, ohne E-Mails, nur mit handschriftlichen Briefen, und wollte auf diese Weise Vertrauen erzeugen.

Was für ein ungewöhnlicher, schrulliger, aber auch stilvoller Mann, dachte Emma. Wahrscheinlich brauchte er spezielle Mahlzeiten, oder Nell hatte ihm die weißen Hemden gebügelt. Emma beschloss, an seiner Zimmertür zu klopfen und ihn vorsichtig zu fragen.

Sie hatte den Fuß auf die erste Stufe der Treppe gesetzt, als wieder der Türgong ertönte. Emma warf einen Blick durch den Spion und zuckte zusammen.

Draußen leuchteten Erics rote Haare im Schein der Lampe über dem Eingang. Er hielt etwas in der Hand, das wie eine Weinflasche aussah.

16

Emma freute sich über Erics späten Besuch, aber wo sollte sie ihn hinführen? Das Wohnzimmer war von Mr. Drummer besetzt.

Außerdem musste sie an Jamies Herrchen denken, den sie wohl ins Leben gezogen hatte, und sie konnte doch jetzt nicht mit Eric dort fortsetzen, wo sie damals nach dem Besuch im Fitzherbert viel zu früh geendet hatten.

Patricia!

Wieder tönte der Gong. Zwei Mal. Eric würde bestimmt gleich wieder gehen, weil er dachte, sie wäre nicht zu Hause.

»Augenblick noch«, rief Emma zur Tür. »Komme gleich.«

Sie schickte Patricia eine SMS.

Emma
Eric vor der Tür.
Was soll ich tun?

Nur ein paar Sekunden später schon die Antwort.

Patricia
Reinlassen.
Was sonst?

Sehr hilfreich, dachte Emma und verdrehte die Augen.

Vor drei Tagen hätte sie noch wetten können, dass Eric der Traummann sein könnte, den sie per Brief angezogen hatte. Seit heute Nachmittag aber war sie überzeugt, es war der geduldige, flotte Gentleman, den sie so gerne wiedersehen wollte.

Sie beschloss, mit Eric ein bisschen zu plaudern und ihn dann wieder fortzuschicken.

Emma riss die Tür auf. Ihr nächster Gedanke war: »Ich hätte mir wenigstens die Haare bürsten können.«

»Bin ich zu spät?« Eric grinste wie ein Schuljunge.

Sofort überkam Emma der Zweifel, ob sie etwas übersehen hatte. Hatte er ihr eine SMS geschickt, oder eine WhatsApp-Nachricht oder eine E-Mail?

»Ich meine, ist es zu spät für dich? Ich dachte, ich klingle bei dir, weil wir heute früher geschlossen haben und bei dir Licht brennt.«

Ah, so hatte Eric das gemeint.

»Nein, ich bin eine Nachteule.« Emma lachte verlegen.

Eric deutete an ihr vorbei in die Diele. »Darf ich...?«

»Jaja, natürlich.« Emma trat zur Seite, um ihm Platz zu machen, und er schob sich an ihr vorbei. Dabei berührten sich ihre Körper kurz, und Emma glaubte, einen elektrischen Schlag zu spüren. Eric, der einen Kopf größer war als sie, lächelte sie von oben an. Er roch gut nach einem Parfüm, das Emma nicht bekannt vorkam. Also konnte es keines der gängigen Parfüms sein. Eric war also Individualist, schloss sie daraus.

Hilflos stand Eric nun in der Diele, in einer Hand die Weinflasche, die Schultern fragend hochgezogen.

Wohin jetzt?

»Wir setzen uns am besten in die Küche«, sagte Emma und schloss die Haustür. Sie führte ihn zur schmalen Treppe, die in das Kellergeschoß führte. In der Küche stand noch ihr Geschirr vom Frühstück herum. Auf dem Boden lag die Rolle mit Müllsäcken, die ihr runtergefallen war. Sie hatte sich halb abgewickelt. Hastig raffte Emma den Läufer aus Müllsäcken zusammen und stopfte ihn in den schmalen Schrank unter der Spüle.

»Vielleicht besser hier rein?« Emma deutete auf den Frühstücksraum, da es in der Küche keine Sitzgelegenheit gab. Aus einem Hängeschrank holte sie Weingläser.

»Wie läuft deine Arbeit für den Artikel?«, erkundigte sich Eric.

»Äh... ja, gut. Interessante Erfahrung hier.«

»Aber kaum Gäste um diese Jahreszeit.«

»Wenige. Aber heute habe ich einen Stammgast, den ich verwöhnen darf.«

»Ist das nicht ungewohnt, für Leute das Bett zu machen und Frühstück zu kochen, wenn du sonst am Schreibtisch sitzt?«

»Ach, das sind Arbeiten, die... die gehören dazu. Zu meinem Job gehört so viel.« Emma rollte über sich selbst die Augen, als sie sich so reden hörte. Wie viel Bullshit konnte ein Mensch am Tag von sich geben? Die Antwort war: eine Menge, wenn er Emma hieß.

Sie riss nun Lade nach Lade auf und suchte nach einem Korkenzieher. »Sorry, ich kann keinen finden...«

»Schraubverschluss«, sagte Eric grinsend.

Sie setzte sich zu ihm und versicherte sich im Stillen, dass er doch nicht so sexy und süß war, wie sie ihn am Abend im Fitzherbert empfunden hatte.

»Ich muss dir was gestehen«, sagte er unvermittelt.

Was kam jetzt? Hoffentlich keine Liebeserklärung.

»Gestehen? Das klingt gefährlich«, sagte Emma

»Gestehen ist falsch ausgedrückt. Aber ich wollte dir sagen, dass ich dich am Montagmorgen gesehen habe, als der Wind deinen Papierkorb ausgeleert hat.«

»Du warst hier?«

»Ich habe einen Anruf von meinem Boss bekommen, weil er mit mir Bestellungen durchgehen wollte. Sein Büro ist nicht weit von hier in Kemptown.«

»Du hast mich beobachtet...?«

»Nicht direkt beobachtet, aber deine Jagd auf diese Papierbälle gesehen. Ich hätte dir natürlich geholfen, aber das war nicht nötig, weil da dieser Mann war... netter Typ.« Eric grinste sie auf eine Art an, die Emma nicht ganz zu deuten wusste.

Testete er aus, wie sie zu Jamies Herrchen stand? Wollte er mehr wissen? Wollte er... war er vielleicht an ihr interessiert und –

In Emmas Kopf ertönte einer dieser dramatischen Akkorde, wie sie in uralten Krimis zu hören waren, wenn der Detektiv eine Lösung fand.

Hatte Eric einen ihrer Briefe gefunden? Sie war nie sicher gewesen, alles Papier eingesammelt zu haben. Hatte der Wind ihm etwas zugetragen, hatte er ihr geschrieben? War er der Mann, der in der Zukunft ein Traummann sein wollte?

»Emma? Habe ich was Falsches gesagt?« Eric beugte sich vor und musterte sie besorgt.

»Nein, nein.« Sie konnte ihn doch nicht einfach direkt heraus fragen, ob er den Brief an sie geschrieben hatte. Oder doch? »Äh... rauchst du?«, fragte sie.

»Nein. Du?«

»Nein, sicher nicht.«

»Wieso willst du das auf einmal wissen?«

Den Grund konnte sie ihm natürlich nicht nennen. Wie sollte sie weiterforschen, ob er etwas mit dem Brief zu tun hatte? Verdammt, sie bräuchte Patricia. Sie konnte sich entschuldigen und auf die Toilette flüchten, um von dort eine SMS an Patricia zu schicken.

»Du bist auf einmal so still?« Eric klang ehrlich besorgt.

»Alles in Ordnung«, versicherte sie heftiger, als sie gewollt hatte. Sie konnte ihre Augen nicht von seinem Gesicht nehmen. Das Einschenken machte er professionell, aus einigem Abstand über dem Glas. Als er aufblickte, senkte sie schnell den Kopf, damit er ihr Starren nicht bemerkte.

»Hier!« Er streckte ihr das Glas hin. Sie nahm es und sie stießen an. Die Gläser erzeugten einen schönen Ton.

Eric nippte, Emma leerte das halbe Glas mit mehreren Schlucken.

»Durst?«, fragte er grinsend.

War das peinlich! Sie stellte den Rest des Weins schnell auf den Tisch und überlegte, ob sie ihm Chips anbieten konnte. Emma hatte nichts im Haus, aber sie musste jetzt einfach mit Patricia reden.

»Ich komme gleich wieder«, sagte sie und stand auf. Wo hatte sie aber wieder ihr Handy gelassen? Es lag in der Küche, fiel ihr ein. Auf der Anrichte. Eric würde sehen, wenn sie es nahm.

Sie blieb unentschlossen zwischen Küche und Essraum stehen. Nein, sie konnte das doch nicht tun. Also drehte sie sich mit einem Ruck wieder um.

Ohne dass sie es gehört hatte, war Eric aufgestanden und ihr gefolgt. Er stand nun dicht hinter ihr und deshalb stießen sie frontal zusammen, bewegten sich aber sofort wieder voneinander weg und lachten verlegen. So unsicher hatte sich Emma das letzte Mal gefühlt, als sie ihr erstes Date mit einem Jungen aus der Nachbarklasse gehabt hatte.

Wieder musste sie feststellen, wie gut und fest sich Erics Körper anfühlte. Sie lächelte zu ihm hoch und auf einmal überkam sie das dringende Verlangen, ihn zu küssen. Sie bewegte sich auf ihn zu, den Kopf leicht geneigt, eine Aufforderung, dass auch er sich nähern sollte, wenn er das jetzt wollte. Eric lächelte und sie schloss die Augen.

Über ihnen war ein Kratzen zu hören. Emma riss die Augen wieder auf und sah Eric Richtung Treppe blicken. Abermals wurde gekratzt.

»Hast du einen Hund?«, fragte er.

Emma schüttelte den Kopf.

»Klingt aber danach.«

Das Kratzen wurde lauter. »Bereit!«, sagte jemand mit gesenkter Stimme. Es konnte nur Mr. Drummer sein. Sonst war niemand im Haus.

Eric hob wieder fragend seine hellen Augenbrauen.

Emma sah zur Decke, als könnte sie durchblicken.

»Be-reit!«, kam es ungeduldig von oben.

»Hast du noch zu tun?« Eric stellte sein Glas ab. »Sorry, dass ich dich so überfallen habe. Es ist vielleicht doch spät.«

»Nein, nein, bleib«, sagte Emma schnell.

Eric fuhr sich durch die roten Haare. »Jetzt bin ich neugierig. Gilt der Ruf dir?«

»Nein.« Emma hätte am liebsten eine Tür zugeworfen, als Zeichen, dass sie nicht gestört werden wollte und damit Eric nichts mehr hören konnte.

»Herrin, lass mich nicht warten.« Die Stimme gehörte zweifellos Mr. Drummer. Fast weinerlich, wie ein kleiner Junge, fügte er hinzu: »Ich habe Strafe verdient.«

Das Blut schoss in Emmas Kopf, der sich anfühlte, wie ein Luftballon kurz vor dem Platzen.

»Ist das ein Video?« Eric deutete mit dem Daumen zur Treppe.

Was sollte sie antworten? Emma sah ihn stumm an, machte Anstalten, die Arme zu heben, ließ sie aber gleich wieder sinken.

Die jungenhafte Leichtigkeit war aus Erics Gesicht verschwunden. Eine Falte bildete sich über seiner Nasenwurzel.

»Ich... ich weiß selbst nicht...«, stotterte Emma.

»Herrin, lass deinen Diener nicht so leiden.«

»Gehört das zu deiner Recherche?«, fragte Eric.

»Nein, ich kann dir das...«, Emma brach ab. Sie konnte das nicht erklären, weil sie selbst keine Erklärung hatte.

»Ich... wollte dich wirklich nicht stören.« Eric stellte sein Glas ab und nickte ihr, noch immer so unfassbar freundlich und liebevoll, zu. Eilig lief er die Treppe nach oben zur Diele, Emma folgte ihm.

Der Anblick dort übertraf ihre schlimmsten Befürchtungen. Ein bis auf schwarze Kniestrümpfe nackter Mr. Drummer kniete auf allen Vieren auf dem Boden. Er hatte ein Halsband aus Leder und Stacheln angelegt. Den Blick gesenkt streckte er Emma das Ende einer dünnen Metallkette entgegen, die als Leine diente.

Sie spürte, wie Eric sie fassungslos von der Seite betrachtete. Da Drummer den Weg zur Haustür verstellte, bewegte sich Eric nicht. Es war ihm aber anzumerken, dass er einfach so schnell wie möglich raus wollte.

Was sollte sie tun?

Emma war über sich selbst erstaunt, als sie sich rufen hörte: »Marsch, nach oben und warte dort, Dreckskerl!«

Gehorsam, ohne den Kopf zu heben, drehte sich der speckige Mr. Drummer auf allen Vieren um und krabbelte unbeholfen die Treppe nach oben. Die Kette klimperte die Stufen hoch.

Eric atmete tief durch, als bräuchte er eine Überdosis Sauerstoff, um diesen Schock zu verkraften. »Sehr professionell«, bemerkte er trocken.

»50 Shades of Grey gesehen«, nannte Emma als lahme Begründung für ihr Wissen, wie diese Situation zu handhaben war. Eric winkte ihr flüchtig zu, und ihr kam vor, er rannte fast davon. Nachdem er in die Nacht hinausgetreten war, schloss er leise die Tür hinter sich.

Noch immer stand Emma an derselben Stelle beim Kellerabgang. Sie starrte Eric hinterher und fühlte sich von der ganzen Situation völlig überfordert und überfahren.

17

Was? Das ist nicht dein Ernst?« Emma flüsterte nur. Sie telefonierte in Nells Büro. Die Zimmertür war geschlossen, aber Emma warf immer wieder einen schnellen Blick auf den Flur, ob Drummer auch bestimmt nicht lauschte.

»Du machst das genauso wie im Film. Es war schon ein guter Anfang.«

»Aber nur, weil Philip mich in diesen idiotischen Fifty Shades of Grey Film geschleppt hat.« Emma hatte Philip in Verdacht, dass er sie auch zu SM-Spielen überreden hatte wollen, aber es war nicht mehr dazu gekommen. »Ich bin doch keine Domina«, zischte sie.

»Deine Tante scheint sich aber Taschengeld mit Auspeitschen zu verdienen.«

»Sag das nicht so.«

»Es ist aber so.«

Leider musste Emma ihr da Recht geben. Es gab keinen Zweifel, dass Nell als Strenge Herrin tätig war. Wenn sie Mr. Drummer diesen Gefallen tat, dann vielleicht auch anderen.

Patricia hatte nur aufgelacht, als Emma ihr am Telefon beschrieben hatte, was geschehen war. »Du spielst jetzt die Zuchtmeisterin und lässt dir von ihm die Schuhe ablecken. Dafür kann er dir dann morgen den dreifachen Zimmerpreis zahlen. Oder den vierfachen.«

»Ich bin keine Nutte.«

»Darling, niemand will, dass du mit ihm ins Bett gehst. Warst du an der Schule in der Theatergruppe?«

»Ja.«

»Was war dein größter Erfolg?«

»Ich habe die Julia gespielt. Mein Romeo hatte Mundgeruch und mir ist bei der Aufführung regelmäßig schlecht geworden.«

»Ausgezeichnet. Dann hast du Übung. Dir wird vielleicht auch ein wenig übel, wenn du die Domina spielst und dem feinen Herrn den Hintern versohlst. Sieh es einfach wie eine Rolle im Schultheater. Du bekommst keinen Applaus, aber dafür ist der Auftritt bezahlt.«

»Bei uns in Salzburg sind solche Stücke nicht gespielt worden.«

»Du bist in Brighton, Darling. Da ist mehr möglich, als sich eine Klosterschülerin träumen lässt.«

»Ich war auch nicht in der Klosterschule«, protestierte Emma.

»Lass deinen Sklaven nicht zu lange allein, sonst heult er.« Patricia wünschte ihr viel Glück und Spaß und legte auf.

Aus dem oberen Stockwerk kam das Klimpern der Kette und ein Winseln, das an einen großen Labrador erinnerte, der spielen wollte.

»Ich verdiene Strafe, Herrin.«

Emma schloss kurz die Augen und stellte sich eine Domina vor: schwarze Haare, nach hinten gebunden, schwarze Lederkleidung. Sie hatte das alles nicht, aber Drummer würde es nicht bemerken. »Wehe, du hebst deinen dreckigen Kopf, du Schwein«, schrie sie. »Ich werde dir zeigen, was du verdienst.«

Dominas hatten mit Leder überzogene Reitgerten, aber wo sollte sie so etwas herbekommen? Eigentlich müsste ihre Tante die richtige Ausrüstung besitzen, fiel ihr ein. Sie wohnte in Nells Schlafzimmer und es gab dort einen Schrank, in dem die Tante persönliche Sachen aufbewahrte. Er war abgesperrt, was Emma zu Beginn gekränkt hatte.

Dachte Nell, sie würde stehlen? Nun ahnte sie den Grund für die abgeschlossene Schranktür. Auf Zehenspitzen huschte sie nach oben in die Mansarde und rüttelte an der Schranktür. Zum Glück war das Möbelstück alt, wie alle Gegenstände im Haus. Emma eilte in die Küche und holte aus der Werkzeuglade einen Schraubenzieher. Damit bewaffnet ging es wieder vier Stockwerke nach oben.

Fit hielt sie die Überraschung mit Drummer auf jeden Fall. Bereits beim zweiten Versuch krachte das Schloss, und die Tür sprang auf. Emma schob die Kleidungsstücke zur Seite, die auf Bügeln hingen, und entdeckte dahinter, was sie suchte: Gerten, eine neunschwänzige Katze aus Leder, hohe Stiefel und gefaltete schwarze Lederkleidung.

Sie zog sich die Stiefel an, nahm die Gerte und stöckelte die Treppe wieder runter. Dabei musste sie sich am

Handlauf festhalten, weil sie mit den hohen Absätzen kaum gehen konnte.

Die letzten Stufen stampfte sie absichtlich fest auf. Aus Drummers Zimmer kamen quiekende Laute, eine Mischung aus freudiger Erwartung und Angst.

Emma wankte bei jedem Schritt, und zweimal konnte sie sich gerade noch an der Wand abfangen und einen Sturz verhindern.

»Kopf hinunter«, hauchte sie mit grausamer Kälte. Im Stillen applaudierte sie sich selbst für diese Vorstellung. Sie ließ die Gerte durch die Luft zischen und auf das Bett knallen.

Drummer stöhnte freudig.

Langsam lenkte Emma die Gertenspitze über seinen Rücken. »Du leckst heute den Boden sauber.« Sie befahl ihm das, damit er unter keinen Umständen aufsah und bemerkte, dass er es mit einer Domina in Stiefeln und ausgeleiertem Wollpulli zu tun hatte.

»Herrin, mache ich das gut so?« Drummer bewegte den Kopf über die Holzdielen, als würde er lecken, aber Emma konnte erkennen, dass er nur simulierte. Beim Anblick der Wollmäuse, die sich in der Ecke des Zimmers gesammelt hatten, kam ihr eine Idee. Sie befahl Drummer, ins Badezimmer zu kriechen und dort zu warten, bis sie wieder Zeit für ihn hatte. Als sein wabbelndes weißes Hinterteil verschwunden war, schloss sie die Tür energisch. Aus einem schmalen Schrank neben der Treppe holte sie Putzlappen, Eimer, Schrubber und Kehrschaufel.

Damit stöckelte sie in das Zimmer zurück und öffnete die Badezimmertür einen kleinen Spalt.

»Du Dreckskerl wirst dich einmal nützlich machen«, befahl sie ihm so streng sie es zusammenbrachte. Emma ließ die Putzsachen fallen. »Du wirst jetzt alle Zimmerböden sauber machen. Wenn ich nur ein Staubkorn finde, dann...«

»Ich werde Euch zufriedenstellen, Herrin«, versprach Drummer demütig.

Als Emma wieder hinunterging, spürte sie, wie ein Mundwinkel zu einem zufriedenen, leicht teuflischen Grinsen in die Höhe wanderte. Sie hätte sich niemals für fähig gehalten, einen solchen Auftritt hinzulegen.

Allerdings hätte sie auch niemals ihrer Tante zugetraut, die sie nur mit Eulenbrillen und in absolut sexbefreiter Kleidung kannte, ein solches Geheimnis zu hüten. Tante Nell hatte nie einen Zweifel daran gelassen, für wie kulturlos und geistig minderwertig sie Emmas Familie hielt. Ihre Welt war die Universität, die philosophischen Studien, mit denen sie immer angab, und ihre »hochintellektuellen Freunde«, von denen sie schwärmte. Sie hatte immer auf Emma herabgesehen und ihr das Gefühl gegeben, ein nettes Mädchen zu sein, aber eben nur unterer Durchschnitt.

Schon heute freute sich Emma auf den Tag, wenn ihre Tante zurückkehrte und sie ihr schildern konnte, wie gut sie sich als »Vertretung« für ihr geheimes Gewerbe gemacht hatte. Die leichte Arroganz und der ewig leidende

Ausdruck über die Unbildung ihrer Umgebung würden zum ersten Mal aus Nells Gesicht verschwinden. Darauf traute sie sich wetten.

Weil sie etwas frische Luft brauchte, öffnete Emma die Haustür und blickte auf den nächtlichen Platz hinaus. Tief atmete sie die Meeresluft ein, die eine sanfte Brise heranwehte.

Traurig wurde sie erst, als ihr Eric einfiel. Ob er ihr glauben würde, wenn sie versuchte, ihm alles zu erklären? Ob er überhaupt noch mit ihr reden würde?

18

Emma stand in der Küche und trommelte mit den Fingern auf die Anrichte. Selten war sie so nervös gewesen wie vor dem Moment, in dem Mr. Drummer die Treppe zum Frühstück herunterkommen musste.

Wie würde die Begegnung mit ihrem »Sklaven« sein? Wie sollte sie sich jetzt verhalten? Weiterspielen oder so tun, als wäre nichts gewesen?

In der Nacht hatte sie noch seine »Arbeit« kontrolliert. Sie hatte ihn ein wenig mit der Reitgerte versohlt und gescholten, dass er nicht gründlich genug gewesen sei. Dabei war sie sich reichlich komisch vorgekommen, weil das Zimmer erstens blitzblank geputzt war und sie es zweitens mit einem erwachsenen Mann zu tun hatte, der ein paar Stunden zuvor Seriosität und Ernsthaftigkeit auf zwei Beinen dargestellt hatte.

Drummer hatte gestöhnt und um Milde gewinselt und von Emma dafür den Befehl erhalten, ihr im Bad aus den Augen zu gehen. Sie hatte die Zimmertür hinter sich zugeknallt, um ihm klar zu machen, dass die Sache beendet war. Auf dem Weg in ihr Zimmer, das sich unter dem Dach befand, war sie aber neugierig geworden und hatte die Gästezimmer inspiziert. Vom Boden konnte man nun fast essen, und die Betten waren alle gemacht.

Vielleicht veranstaltete Tante Nell diese Spiele nur, um sich das Putzen zu ersparen, fiel ihr ein.

Endlich hörte sie Schritte die Treppe herunterkommen. Emma richtete sich auf und zupfte das schwarze T-Shirt zurecht. Sie hatte es gewählt, weil sie dachte, dass Drummer vielleicht auf Schwarz stand und es ihm einen morgendlichen Kick geben könnte.

Henry Drummer betrat den Frühstücksraum und setzte sich an den Tisch, der am nächsten beim Fenster stand. Er trug einen dunkelblauen Anzug mit dünnen weißen Streifen, weißes Hemd und frisch geputzte Schuhe. Sein gefärbtes Haar glänzte ölig, und er roch nach einem Parfüm, das Emma an ihren Urgroßonkel erinnerte, den sie als Kind im Altenheim besucht hatte.

»Zwei Toasts heute nur, ich muss auf mein Gewicht achten«, sagte Mr. Drummer.

Emma fiel das runde Hinterteil ein, das in ihrem Kopf wie der Vollmond leuchtete. Sie kniff die Augen zusammen, um die Erinnerung zu verdrängen.

»Gerne, und schönen guten Morgen«, sagte Emma.

»Was soll an diesem Morgen schön sein?« Drummer deutete zum Fenster hinaus. »Es regnet, der Himmel ist bedeckt, und meine Kundinnen werden alle depressiv sein und mir vorjammern, dass sie nicht mehr lange leben werden und deshalb weniger Prämie zahlen wollen.«

»Verstehe. Darf es ein Ei sein? Speck? Marmelade?«

»Wollen Sie mich mästen wie einen Weihnachtstruthahn? Zwei Scheiben Toast und etwas Butter. Und Tee.«

»Kommt sofort.« Emma war bereits um sechs Uhr aufgewacht und eine Runde laufen gegangen. Der Himmel hatte regenschwer ausgesehen, und sie wollte ihren Kopf auslüften. Auf dem Rückweg hatte sie für das Frühstück eingekauft und freute sich nun, weil sie das meiste selbst essen konnte.

»Sie bleiben noch eine Nacht?«, fragte sie, als sie die Toastscheiben auf einem Teller zum Tisch brachte.

»Ja. Das habe ich doch geschrieben.«

»Ich wollte nur sichergehen.«

»Erwarten Sie weitere Gäste?« In Emmas Ohren klang es lüstern, wie Drummer die Frage stellte. Oder täuschte sie sich?

»Nein, erst zum Wochenende.«

Drummer biss kräftig vom Toast ab und sagte nichts mehr. Niemals hätte man glauben können, dass er in der Nacht auf allen Vieren vor Emma herumgerutscht war.

19

Emma hatte das wenige Frühstücksgeschirr in die Spülmaschine geräumt und war dann kurz am Schreibtisch im Erker des Arbeitszimmers gesessen. Der angefangene Brief lag noch immer da, aber sie hatte weder Ideen, was sie weiterschreiben sollte, noch wirklich Lust dazu.

Lange sah sie zu den drei Fenstern hinaus, die den Erker bildeten, und blickte den Platz auf und ab. Sie sah nur einen Mann, der im ärmellosen T-Shirt und mit seinen dicken Oberarmen an einen rasierten Bären erinnerte und einen winzig kleinen Yorkshire Terrier an der Leine Gassi führte.

Als Nächstes ging sie in den ersten Stock, um zu sehen, ob in Zimmer vier etwas zu tun war. Sie rechnete damit, dass Drummer sein Bett selbst gemacht hatte. Schließlich war er gut im Putzen. Zu ihrer Enttäuschung aber waren Decke und Kissen zerwühlt. Der Boden des Bades war überschwemmt, und der Geruch seines altmodischen Parfüms verstopfte ihr fast die Nase.

Sie holte Gummihandschuhe und Putzsachen und brachte sein Zimmer schnell in Ordnung. Danach ging sie in die Dachwohnung und stellte sich zum zweiten Mal an diesem Morgen unter die Dusche. Irgendwie kam sie sich schmutzig vor, wenn sie mit Drummer oder seinen Sachen in Berührung kam.

Sie war jetzt auf den Tag genau sechs Wochen in Brighton. An diesem Morgen erschienen Emma die Zimmer noch schäbiger als sonst. Es musste eine halbe Ewigkeit her sein, seit Tante Nell zum letzten Mal hier hatte ausmalen lassen. Es kam Emma so vor, als wäre der Tante das B&B ziemlich egal gewesen und sie hatte es nur als ungeliebte, aber willkommene Einkommensquelle genutzt. Genauso wie ihre »Nebentätigkeit«...

Kein Wunder, dass die Gäste immer weniger wurden. Selbst im Sommer waren – wie Emma in den Buchungen der vergangenen Jahre sehen konnte – weniger als die Hälfte der Zimmer belegt.

Sie war für ein Jahr hier und wollte etwas unternehmen. Herumsitzen und Trübsal blasen war jetzt vorbei, entschied Emma. Allerdings fehlte ihr das Geld, um irgendwelche Verbesserungen, Renovierungen und Veränderungen zu machen. Das musste sich ebenfalls ändern, selbst wenn sie noch nicht wusste, wie sie es anstellen sollte. Von ihren Eltern hatte sie keine Hilfe zu erwarten, nach dem Desaster, das Philip hinterlassen hatte.

Im zweiten Stock befanden sich drei sehr kleine Zimmer. Emma schob die Fenster hoch und lüftete. Sie beugte sich hinaus und konnte bis zum Meer sehen. Der Himmel schien fast bis zu den Wellen herabgesunken zu sein. Emma beugte sich leicht vor und blickte hinunter zu den Stufen vor dem Eingang.

Wieder ging ihr die Frage durch den Kopf, wer den Brief bei ihr eingeworfen hatte. War es Eric gewesen?

Konnte er so etwas schreiben? Oder doch der Mann mit dem Hund, dessen Namen sie so gerne gewusst hätte?

Sie kehrte ins Büro zurück, holte einen kleinen Schlüssel aus einer Porzellandose im Sekretär an der Wand und öffnete die absperrbare Lade des Schreibtisches. Wie einen kleinen Schatz hütete sie darin den Brief.

In Wahrheit ist es einfach Liebe.

Wem gehörte die sehr gerade, schwungvolle, aber schnörkellose Handschrift? Sie stellte sich vor, wie eine Männerhand die Zeilen geschrieben hatte und roch am Papier.

Emma stutzte. Sie musste sofort mit jemandem reden und rief Patricia an.

»Der Brief riecht nicht nach Rauch, der Umschlag schon.«

Am anderen Ende war nur ein Gähnen zu hören. »Emma, ich brauche noch etwas Schönheitsschlaf.«

»Aber was kann das bedeuten?«

»Er ist ein Gelegenheitsraucher und hat nur auf dem Weg zu deinem Haus geraucht.«

Das hatte Emma nicht unbedingt hören wollen. »Möglich. Ja.« Patricia gähnte und gab dabei ein »Bis später« von sich. Dann legte sie auf.

Emma stellte den Brief vor sich hin, betrachtete die Schrift, die ihr immer schöner erschien, und wünschte sich nur eins: den Schreiber kennenzulernen. War er wirklich Gelegenheitsraucher? Eric schied dann aus. Blieb der Mann mit dem Hund.

Sie nahm ein neues Blatt und den Füller, den sie für die Liebesbriefe an Unbekannt gekauft hatte. Es war ein altmodisches Stück, grüner Lack mit dünnen schwarzen Streifen und einer vergoldeten Kappe. Emma hatte den Füller auf dem Tisch vor einem Antiquitätenladen im Herzen von Brighton entdeckt. Die rosige Frau, die dort verkaufte, hatte sogar Tinte besorgt, als sich Emma dafür interessierte, und ihn gefüllt. Die Feder, ebenfalls vergoldet, schrieb weich, die Tinte floss üppig. Das zwang Emma, schneller zu schreiben und nicht allzu lange nachzuzudenken.

Lieber unbekannter Traummann,

wie kann man so große Sehnsucht nach einem Menschen haben, den man nicht einmal kennt. Richtig kennt, meine ich.

Danke für die wunderbare Zeile, die du mir geschenkt hast. Kaum ein Satz hat mich in meinem Leben mehr berührt. Wie Recht du doch hast. Wie schwierig aber das Einfache ist.

Wahrheit ist immer gut, doch sie tut so unendlich weh. Als ich die Wahrheit über Philip erfahren habe, ist für mich eine Welt eingestürzt. Obwohl ich doch schon davor so oft von ihm Schläge bekommen habe, die mich erschüttert haben, wie die Abrissbirne ein altes Gebäude.

Ist Liebe einfach? Ist sie für dich so einfach? Ich habe einfach geliebt, und es ist einfach so unfassbar daneben gegangen, weil ich mich einfach so entsetzlich geirrt habe.

»Wir haben es dir immer gesagt«, hat mir meine Mutter gefühlte dreihundert Mal danach erklärt. Dabei ist es nicht wahr. Meine Eltern fanden Philip zu Beginn auch so charmant, und er ist ihnen sehr engagiert und tüchtig erschienen. Philip ist ein perfekter Blender, der die hohlsten Worte so sagen kann, dass du meinst, er wäre Uni-Professor. Amelie hat ihn angehimmelt und war von ihm hingerissen, wie der Rest meiner Familie. Ich will ihr nichts unterstellen, aber ich wette, sie hätte ihn mir gerne ausgespannt.

Aber sexy Philip mit der tiefen Stimme und dem unwiderstehlichen Grinsen hatte mir gehört. Oder besser gesagt: Er sollte zu mir gehören. Jedenfalls hat er auch lange Zeit so getan, als ob es so wäre. Ich war stolz, dass ein Mann wie er sich für mich interessierte, und weil meine gesamte Familie sich ebenso darüber wunderte, habe ich ihm alles nachgesehen.

Aber genug gejammert. Du musst denken, ich bestehe nur aus Problemen, aber das ist nicht so. Das Leben ist nur seit einigen Monaten zu einem großen Problem für mich geworden, und ich habe nicht das Gefühl, dass es sich bald bessern könnte.

Bist du einsam? Wieso bist du allein? Wieso schreibst du MIR? Ein Mann, der einen so wunderschönen Satz kennt, muss doch eine Frau an der Seite haben, die mindestens ebenso wunderbare Dinge sagen kann.

Oder verherrliche ich dich jetzt? Meine Mutter hat mir oft vorgeworfen, ich hätte Philip immer verherrlicht und deshalb übersehen, was für ein mieser Kerl er hinter der charmanten Fassade war. Allerdings hätte meine Mutter, die für sich in Anspruch nimmt, so ziemlich alles zu durchschauen, ihn auch besser einschätzen können.

Wenn es schiefgeht, dann ist es meine Schuld. Hätte es mit Philip geklappt, wäre es meiner Mutter vielleicht sogar eingefallen, den Satz fallen zu lassen: »Es war nicht einfach, einen so tollen Mann für unsere ältere Tochter zu finden.«

Mir fällt auf, dass ich schon wieder jammere. Das will ich wirklich nicht. Mein Herz ist gebrochen, ich bin sehr verletzt, und an manchen Tagen fühle ich mich, als hätte mir jemand die Haut abgezogen. Ich habe große Angst, wieder verletzt zu werden, und gleichzeitig wünsche ich mir so sehr, mit jemandem wie dir durch die Tage zu gehen.

Vielleicht sogar durch das Leben. Ist das heute noch möglich? Oder treffen wir uns immer nur für einen Lebensabschnitt?

Einfach gehen, nebeneinander gehen. Das ist es, was ich mir am meisten wünsche. Aber schaffe ich es, wieder zu vertrauen nach dem, was Philip mir angetan hat? Stell dir vor, du entdeckst nach drei Jahren Ehe, dass...

Die letzten Worte verschwammen, da Tränen von Emmas Wangen auf das Papier gefallen waren. Sie zog heftig durch die Nase auf und lehnte sich zurück. Wieder einmal musste sie heulen, und das Schluchzen kam tief aus ihrer Brust, von dort, wo das Herz schlug.

Ihr verletztes, trauriges Herz. Sie schluckte und kniff die Lippen zusammen, um weitere Tränen zurückzukämpfen.

Ein sehr leises Geräusch aus der Diele ließ Emma zusammenzucken. Es war die Klappe des Briefschlitzes, die zurückgefallen war. Sie befand sich in der Mitte der Tür, und die Post fiel einfach dahinter auf den Boden. Emma fuhr in die Höhe und stürzte aus dem Büro.

Auf den Fliesen, von denen einige gesprungen waren, lag Post. Es war ein großer Umschlag, auf dem ein kleinerer lag und außerdem bunte Karten, die eine neue Pizzeria bewarben. Emma fühlte die Enttäuschung, weil sie etwas anderes erhofft hatte. Sie bückte sich und hob die Umschläge auf.

Unter der normalen Post lag noch ein schmaler Umschlag.

Für Emma

Sie erkannte die Handschrift sofort.

20

Emma wollte den Umschlag aufreißen, zögerte kurz und stürzte dann aus dem Haus. Von der obersten Stufe aus blickte sie den Platz auf und ab. Sie sah die Briefträgerin an der St. James's Street zu ihrem Moped gehen.

»Halt«, rief Emma und rannte ihr hinterher. »Halt, Postman!«

Oder wäre es korrekt, Postwoman zu rufen? Die Briefträgerin, die gerade dabei war, ihren Helm aufzusetzen, drehte sich zu ihr um. Es war eine Frau, die immer gehetzt wirkte und auf der Stirn die unsichtbare Aufschrift trug: Keine Zeit!

»Sind Sie eine Postfrau?«, fragte Emma, weil sie plötzlich unbedingt diese Frage geklärt haben wollte.

»Halten Sie mich deshalb auf? Ich habe noch zwanzig Straßen.« Die Frau deutete auf die volle Kiste hinten auf dem Moped.

»Nein. Ich will nur wissen: Haben Sie das auch eingeworfen?« Emma zeigte ihr den Umschlag von Unbekannt.

»Wie denn? Nicht frankiert, keine Adresse. Den muss jemand so eingeworfen haben.«

Das machte Sinn. »Danke.« Die Briefträgerin schwang sich auf das Moped.

»Postfrau oder Postmann?«

»Geraldine«, sagte die Briefträgerin. »Einfach Geraldine, die die Post bringt.« Sie startete und fuhr davon.

Wie lange war Emma im Büro gesessen? Sie rechnete zurück. Es konnte nicht länger als eine Stunde gewesen sein. Ein Umschlag auf dem Boden der Diele wäre ihr aufgefallen. Aber es war dort keiner gelegen, als sie ins Büro gegangen war.

Wer auch immer ihn eingeworfen hatte, musste es getan haben, während sie den Brief an ihn geschrieben hatte. Die Briefklappe hatte er mit dem Finger gebremst, damit sie kein Geräusch verursachte.

Vielleicht war er noch in der Nähe? Vielleicht war er vor wenigen Minuten an ihrer Haustür gestanden, Meter von dem Schreibtisch entfernt, an dem sie gesessen war. Die Vorstellung ließ Emmas Herz schneller schlagen.

Sie lief einmal die Häuserzeile entlang, auf der anderen Seite des Platzes wieder Richtung Meer. Es begegneten ihr nur zwei Mütter, die Kinderwägen schoben. Emma sah die Marine Parade hinauf und hinunter. Zahlreiche Leute marschierten auf dem Gehsteig in beide Richtungen, sie konnte aber keinen Mann ausmachen, der ihren Vorstellungen entsprach.

Vor ihr brauste der Verkehr auf den vier Spuren der Küstenstraße. Sie sah hinüber zum Geländer, von wo aus man den weiten Blick auf das Meer hatte. Noch immer hingen die Wolken tief und regenschwer.

Emma musste warten, bis sie endlich die Marine Parade überqueren konnte. Auch auf der Promenade gingen

Leute, ein Mann mit Aktenkoffer und im Anzug kam auf einem Skateboard angerollt. In Brighton war das nichts Ungewöhnliches. Sie trat an das Geländer und blickte hinunter zum Strand. Auf dem schmalen Weg, der den Schotterstrand zum Madeira Drive hin begrenzte, spielte ein Mann mit seinem Hund.

Er war es. Jamies Herrchen. Der Mann warf dem wuscheligen Jack Russell einen Ball, dem der Hund wie ein Pfeil hinterherjagte. Er brachte den Ball zurück und legte ihn seinem Herrchen vor die Füße, damit das Spiel weitergehen konnte.

Der Mann bückte sich und nahm ihn an die Leine. Den kleinen Ball trug der Hund im Maul. Sie kamen zu der langen Treppe, die nach oben zur Straße führte. Emma stand noch immer da und beobachtete die zwei.

Ihr Herz raste. Der Mann war mit Jamie an ihrem Haus vorbeigegangen und hatte dabei den Brief leise eingeworfen. Anders konnte es gar nicht gewesen sein.

Noch hatte er sie nicht bemerkt, wie sie oben am Ende der Treppe stand und ihn beobachtete. Sie konnte nicht aufhören ihn anzusehen. Sein Gesicht strahlte durch die leichte Bräune Frische aus.

Jamie bellte und zog heftig an der Leine. Er war einige Stufen voraus, der Mann hob nun den Kopf, und ihre Augen trafen sich.

Weg, war Emmas Gedanke.

»Hallo!«, rief ihr der Mann zu und winkte. Als er bei ihr ankam, war er ein wenig außer Atem vom schnellen

Treppensteigen. Jamie richtete sich an ihren Beinen auf, und Emma streichelte ihn. Der Mann sah sich um und tat dann so, als müsse er kontrollieren, was sie hinter dem Rücken hatte.

»Kein Bier heute? Kein Papierkorb? Einfach nur so hier?«

Sollte Emma das als nett gemeinten Scherz empfinden, oder machte er sich über sie lustig?

»Ich… ich wollte an den Strand«, sagte sie und hoffte, dass es überzeugend klang.

»In Hausschuhen?« Der Mann deutete auf die Lammfellpantoffel, die Emma trug. Sie gehörten ihrer Tante, waren aber kuschelig weich und warm. Deshalb verwendete sie Emma. Sie spürte, wie sie rot anlief.

Hastig entschuldigte sich der Mann bei ihr. »Ich wollte nicht unhöflich sein. Verzeihung. Diese Schuhe sind sicherlich praktisch auf den Kieselsteinen, die tun beim Gehen ziemlich weh.«

Emma fand es wirklich reizend, wie er ihr aus der Verlegenheit half.

»Mir ist noch etwas eingefallen«, redete er weiter. »Ich muss mich entschuldigen, dass ich im Fitzherbert den falschen Eindruck erweckt habe. Ich wollte nicht aufdringlich sein. Aber Sie standen auf Ihren Schnürsenkeln.«

»Danke, ich habe das falsch verstanden. Danke.« Emma strich sich verlegen die Haare hinter das Ohr. Jamie wollte noch mehr gestreichelt werden, und deshalb stand sie halb gebückt da und musste immer von unten zu dem Mann hochsehen.

»Schöner Zufall, dass wir uns schon wieder treffen.«

»Ja, schöner Zufall.« Emma nickte und kraulte den Jack Russell dabei. Wieso war sie so verlegen? Sie hätte sich selbst ohrfeigen können.

»Arbeiten Sie hier in der Nähe?«

»Ja. New Steine. Ein B&B, das aber meiner Tante gehört. Ich ›hüte‹ es nur, solange sie verreist ist.«

»Das Cherry Tree?«

»Ja, kennen Sie es?«

»Ich gehe mit Jamie öfters daran vorbei und der Name und die Farbe haben mir immer gefallen. Ich muss immer an Mary Poppins denken, die in die Cherry Tree Lane kommt. Das war mein Lieblingsbuch als Kind.«

»Ich habe es auch gemocht. Und den Film. Aber nur den alten.«

»Jeremy.« Der Mann streckte ihr die Hand hin.

»Emma.« Sie schlug ein und spürte seinen kräftigen Händedruck.

»Ich arbeite in der St. James's Street. Wir sind fast Nachbarn.«

»Freut mich.« Wieder wusste Emma nicht, was sie weiter sagen sollte.

»Leider muss ich jetzt ins Büro zurück. Aber vielleicht sehen wir uns wieder?«

»Vielleicht. Ja.« Emma hob die Hand und winkte zum Abschied. Jeremy winkte zurück. Er überquerte die Marine Parade und winkte dann noch einmal. Emma sah Hund und Herrchen hinterher. Jeremy marschierte mit großen Schritten, Jamie trippelte flink neben ihm.

Der ist ja nett, dachte Emma. Und er kennt das Cherry Tree House. Ein weiteres Indiz, dass er der Briefschreiber sein konnte.

Ihr fiel der Brief von vorhin ein. Sie hielt ihn noch immer in der linken Hand. Unwillkürlich sah sie vom Brief zu Jeremy und wieder zurück. Er musste ein guter Schauspieler sein, wenn er ihr gerade den Ahnungslosen vorgespielt hatte.

Weil sie nicht zurückgehen wollte, steuerte Emma eine der Bänke an, die dazu einluden, Platz zu nehmen und auf das Meer zu blicken. Sie setzte sich und atmete tief durch. Dann riss sie mit dem Zeigefinger den verklebten Umschlag auf.

Wieder ein gefalteter Briefbogen. Ihre Hand zitterte, als sie ihn öffnete.

Liebe Traumfrau,

wenn wir unsere Vergangenheit löschen könnten, was wären wir dann?

Haben wir die Wahl, als welchen Teil von uns wir sie sehen wollen? Einen Teil, der uns wertloser macht oder einen Teil, der uns eine Farbe gibt, so wie ein

Gemälde das Zusammenspiel verschiedener Farben ist, auch der dunklen?

Wie soll ich beurteilen, ob ich deine Wünsche an einen Mann erfüllen kann? Wir beide können nur so sein, wie wir sind. Wir können alles daransetzen, lernen, uns entwickeln und verfeinern, an uns arbeiten, um dem anderen die beste Version von uns selbst zu bieten.

Für uns und den Menschen, den wir lieben.
Meine Wünsche an dich sind hoffentlich nicht unbescheiden: nebeneinander am Strand zu sitzen und dem Rollen der Wellen zu lauschen.

Zu schweigen, ohne es als bedrückend zu empfinden.
Nähe fühlen und gleichzeitig Abstand halten können.
Wie zwei Säulen ein gemeinsames Dach tragen.
Die Kreise mit all den Dingen, die uns wichtig sind im Leben, sollten einander zu einem großen Teil überschneiden.

Unsere Werte sollten im selben Buch stehen können.
Wenn du auf mich zukommst, dann soll mein Herz auch nach vielen Jahren immer noch freudig schlagen. Ein glückliches Lächeln wird alle Falten, die das Alter einmal bringt, verschwinden lassen.

Ich kann dir nicht sagen, wie sehr ich mir wünsche, solche Gefühle auch in dir zu wecken. Du sollst stolz auf mich sein können.

Ein Mann, der gerne ein Traummann wäre, aber sich noch immer für einen Alptraummann hält

Emma las den Brief immer und immer wieder. Der Lärm des Straßenverkehrs hinter ihr auf der Parade war für sie ganz verstummt. Sie hörte auch nicht mehr das Kreischen der Möwen, die sehr knapp an ihr vorbeisegelten.

Die Welt rund um sie herum schien nicht mehr zu existieren. Es gab nur noch eine Welt für sie, und die bestand aus den Worten, die ihr ein Unbekannter geschrieben hatte.

War er ihr wirklich so unbekannt?

Konnte es doch Eric sein?

War es Jeremy?

Oder konnte es jemand sein, den sie noch nie gesehen hatte?

Der zweite Brief war eine weitere Antwort auf den ersten, an dem sie so lange geschrieben hatte. Mittlerweile war sie sicher, dass der Unbekannte eine der weggeworfenen Fassungen auf der Straße gefunden hatte. Anders konnte es nicht sein.

Es war also keine Übertragung von Energien oder Gedanken. Von dem, was sie heute geschrieben hatte, würde der Unbekannte nichts erfahren. Sie konnte nur warten, bis er wieder einmal einen Brief einwarf, und dann musste sie ihn dabei ertappen. So würde sie wissen, wer er ist.

Sie musste ihm eine Falle stellen. Das war nicht sehr romantisch, aber vielleicht führte es zu einem guten Ergebnis.

Selbst ist die Frau, dachte sie. Wenn der Briefeschreiber sich nicht outen wollte, dann würde sie einfach nachhelfen.

Aufgeregtes Rufen einer Frau brachte Emma zurück in die Realität.

»Cicero, bleib stehen. Stopp. Halt!«

Emma blickte auf und in die Richtung, aus der das Rufen kam. Sie sah eine graue Dogge mit großen Sprüngen gelaufen kommen. Das riesige Tier schleifte seine Leine hinter sich. Die Frau, die rief, war klein, und ihre Kleidung und der kurze Haarschnitt gaben ihre etwas Maskulines.

»Halten Sie ihn auf, bitte. Er rennt sonst auf die Straße!«, schrie ihr die Frau zu.

Reflexartig streckte Emma die Arme zur Seite und stellte sich Cicero in den Weg. Der Dogge hing die Zunge aus dem Maul. Sie sabberte, und ihre grauen Backen schlackerten.

Emma musste es gelingen, die Leine zu fassen zu kriegen. Die Dogge war nur noch zwei Meter von ihr entfernt. Emma bewegte sich auf ihren Hals zu. Die rechte

Hand, in der sie den Brief hielt, hatte sie noch immer zur Seite gestreckt.

Sie sah das Maul der Dogge aufgehen, blickte in den Schlund.

Mit einem Schnapp riss ihr Cicero den Brief aus der Hand und stürmte weiter. In Emma erwachten ungeahnte Kräfte. Mit einem Aufschrei stürzte sie sich auf den Hund, der ihr fast bis zur Brust reichte. Sie schlang die Arme um seinen Hals und hängte sich wie ein Sack an ihn.

Cicero, von diesem Überfall verdutzt, verlangsamte sein Tempo, weil er auf einmal 55 Kilogramm mitschleppen musste. Er blieb stehen, und Emma packte ihn am Halsband.

Mit der anderen Hand versuchte sie, ihm das Papier aus dem Maul zu ziehen. Weil er die Beute nicht hergeben wollte, verschlang Cicero den Brief.

Seine Besitzerin, die kaum größer war als ein zehnjähriges Kind, traf keuchend ein.

»Danke«, stieß sie raus.

»Halten Sie sich einen Corgy, wenn Sie zu klein sind für dieses Vieh«, schnauzte Emma sie an.

Die Frau blickte schockiert drein. Emma streckte ihr das letzte Drittel des Briefes hin, an dem ekliger Schaum klebte.

»Ihr Hund hat meinen Brief gefressen.«

»Kein Grund, mich wegen meiner Größe zu beleidigen«, blaffte die Frau.

Emma ließ das Halsband los und drehte sich wortlos weg. Weil ihr die Tränen in die Augen schossen, sah sie alles nur verschwommen und überquerte die Marine Parade wie blind.

21

Am Samstag, zwei Tage nachdem die Dogge den Brief gefressen hatte, war Emmas Stimmung wie das Wetter in Brighton: grau und kalt.

Sie starrte auf den Umschlag, er war das Einzige, was von dem wunderbaren Brief übriggeblieben war. Emma hatte ihn vor sich auf den Schreibtisch gelegt und daneben ein Blatt, auf dem sie aus der Erinnerung notiert hatte, was sie sich merken konnte.

Im Stillen verfluchte sie den Hund und seine Besitzerin. Aber was nützte das schon.

Links von ihr lag ein zweiter Umschlag, den ihr Mr. Drummer hinterlassen hatte. Er war sehr zeitig am Morgen ohne Verabschiedung abgereist. Der Umschlag enthielt eine weiße Karte mit einer kurzen Nachricht:

Ich hoffe, Sie bei meinem nächsten Besuch wieder antreffen zu dürfen.

Beigelegt waren tausend Pfund, das war das Fünffache des Zimmerpreises für die zwei Nächte. Emma fühlte sich so reich wie schon lange nicht mehr.

Sie überflog ihre Notizen.

... die Vergangenheit löschen. Auch wenn wir das wollten. Nützt uns das?

... die beste Version von uns für den anderen sein. (Was ist meine beste Version???)

... Werte gleich... Interessen in Kreisen, die sich überschneiden... Am Strand sitzen und glücklich schweigen...

Glücklich. Sie hob die Augen und sah durch die Scheibe auf den Platz hinaus. Es war ein typischer Frühlingstag in Brighton, und er verstärkte Emmas düstere Stimmung: leichter Wind, leichter Nieselregen, kühl.

Sie lehnte sich in dem zerschlissenen Bürosessel zurück und legte den Kopf in den Nacken.

Was war die beste Version von ihr? Was hatte sie zu bieten? Emma stand auf und ging in dem kleinen Zimmer im Kreis herum. Sie sah an sich herab, auf die alte Jeans, den ausgeleierten Sweater und den verwaschenen Hoody, den sie darüber angezogen hatte, weil ihr kalt war. Außen und innen.

»Sehr sexy«, murmelte sie und verzog den Mund voller Verachtung für sich selbst.

Ihr Handy vibrierte auf der Schreibtischplatte und drehte sich von allein.

WÜRG stand auf der Anzeige. Das war der Name, unter dem sie ihre Schwester Amelie gespeichert hatte. Amelie rief sie praktisch nie an, und Emmas erster Gedanke war, ihr Vater könnte einen Herzinfarkt erlitten haben, oder ihre Mutter einen Schlaganfall. Sie hob ab.

»Hallo?«

»Was schenken wir Daddy?«

»Dir auch einen schönen Tag«, knurrte Emma.

»Ich stehe hier im Shoppingcenter und finde nichts für ihn. Was sollen wir ihm schenken?«

Amelie hatte in Emmas Augen keine Haut, sondern eine Schicht Teflon. An ihr blieb nichts kleben, an ihr glitt alles einfach ab.

»Wieso schenken?«

Emma konnte durch das Telefon fühlen, wie Amelie die Augen verdrehte. »Nächsten Donnerstag ist sein Geburtstag. Er wird sechzig.«

Den runden Geburtstag ihres Vaters hatte Emma völlig verdrängt. Sie spürte nicht die geringste Lust, ihren Eltern gegenüberzutreten und von den mitleidigen Blicken der Familienmitglieder und der Golf-Freunde ihres Vaters durchlöchert zu werden.

»Nein. Ich kann nicht. Ich habe Gäste im B&B.«

Amelies Atem klang, als würde sie einen Schwächeanfall erleiden. »Na und? Daddy wird nur einmal sechzig, und zwar nächsten Donnerstag. Das Fest am Abend ist seit Monaten geplant. Du hast es gewusst. Du kannst nicht einfach wegbleiben. Das wäre ein Schlag ins Gesicht von Mummy und Daddy, dabei haben sie dir so geholfen.«

Am liebsten hätte Emma jetzt aufgelacht. Laut und höhnisch.

»Sie haben eine schreckliche Zeit durchgemacht, und das Fest ist so wichtig für sie«, redete Amelie weiter.

»ICH habe eine schreckliche Zeit durchgemacht«, bellte Emma ins Telefon.

Wie gewohnt rannen die Worte an Amelies Teflon einfach ab. »Es war alles dein Fehler, und sie haben dich gerettet.«

Der Frust der vergangenen Zeit brach aus Emma einfach heraus. Sie verlor die Kontrolle über das, was sie sagte. »Unsere Mutter hat ständig gemeint, ICH hätte es doch kommen sehen müssen. Aber SIE ist für die Buchhaltung zuständig.«

»Das ist doch alles vorbei und geregelt. Dir kann nichts mehr geschehen, und das verdankst du nur unseren Eltern.«

»Und DU verdankst ihnen ein ewiges Studium«, feuerte Emma zurück.

Zum ersten Mal brachte sie Amelie ein wenig aus der Ruhe. »Ich bekomme übernächstes Jahr meinen Bachelor.«

»Das sind dann zwölf Jahre Uni, nicht wahr? Andere brauchen drei Jahre.«

»Vier Jahre ist die Mindeststudiendauer für Keltologie. Du kannst mir nicht vorwerfen, dass ich davor einige Versuche gebraucht habe, um die beste Studienrichtung zu finden.«

Keltologie! Emma knirschte mit den Zähnen. Amelie konnte dann eine Sprache sprechen, die seit ein paar hundert Jahren nicht mehr gesprochen wurde, und Lieder singen, die nach Selbstmord klangen. Ihre Studienkollegen bliesen den Dudelsack dazu oder irgendwelche Flöten, die aus Holz von Bäumen geschnitzt waren, die nur im Vollmondschein gefällt werden durften. Den Grund für das Studium kannte Emma nur zu gut: Amelie hatte diese Romane gelesen, die in der Keltenzeit spielen, und sich in den Helden verliebt.

»Was sollen wir Daddy schenken?«, kehrte Amelie zu ihrer Ausgangsfrage zurück, als hätte der Rest des Gespräches nicht stattgefunden.

»Ich komme nicht.«

»Unsinn. Natürlich kommst du. Wir müssen Familiensinn zeigen. Deinen Flug am Donnerstag habe ich natürlich gebucht. Und bezahlt.« Sie kannte die Abflugzeiten auswendig.

»Ich kann mir meine Flüge selbst bezahlen«, fauchte Emma.

»Du kannst auch einfach Danke sagen.«

Danke, für eine weitere Rettung der hoffnungslosen Emma, dachte Emma voller Grimm.

Amelie rief: »Ich hab etwas. Hier kann man Golfbälle mit Namensaufdruck machen lassen und einem persönlichen Wappen. Das ist das Richtige für ihn.« Gönnerhaft fügte sie hinzu: »Ich bezahle das und sage, es wäre von uns beiden.« Ohne Verabschiedung legte sie auf.

Mit ausgestrecktem Arm hielt Emma das Handy von sich und schnitt ihm Grimassen. Kindisch, dumm und seeeeehr wohltuend, fand sie.

Sie hörte, wie die Haustür geöffnet wurde. Ihre Gäste, ein junges Pärchen, kamen lachend zurück. Sie hatten, wie alle anderen Gäste auch, ihre eigenen Schlüssel, damit sie kommen und gehen konnten, wann immer sie wollten.

Die zwei, ein ziemlich großer Mann, der aussah wie ein Basketballer, und seine Freundin, die etwas pummelig war und ständig redete, gingen nach oben. Sie wohnten in Zimmer drei, genau über dem Büro.

Draußen wurde der Regen stärker. Regenschirme schwebten vor dem Fenster vorbei, das erhöht lag. Emmas Laune sank mit der Temperatur draußen.

Als sie wenig später das rhythmische Quietschen von Bettfedern über sich hörte, verfluchte sie die schlechte Bauweise des Hauses. Sie zog die Schreibtischschublade auf und legte Umschlag und Notizen zu dem Brief, den sie gestern geschrieben hatte. Das Geld von Mr. Drummer kam dazu, danach sperrte sie die Lade ab und steckte den Schlüssel ein.

Die Geräusche von oben wurden immer schneller und lauter, und Emma flüchtete aus dem Arbeitszimmer. Sie fühlte sich wie das ärmste Schwein der Welt, eine einsame Versagerin, hässlich...

Von oben kam ein tierischer, tiefer Laut des Mannes, der leicht zu deuten war.

Emma hasste sich und die Welt. Sie hasste Philip. Sie verstand ihre Mutter nicht und hätte sich gerne von ihrem Vater trösten lassen, wie er das früher getan hatte. Aber da er unter dem Pantoffel seiner Frau stand, stimmte er in ihre Vorwürfe ein und war mehr auf ihrer Seite.

Obwohl Emma nach Brighton geflüchtet war, um alles zu vergessen, waren die Schatten der Vergangenheit gerade eben wieder auf sie gefallen. Ihr war eisig kalt.

Im Wohnzimmer knallte sie die Tür hinter sich zu. Es war ihr egal, ob das die Turteltäubchen über ihr störte oder nicht. Sie drehte den Gaskamin an, und bald züngelten Flammen über die künstlichen Holzscheite. Es sah aus wie ein romantisches Kaminfeuer. Emma setzte sich davor auf den Boden und wärmte sich.

Mit düsteren Gedanken starrte sie in die Flammen.

22

Sonntagnachmittag wurde an die Tür des Arbeitszimmers geklopft. Emma saß seit zwei Stunden am Schreibtisch, hatte aber nur aus dem Fenster gestarrt. Sie wollte einen weiteren Brief schreiben, doch diesmal hatte sie nicht einmal die erste Zeile geschafft. Das Blatt war bedrohlich leer und weiß und ihre Laune auf einem neuen Tiefstand.

Weil sie nicht reagierte, wurde noch einmal geklopft.

»Ja?«

Die Tür wurde einen kleinen Spalt geöffnet und die junge Frau, die in Emmas Alter war, steckte den Kopf herein. Emma hasste sie und kannte den Grund: Sie neidete ihr den Spaß, den sie mit ihrem Freund an diesem Wochenende gehabt hatte.

»Wir wollten uns nur verabschieden.«

»Alles Gute.« Emma stand nicht einmal auf, machte sich innerlich aber Vorwürfe, weil sie so unhöflich war.

»Das lag auf dem Fußboden.« Die Frau streckte einen länglichen Umschlag ins Zimmer. Emma sprang so heftig auf, dass der Stuhl nach hinten kippte. Erschrocken zuckte die Frau zurück.

»Danke, bitte geben Sie mir den Brief«, sagte Emma und versuchte, so freundlich und ruhig wie möglich zu klingen. Die Frau reichte ihn ihr lächelnd.

In der Diele wartete ihr Freund mit drei Reisetaschen.

»Gute Heimfahrt und vielleicht bis bald«, sagte Emma noch schnell und wollte zurück in ihr Arbeitszimmer.

»Mal sehen«, antwortete der Mann ausweichend.

Emma blieb stehen. »Hat es Ihnen nicht gefallen?«

»Wir kannten nur das Foto vom Haus von außen und dachten, es wäre innen auch so.«

Diese Enttäuschung verstand Emma gut. »Das B&B gehört meiner Tante, ich vertrete sie ein Jahr lang, weil sie auf Reisen ist.«

»Sie passen hier nicht rein«, sagte der Mann.

»Das alles passt nicht zu mir«, gab ihm Emma Recht.

Er deutete auf die Wände und durch die offene Tür des Wohnzimmers. »Ein neuer Anstrich, vielleicht jedes Zimmer in einer anderen Farbe, und schon wäre es viel freundlicher hier.«

Seine Freundin sah ihn mit verliebter Bewunderung von der Seite an und erklärte Emma: »Mark ist Verschönerer von Innenräumen.«

»Ich bin Maler und Anstreicher, mein Schatz«, verbesserte er sie mit einem Kuss. »Ehrlich. Es würde kein Vermögen kosten, dem Haus neuen Glanz zu verpassen. Die Möbel, wenn sie nicht sehr wertvoll sind, würde ich auch lackieren. Farbig. Poppig. Bunt. Ich habe erst vor ein paar Wochen so ein Projekt gehabt. Die Besitzer dachten danach, sie wären im falschen Haus, weil es so anders und schön war.«

»Derzeit kann ich mir das nicht leisten«, gestand Emma ein.

»Dann machen Sie es selbst. Das ist wirklich keine Hexerei, dauert nur länger, als wenn ich es täte. Und etwas besser kann ich es natürlich auch, ist ja mein Beruf.« Er grinste, und seine Freundin strahlte ihn voller Stolz an.

»Danke für den Tipp.« Emma hatte es nun eilig, die beiden loszuwerden, weil sie sofort den Brief öffnen wollte.

Das Pärchen verabschiedete sich noch einmal. »Das Frühstück war lecker«, versicherte die Frau, die unbedingt noch etwas Freundliches sagen wollte.

»Danke, danke.« Emma schob sie mit einem leicht gezwungenen Lächeln zur Tür hinaus. Sie lehnte sich innen dagegen und betrachtete den Umschlag von beiden Seiten.

Es war seine Handschrift.

Für Emma

Hinten stand:

Von jemandem, der dich immer mehr bewundert

Emma fielen die verliebten Blicke des Mädchens von vorhin ein.

Jemand, der dich immer mehr bewundert – wie lange hatte sie das schon nicht über sich gehört. Hatte das überhaupt jemals jemand zu ihr gesagt? Sie konnte sich nicht erinnern.

Im Arbeitszimmer nahm sie den Brieföffner mit Marmorgriff und schlitzte den zugeklebten Umschlag behutsam auf. Der Brief hatte zwei Seiten, von ihm mit der Hand geschrieben.

Während sie ihn las, wurden Emmas Augen immer größer.

23

Hast du dir alles genau gemerkt?«, wollte Emma wissen.

Patricia hackte Knoblauch. Es war zu sehen, dass sie eine Könnerin war. Emma stand in der Tür zu Patricias Küche und hätte lieber die ungeteilte Aufmerksamkeit ihrer Freundin gehabt.

»Meine Liebe, ich habe gerade eine Stunde Pilates, eine Stunde Yoga und eine Stunde Schwimmen hinter mir. Wenn du nicht willst, dass ich dich beiße, dann lass mich kochen«, hatte Patricia erklärt, als Emma bei ihr Sturm geläutet hatte. Sie hatte sich am Telefon nicht mit Erklärungen aufgehalten, sondern war sofort losgerannt, als sie Gewissheit hatte, dass Patricia zu Hause war.

»Patricia, hast du dir gemerkt, was ich dir gerade vorgelesen habe?«, fragte Emma erneut.

»Nicht im Detail«, gestand ihre Freundin. »Dein Brief ist recht lang. Was ist überhaupt geschehen? Wieso die Aufregung?«

»Das verstehst du, wenn ich dir vorlese, was er mir geschrieben hat.«

»Langsam, Schätzchen, ganz langsam.« Patricia presste eine Zitrone aus und wusch Petersilie, die auf das Hackbrett kam. »Du bist völlig aus dem Häuschen.«

»Weil es nicht erklärlich ist.«

»Was ist nicht erklärlich?«

Emma hielt ihr die beiden Briefe hin. Den einen hatte sie vor zwei Tagen geschrieben, der andere war heute, Sonntag, bei ihr eingeworfen worden.

»Ich habe geschrieben«, Emma las aus ihrem Brief vor: »... Ist Liebe einfach? Ist sie für dich so einfach?«

»Liebe ist...«, begann Patricia zu philosophieren, aber Emma fiel ihr sofort ins Wort.

»Du hast Pause. Nur zuhören. Das hat er mir geschrieben:

Du fragst dich, ob Liebe einfach ist? Ob sie für mich einfach ist? Du hast mich so sehr zum Nachdenken gebracht und du weißt gar nicht, was du in mir ausgelöst hast. Ich bin dir sehr dankbar dafür.

Was ich bisher von dir weiß, ist, dass du eine Frau bist, die voller Liebe ist und die Liebe gerne gibt und natürlich – wie jeder Mensch – gerne geliebt wird.

Ja, ich glaube, dass Liebe einfach ist. Weniger einfach aber ist, was sie mit sich bringt. Das Leben zu zweit ist jeden Tag eine neue Herausforderung, kann ein Fest sein, manchmal aber auch ein Krieg. Kann so viel Freude bereiten, gleichzeitig aber ist es voller praktischer Fragen, die sich nicht immer nach Liebe anfühlen.

Verliebt zu sein ist wunderschön, aber die Verliebtheit bleibt nicht für immer. Sie kann allerdings immer wieder von neuem aufflammen.

Liebe ist einfach, aber sie kann Schmerz bringen, wie wir beide im Leben erfahren haben. Sie macht verletzlich, sie kann manchmal grausam werden, und wenn ein

Teil des Paares Liebe empfindet, der andere Teil aber nicht oder nicht mehr, dann kann das zu den schlimmsten Qualen führen und zu einem Gefühl der Machtlosigkeit, das dich in die Tiefe zieht.«

Patricia stützte sich mit einer Hand auf die Arbeitsfläche und hatte Emma aufmerksam zugehört.

»Wunderbare Worte«, sagte sie, als Emma den Kopf hob.

»Das finde ich auch. Aber woher weiß er, dass ich diese Frage in meinem Brief gestellt habe?«

»Vielleicht auf dieselbe Weise wie beim ersten Mal. Er hat deine Fehlversuche aus dem Müll gefischt.«

Emma schüttelte den Kopf. »Unmöglich. Ich habe nur diesen einen Brief geschrieben und ihn weggesperrt. Niemand hat ihn gesehen außer mir. Ich habe keine Silbe darüber erzählt.«

Patricia nahm einen dicken Bund Spaghetti und steckte ihn in einen Topf, in dem schon Wasser siedete. Nachdenklich sah sie zu, wie die trockenen Nudeln langsam aufgeweicht wurden und versanken.

»Jetzt wird es wirklich interessant«, sagte sie und wandte sich dem Kühlschrank zu, aus dem sie Garnelen und eine eiskalte Flasche Wodka holte. »Ich mache uns übrigens Zitronen-Wodka-Spaghetti mit Garnelen, ein Gericht, das die Sinne anregt und die Lebensfreude steigert.«

»Klingt gut.« Normalerweise hätte sich Emma mehr dafür begeistert, aber es gab nun Wichtigeres für sie.

»Das ist noch nicht alles«, fuhr sie fort. »Ich habe ihn im Brief gefragt: Bist du einsam? Wieso bist du allein? Wieso schreibst du MIR? Ein Mann, der einen so wunderschönen Satz kennt, muss doch eine Frau an der Seite haben, die mindestens ebenso wunderbare Dinge sagen kann.«

Pfannen und Töpfe baumelten an Metallhaken von einem Gitter, das an Ketten von der Decke hing. Patricia wählte eine tiefe Pfanne, stellte sie auf den Herd und goss etwas Olivenöl hinein.

»Hör zu«, verlangte Emma.

»Sofort... ich darf die Spaghetti nicht zu lange kochen. Nur al dente.« Mit einer Gabel fischte Patricia eine Nudel aus dem kochenden Wasser, pustete darauf und ließ sie dann wie der Vogel einen Wurm von oben in den Mund gleiten. Sie biss ab, kaute und nickte zufrieden. »Nicht zu weich. Gut.« Sie goss das Kochwasser ab und stellte die Spaghetti zur Seite. »Sag bloß, er hat auch darauf geantwortet.«

»Er hat.« Patrica stellte sich neben Emma und las über ihre Schulter mit.

Ja, Emma, ich bin einsam. Sehr einsam sogar. Du kannst dir nicht vorstellen, wie schlimm meine Einsamkeit geworden ist. Was sie nun durchbricht, das sind meine Gedanken an dich. Ich habe auch schon einmal sehr geliebt, aber alles verloren. Und es war meine Schuld, die ich mir kaum vergeben kann.

Die beiden Frauen sahen einander an. »Klare Worte, die ehrlich klingen«, meinte Patricia.

»Woher weiß er, was ich ihm geschrieben habe?«, wiederholte Emma ihre Frage. »Ich bin einen Moment lang total paranoid geworden. Ich habe überprüft, ob jemand das Schloss der Schreibtischschublade geknackt haben könnte. Es ist unversehrt. Mir ist sogar eingefallen, die Spurensicherung kommen zu lassen, damit sie es auf Fingerabdrücke untersucht. Aber das ist mir dann doch zu verrückt vorgekommen.« Emma holte tief Luft. »Verstehst du das? Ich bin irgendwie völlig wirr im Kopf, weil ich es nicht begreifen kann.«

»Lass mich nachdenken und fertig kochen. Wir reden beim Essen weiter. Du kannst den Tisch schon decken.«

Sorgfältig faltete Emma die beiden Briefe und steckte sie behutsam zurück in die kleine Umhängetasche, mit der sie hergekommen war. Sie holte Besteck aus der Lade und Geschirr aus dem Schrank.

Am Herd bereitete Patricia die Spaghetti zu. Sie gab Olivenöl in die Pfanne und erhitzte es. Knoblauch und Garnelen briet sie darin an. Sie nahm die Garnelen wieder heraus und goss einen großen Schuss Wodka und einen Becher Sahne hinein. Dazu kam auch noch eine Messerspitze Safran und der Zitronensaft, dann rührte sie um.

»So, das muss jetzt fünf Minuten köcheln«, erklärte sie. Aus dem Kühlschrank holte sie eine Flasche Weißwein und schenkte zwei Gläser für Emma und sich ein. Sie prosteten einander zu.

Ein herrlicher Duft breitete sich aus. Emma spürte erst jetzt, wie hungrig auch sie war. Patricia mischte Spaghetti, Garnelen und Soße, würzte mit ein wenig frisch gemahlenem Pfeffer und rührte alles noch einmal durch. Die Portionen auf den Tellern waren groß, aber so war auch der Appetit der Freundinnen.

Schweigend aßen sie. Emma deutete immer wieder, wie großartig die Zitronen-Wodka-Nudeln und die Garnelen schmeckten. Danach klopfte sich Patricia auf den Bauch. »Was ich abgearbeitet habe, ist jetzt gleich wieder dazugekommen. Damit meine Fettzellen nicht vereinsamen.«

»Er hat noch ein drittes Mal auf meinen Brief Bezug genommen«, sagte Emma und wischte sich schnell Mund und Finger ab. »Ich schreibe auch, ob ich jemals wieder vertrauen kann, und er antwortet, dass er zweifelt, ob er jemals wieder Verantwortung übernehmen kann, nach dem, was ihm geschehen ist.«

Patricia trug die Teller in die Küche, und als sie zurückkehrte, spielte sie mit einem Haargummiring. Mehr um ihre Finger zu beschäftigen, band sie ihre Mähne hinten zusammen.

»Ich will ehrlich sein«, sagte sie, »ich kann es wenden, wie ich will, ich finde keine Erklärung.«

»Gedankliche Übertragung?«, warf Emma ein.

»Du meinst, dass er wo sitzt und deine Gedanken empfängt?«

»Du hast doch gesagt, ich soll wie ein Leuchtturm sein, eine Sendestation.«

»Das ist richtig, aber um solche Details aufzufangen, müsste es sich bei ihm schon um ein mehr als erstklassiges Medium handeln.«

Emma holte noch einmal seinen Brief. »Der Umschlag riecht wieder nach Rauch. Der Brief selbst nicht. Beim vorigen Brief, den der Hund gefressen hat, habe ich keinen Rauch gerochen.«

Die beiden Katzen sprangen Patricia auf den Schoß und ließen sich streicheln. Sie schnurrten wie zwei kleine Nähmaschinen vor Wonne.

»Du brauchst eine Überwachungskamera«, sagte Patricia auf einmal. »Unbekannt wirft die Briefe bei dir ein. Wenn du ein Bild von ihm hast, dann weißt du, wer es ist. Oder zumindest weißt du, wie er aussieht.«

»Daran habe ich auch schon gedacht. Aber wenn es eine Frau ist? Oder wenn es der hässlichste Mann der Welt ist. Oder wenn...« Emma waren schon viele schreckliche Möglichkeiten durch den Kopf gegangen.

Ungerührt meinte Patricia: »Dann hast du wenigstens Gewissheit und musst dich nicht mehr mit Hoffnungen abgeben, die zu nichts führen. Aber...«, sie legte eine dramatische Pause ein, »... wenn es jemand ist, den du gerne treffen möchtest, dann hast du einen Anhaltspunkt.«

Da musste ihr Emma Recht geben. »Ich glaube nicht, dass es Eric ist. Bei Jeremy bin ich nicht sicher. Er ist wirklich sehr freundlich und ich... ich mag ihn irgendwie.« Es blieb weiter die Frage, woher der Briefschreiber – wer immer er war – Emmas Worte kannte. »Wo bekomme ich eine günstige Überwachungskamera her? Du weißt, ich bin knapp bei Kasse.«

»Christkind kann da sicher helfen. Kostenlos.«

»Christkind? Das zu Weihnachten Geschenke bringt? Wir haben Mai.«

»Christkind ist ein Freund von mir und schuldet mir einen Gefallen. Ich rufe ihn an, dass er bei dir vorbeikommt. Sei nett und bitte ihn um Hilfe. Er war früher einmal beim MI5, dem Geheimdienst.«

24

Emma war geschafft. Sie hatte den halben Tag gegoogelt, welche wohl die besten Farben wären, um das Haus auszumalen. Außerdem hatte sie sich in Blogs und auf Pinterest Ideen geholt, wie sie die Möbel verschönern konnte.

Natürlich hätte sie Tante Nell erst um Erlaubnis fragen müssen, aber die war nicht erreichbar und meldete sich auch nie. Das war vereinbart. Wenn sie in zehn Monaten zurückkam, traf sie vielleicht der Schlag wegen der Veränderung, aber darauf konnte Emma keine Rücksicht nehmen. Es ist einc Gruft der Lieblosigkeit, dachte sie. So konnte es nicht bleiben.

Ausgestattet mit einer langen Liste war sie zu einem Heimwerkermarkt gefahren und hatte sich dort mit Farbeimern, Abdeckpapier, Klebeband und Pinseln ausgestattet. Sie wollte erst einmal im obersten Stockwerk beginnen und die drei Zimmer streichen, die es dort gab. Falls Gäste kamen, konnten sie im ersten und zweiten Stock wohnen. Dort gab es insgesamt fünf Zimmer, und das musste reichen.

Für das kommende Wochenende hatte sie keine einzige Reservierung, was ihr aber auch ganz recht war. Sie hatte beschlossen, nach Salzburg zu fliegen und beim Geburtstagsfest ihres Vaters zu erscheinen. Er würde sich bestimmt sehr freuen, denn Emma und er mochten einander immer noch sehr, trotz allem, was vorgefallen war. Bei ihren Eltern aber hatte ihre Mutter die Hosen an, wie es so schön hieß. Des lieben Friedens willen tat ihr Vater fast immer, was sie wollte. Nach der fürchterlichen Trennung von Philip war er daher auch mehr auf der Seite seiner Frau gestanden als auf Emmas Seite. Aber das lag Monate zurück und wegen seines Geburtstags wollte sie ihm das vergeben.

Am Nachmittag hatte Emma in Zimmer sechs die wenigen Möbel in die Mitte des Raumes gerückt und abgedeckt. Sie klebte Sesselleisten an der Wand ab und breitete die Papierbahnen auf dem Boden aus. Das Ausmalen konnte beginnen. Sie hatte beschlossen, jeden Raum in einer anderen Farbe des Regenbogens zu gestalten. Die Wände sollten die entsprechenden Farben nur blass zeigen, damit es nicht zu aufdringlich war. Die Zimmerdecke und die Möbel wollte sie kräftiger bemalen.

So würde es ein rotes, ein orangefarbenes, ein gelbes, ein grünes, ein türkises, ein blaues, ein violettes und ein weißes Zimmer geben. Weiß war keine Farbe, aber alle Regenbogenfarben zusammen ergaben Weiß. Emma tauchte den Pinsel in den Farbeimer, in dem sie gerade rote und weiße Farbe zu einem blassen Rotton gemischt hatte, da erklang unten der Türgong.

Zuerst wollte sie das Läuten ignorieren, dann aber war ihre Neugier größer. Sie lief in die Diele und öffnete.

Im ersten Augenblick wusste Emma nicht, ob sie entsetzt sein oder lachen sollte. Vor ihr stand ein kleiner

Mann, den sie auf Ende sechzig schätzte. »Guten Tag, Kindchen«, grüßte er sie mit fester, männlicher Stimme.

Ist gerade Karneval, lautete Emmas nächster Gedanke. Sie ertappte sich, wie sie den Mann anstarrte.

Er trug ein weißes Kleid mit Faltenrock, wie es kleine Mädchen zu festlichen Anlässen anhatten. Auf dem Kopf hatte er eine weizenblonde Perücke aus künstlichem Haar, das zu zwei dicken Zöpfen geflochten waren. Die Wangen waren mit Rouge zu gesunden Bäckchen geschminkt, und aus Kinn und Oberlippe sprossen Bartstoppeln.

»Ich soll hier etwas installieren.« Der Mann schwenkte sein Handy. »Patricia hat mich darum gebeten, und ihr würde ich nie etwas abschlagen, da sie mir die Liebe meines Lebens hier in Brighton prophezeit hat und ich sie deshalb auch gefunden habe.«

Christkind fiel Emma ein. Der Aufzug des Mannes hatte etwas mit dem Christkind zu tun, wie es zu Weihnachten abgebildet wurde. Aber sie konnte ihn doch nicht so nennen.

»Lionel Kevendish«, stellte er sich vor und streckte ihr die Hand hin. Als sie zugriff, drückte er überraschend fest zu.

Emma wusste nicht genau, wie sie sich verhalten sollte. Sie wollte Respekt zeigen, aber sie war noch nie zuvor einem ehemaligen Geheimdienstmann im weißen Kleid und mit blonden Zöpfen begegnet. Wahrscheinlich war so etwas nur hier in Brighton möglich.

»Patricia hat gesagt, es ginge um eine Person, die heimlich Schreiben einwirft. Ist das korrekt?« Die sachliche und nüchterne Art zu sprechen passte so überhaupt nicht zur Erscheinung des Mannes.

Stumm nickte Emma.

Lionel betrat den tiefen Windfang, öffnete die Briefklappe mit dem Finger und betrachtete anschließend prüfend die Tür und die Decke darüber.

»Ich schlage eine OL431 vor. So eine habe ich aber nicht dabei«, er klopfte auf die große Damenhandtasche, die er umgehängt trug, »also kann ich sie leider nicht gleich installieren.«

»Und was ist das genau? Eine OL43 irgendwas?«

Auf der Straße gingen Leute vorbei, und Emma bemerkte ihre neugierigen Blicke.

»Wollen Sie nicht hereinkommen?«, fragte sie.

»Gerne, gerne. Ich war heute viel unterwegs, und mir tun die Beine ein wenig weh.«

Sie führte ihn ins Wohnzimmer, wo er auf einem der Sofas Platz nahm. Seine Beine waren stark behaart. Er schlug eines über das andere und massierte sich die Wade.

»Etwas zu trinken?«, bot Emma an.

»Eine Tasse Tee wäre ein Geschenk des Himmels.«

»Gerne.« Emma lief hinunter in die Küche, füllte den elektrischen Kessel und schaltete ihn ein. Ihr Handy hatte sie in der Hosentasche, und so konnte sie Patricia anrufen.

»Du hättest mich vorwarnen können«, sagte Emma vorwurfsvoll.

»Vorwarnen? Weshalb?«

»Dass Christkind aussieht wie das Christkind.«

»Ach, weißt du, beim Christkind sollte man nie die Überraschung verderben«, entgegnete Patricia lachend.

»Wer ist die ›Liebe seines Lebens‹?«

»Madonna.«

»DIE Madonna? Der Popstar?«

»Nein, nicht diese Sternschnuppe. Madonna gehört eine Disco an der Marine Parade. Sie ist eine Diva und gluckst den ganzen Tag vor Lachen. Die zwei sind ein unzertrennliches Paar geworden.«

»Steht Christkind auf Frauen?«

»Und wie.«

»Aber er rennt in diesem Mädchenkostüm herum.«

»Weil er immer schon Christkind sein wollte und ihm seit seiner Pensionierung keiner mehr Vorschriften macht.«

»Kann ich das verwirrend finden?«

»Wozu? Es ist einfach so, und das ist das Wunderbare an Brighton: Hier kann jeder sein, wie er will. Dich halten die Leute auch aus.«

»Danke, sehr freundlich.« Der Teekessel schaltete sich mit einem lauten Klick aus, weil das Wasser siedete. »Ich muss ihm Tee bringen, dann erklärt er mir, was er da installieren wird.«

»Viel Spaß, und lass ihn grüßen.«

Emma brühte auch für sich eine Tasse Tee und trug die beiden großen Becher nach oben. Christkind massierte nun sein anderes Bein.

»Patricia lässt grüßen«, bestellte Emma.

»Danke, danke, was für eine beeindruckende Person. Aber jetzt würde ich doch gerne erfahren, wem wir hier auf die Spur kommen sollen?«

Was sollte sie ihm sagen? Wie viel sollte sie ihm erzählen? Emma erinnerte sich, dass Patricia etwas von »Geheimdienst« erwähnt hatte. Jemand wie Christkind hatte vielleicht eine Erklärung dafür, wie jemand wissen konnte, was sie schrieb.

Also schilderte Emma, was ihr in den vergangenen Tagen widerfahren war. Christkind hörte ihr aufmerksam zu und nippte dabei an seinem Tee.

Über den Rand des Bechers sah er sie aber die ganze Zeit an. Immer wieder nickte er, manchmal runzelte er die Stirn.

»Wissen Sie, wieso jemand auf Briefe antwortet, die verschlossen in einer Lade liegen?«, schloss Emma.

»Die Umschläge riechen nach einem Raucher, die Papierbögen aber nicht?«, fragte Christkind nach.

»Ja, das ist mir so aufgefallen. Es ist nicht bei allen Briefen so gewesen, aber bei den meisten.«

»Dann wird die Kamera wahrscheinlich nicht zeigen, wer der Briefeschreiber ist.«

»Wieso?«

»Weil ich die Vermutung habe, dass wir es meistens mit zwei verschiedenen Personen zu tun haben: einem Schreiber und einem Boten, der die Briefe einwirft. Der Bote raucht, daher der Geruch.«

Das klang logisch, und es war für Emma eine gute Neuigkeit.

»Die Überwachsungskamera, an die ich denke, schickt die Bilder gleich per SMS an Sie weiter.«

Emma war beeindruckt. »Raffiniert.«

»Und leider störungsanfällig. Das muss ich dazusagen. Außerdem muss ich die Anlage hier sehr genau einstellen und testen. Ich kann die Kamera schon bei mir vorbereiten, aber die Feinarbeit findet dann hier statt.«

Dagegen hatte Emma nichts. »Gibt es für Sie eine Erklärung für die Antworten auf meine verschlossenen Briefe?«, wiederholte sie ihre Frage von vorhin.

Christkind spielte mit den Spitzen der beiden Zöpfe und strich sich damit wie mit einem Pinsel über das Gesicht. »Kindchen, wie ist die genaue Adresse hier?«

»Nummer sieben New Steine.«

»Ach ja, das also ist die Adresse.« Christkind sah sich im Wohnzimmer um und schien etwas zu überlegen, das er ihr aber nicht verraten wollte.

»Wann können Sie die Anlage einbauen?«, wollte Emma wissen.

Noch immer war der Mann im weißen Kleid mit den Gedanken woanders. Er stand auf und ging durch das Zimmer und hinaus in die Diele. Dabei war sein Blick immer nach oben gerichtet.

»Ich denke, nächstes Wochenende.«

»Da bin ich verreist. Es geht nur noch am Donnerstag, dann wieder am Montag.«

»Montag, das ist sicherer. Darf ich mich oben umsehen? Und wo ist das Arbeitszimmer, in dem Sie schreiben?«

Emma zeigte es ihm und bot an, dass er durch das ganze Haus gehen konnte. Der ehemalige Geheimdienstmann suchte unter Betten, in Schränken und im Badezimmer. Es gab zwei kleine Kristalllüster in Zimmern, bei denen er zwischen den Glassteinen etwas nachsah.

Als er in Zimmer sechs die Farben entdeckte, drehte er sich zu Emma. »Renovieren Sie?«

»Ja. Eine kleine Verschönerung.«

»Hervorragende Idee. Dürfen wir helfen?«

»Helfen? Sie meinen malen?«

»Meine Frau Madonna und ich sind begeisterte Heimwerker. Wir haben ihren Club selbst ausgemalt und hergerichtet.«

»Natürlich, gerne. Wenn Sie Zeit haben.«

»In dieser Woche hüten wir ab Mittwoch die Enkelkinder in Cornwall, aber danach geht das sicherlich.«

Ihre Enkel wurden von klein auf zu großer Weltoffenheit erzogen, fiel Emma ein. Sie fand das großartig.

25

Die Farben hatte sie wieder gut verschlossen, die Pinsel gereinigt. Das erste Zimmer war fertig und die blasse Farbe der Wände gab ihm so viel mehr Frische.

Am Donnerstag ging es nach Salzburg. Wenn sie bis dahin vielleicht zwei Zimmer schaffte, konnte die Farbe in ihrer Abwesenheit gut trocknen und sie sich dann schon den Möbeln widmen.

Im Arbeitszimmer lagen Papier und Füller bereit. Sie wollte einen weiteren Brief schreiben und hatte während des Streichens im Kopf schon einige Sätze formuliert.

Mein Lieber,

du bist mir unbekannt, trotzdem kenne ich von dir mehr als von manchen anderen Leuten in meinem Leben.

Zuerst einmal muss ich dir etwas gestehen: Du machst mir Angst. Du schreibst mir Gedanken, die mich so sehr berühren. Ich habe das Gefühl, ich könnte dir vieles über mich erzählen und es täte einfach gut. Bei dir ist es sicher, ich glaube sogar, dir vertrauen zu können.

Aber ist das nicht verrückt? Ich habe keine Ahnung, wer du sein könntest. In den vergangenen Tagen hatte ich verschiedene Male einen Verdacht, aber das sind eben nur Annahmen.

Angst machst du mir aber auch, weil ich nicht verstehe, wie du auf meine Briefe antworten kannst. Du, das ist mir unheimlich. Würdest du mir eine Erklärung geben? Bitte?

In einem Moment, als ich dachte, mein Leben ist einfach nur ein Sumpf, in dem ich langsam immer tiefer sinke, hast du mir auf jeden Fall neuen Mut gegeben. Obwohl wir uns nie persönlich begegnet sind.

Deine Briefe waren wie ein Wachrütteln für mich, und ich will jetzt nicht nur still sitzen und leiden, ich will und werde etwas tun. Zum Beispiel dieses grässliche B&B von Tante Nell verschönern.

Gleichzeitig aber habe ich da die Erinnerung an Philip. Zu Beginn, als wir uns auf der Uni kennengelernt haben, war er auch so unendlich freundlich und scheinbar einfühlsam. In Wirklichkeit aber wollte er mich einfach nur herumkriegen und sich in meine Familie einschleichen. Was er gesagt und in seinen E-Mails und SMS geschrieben hat, das habe ich so gerne gehört und gelesen.

Aber es kam nur aus seinem Kopf, aus Berechnung, und nicht aus seinem Herzen.

Wenn ich »aus seinem Herzen« schreibe, fallen mir viele Leute ein (wie meine Mutter), die den Ausdruck als Kitsch abtun würden. Das finde ich aber nicht.

Auch wenn ich nicht sicher bin, wie klar und logisch ich denken kann und ob ich die beste Hotelmanagerin auf dieser Welt sein kann, so glaube ich doch an die Kraft der Herzlichkeit. Schließlich bin ich die Tochter von Hoteliers, und Freundlichkeit und ernst gemeinte Herzlichkeit ist einer der größten Erfolgsfaktoren in unserem Beruf (Zitat meines Vaters, demnächst sechzig Jahre alt).

Du verstehst, ich bin zerrissen zwischen meinem Wunsch, dich auch persönlich kennenzulernen, und der Angst, dass du jemand ganz anderer bist, als ich es mir vorstelle. Enttäuschungen kann ich wirklich keine gebrauchen.

Mein Wunsch ist genau das, was du in deinem ersten Brief geschrieben hast: in Wahrheit mit meinem Mann zu leben, einfach und klar, ehrlich und aufrichtig und voll herzlicher Liebe (und ohne lange Diskussionen, wer den Müll rausbringt.) ;-) Was meinst...

26

Emma blickte auf. Hatte draußen eine Straßenlampe geflackert? Es war ihr so vorgekommen. Sie erhob sich und beugte sich nach vorn an die Glasscheibe, um besser hinaussehen zu können. Auf den Fenstern spiegelte sich das Licht der Deckenlampe und der kleinen Schreibtischlampe links neben ihr.

War dort jemand? Stand dort jemand bei den Autos, die entlang des Zaunes abgestellt waren, der den Park begrenzte?

Beobachtete sie jemand? War das vielleicht er, der Unbekannte?

Emma bewegte sich langsam zurück. Wenn er dort stand, sollte er nicht mitbekommen, dass sie ihn bemerkt hatte. Sie tat so, als würde sie sich wieder setzen, drehte sich dann aber zur Seite und stand so auf, dass sie vom Halbdunkel des Zimmers verschluckt wurde. An der Zimmertür angekommen, rannte sie los zur Haustür. Sie musste den Riegel öffnen, den sie am Abend immer vorlegte, wenn sie allein war.

Im letzten Moment erinnerte sie sich daran, die Schlüssel mitzunehmen, weil sie sich sonst ausgesperrt hätte. Sie schnappte sie aus der Holzschale auf der Ablage unter dem Wandspiegel und stopfte sie in die weite Tasche ihrer ältesten Jeans, die sie zum Malen angezogen hatte.

Mit wenigen Schritten sprang sie durch den Windfang nach vor zu den Stufen zur Straße. Sie blieb oben stehen und blickte den Platz auf und ab.

Das Cherry Tree lag am unteren Ende von New Steine, also nahe zur Marine Parade und zum Meer. Nach rechts, Richtung St. James's Street, konnte niemand gelaufen sein, denn dann würde Emma die Person sehen.

Es sei denn, sie versteckte sich hinter den geparkten Autos. Oder sie war über den Zaun auf die Rasenfläche gesprungen. Dort aber gab es kaum eine Möglichkeit sich zu verbergen, da die Grünfläche keine Sträucher oder Bäume hatte. Am oberen Ende stand nur das Aids-Memorial, eine Statue, die zwei stilisierte Menschen im Sprung zeigte.

Von der Marine Parade kam jemand. Emma sah eine bullige Gestalt, die unter den Schein einer Straßenlampe trat. Es war der Muskeltyp mit dem winzigen Yorkshire Terrier, den sie manchmal auf New Steine spazieren sah. Emma lief die Stufen hinunter und auf ihn zu.

»Hi«, sagte sie.

Der Mann nickte ihr zu. Sein kleiner Hund hob sofort das Bein, als müsse er Emma zeigen, dass der Laternenpfahl ihm gehört.

»Haben Sie gerade jemanden von hier kommen gesehen?«

»Ja, da ist jemand gelaufen. Zu den Treppen zum Madeira Drive.« Der Mann mit Armen, die dicker waren als Emmas Taille (und die fand sie schon immer viel zu dick), redete mit unerwartet hoher Stimme.

»Wer war das?«

»Ein Mann.«

»Kennen Sie ihn?«

»Nein.« Der Yorkie kläffte. »Fiona auch nicht. Aber wir waren auch weit entfernt. Haben ihn nicht genau gesehen.«

Emma sah zwischen Hund und Herrn hin und her. Was für ein Paar.

»Danke. Gute Nacht.« Sie lief weiter.

»Vorsicht, Bus«, hörte sie den Mann rufen. Im letzten Moment bemerkte sie den Bus, der aus dem Zentrum von Brighton kam. Es war ein Elektrofahrzeug und daher fast lautlos. Sie sprang zurück und der Bus brauste an ihr vorbei. Emma sah nun beim Überqueren ständig nach links und rechts, ob die Straße auch wirklich frei war. Sie erreichte die Zick-Zack-Treppe und lief hinunter. Sicherheitshalber benutzte sie das Geländer, falls sie in der Aufregung stolpern sollte.

Sie kam unter der Arkade an, wo es wieder stark nach altem Frittieröl roch. Die Tische und Stühle der Fish&Chips-Bude waren wie immer mit einem Stahlseil zusammengebunden, damit niemand etwas stehlen konnte.

Emma trat auf die Fahrbahn des Madeira Drives hinaus, blickte Richtung Pier und dann in die andere Richtung, wo die Marina von Brighton lag.

Es war niemand zu sehen.

Hatte sie sich getäuscht?

Ein Hund bellte aufgeregt. Das Bellen kam von der Pierseite.

»Emma?«, rief jemand. Sie erkannte Jeremy, der mit Jamie auf sie zukam. »Was für eine Überraschung.«

»Hallo Jeremy.« Emma bückte sich und streichelte Jamie, der sich an ihren Beinen aufgerichtet hatte.

»Abendspaziergang«, sagte Jeremy mit einer Handbewegung auf Jamie. »Ich habe bis jetzt gearbeitet. Hier am Meer kann ich so herrlich meinen Kopf auslüften.«

»Jaja, die Meeresluft«, bekräftigte Emma.

»Wir sind vorhin am Cherry Tree vorbeigegangen. Mein Büro ist ja mehr oder minder um die Ecke.«

Emma sah ihn interessiert an. »Vorbeigegangen?«

»Ja, ich habe Licht gesehen. Du arbeitest auch noch spät.«

»Hast du mich beobachtet?«

Jeremy machte ein Gesicht, als würde sie ihn gleich auf die #metoo-Liste setzen lassen. »Natürlich nicht. Was denkst du von mir?«

»Nein, nein, war nicht so gemeint«, versicherte ihm Emma schnell. »Ich habe nur… «

Sie redete nicht weiter.

»Soll ich dich nach Hause begleiten?«, bot Jeremy an. »Als Frau solltest du hier unten um diese Zeit nicht unbedingt allein unterwegs sein.«

»Ich habe vor ein paar Tagen einen Freund, der mich hier überrascht hat, fast zeugungsunfähig geschlagen«, erzählte Emma. »Der Selbstverteidigungskurs aus meiner Schulzeit hat sich bezahlt gemacht. Du musst dir keine Sorgen um mich machen.«

Jeremy lächelte und schien etwas sagen zu wollen. Er zögerte und holte Luft. »Darf ich dich etwas fragen?«

Er war wirklich von besonderer Höflichkeit.

»Klar.«

»Hättest du Lust, morgen Früh mit mir im Redroaster Coffee zu frühstücken?« Als sie zögerte, verbesserte er sofort: »Oder auch nur einen Kaffee zu trinken. Ich würde dich gerne einladen, weil wir uns so oft begegnet sind.«

»Gerne. Wann?«

»Neun Uhr?«

»Und wo ist das?«

»Das Café am Ende der St. James's Street Richtung Pavillon. Von dir vielleicht sieben Minuten entfernt.«

»Gut. Alles klar. Dann bis morgen.«

Sie kraulte Jamie noch einmal hinter den Ohren und am Hals, weil er das so besonders gerne hatte, und winkte Jeremy zum Abschied. Die beiden gingen die Treppe hinauf, und Emma blieb noch auf dem Madeira Drive stehen.

Wozu eigentlich? Was suchte sie noch hier? War es vielleicht Jeremy gewesen, den sie bemerkt hatte? Aber wieso war er weggelaufen?

Dafür fand sie eine einfache Begründung: Jamie hatte stark an der Leine gezogen.

Langsam stieg sie die Stufen hinauf. Immer wieder sah sie sich um, blickte zurück und auf den Strand und die Straße.

Zwei Motorräder kamen von der Marina, auf der Marine Parade ging ein Pärchen. Er hatte den Arm fest um ihre Schultern geschlungen.

Sie überquerte die breite Straße zum zweiten Mal an diesem Abend und ging Richtung Cherry Tree. Bevor sie in den Windfang trat und aufschloss, kontrollierte sie noch einmal die Umgebung.

Ein Auto auf der St. James's Street, zwei Radfahrer, die etwas schwankten, eine Frau auf der gegenüberliegenden Seite des Platzes, die mit sehr zackigen Schritten dahineilte.

Emma griff in die Hosentasche, um die Schlüssel herauszunehmen.

Die Tasche war leer.

Sie probierte die andere, aber auch in der waren die Schlüssel nicht. Die Öffnungen der Hosentaschen hingen beide leicht nach unten, und Emma hatte schon früher erlebt, dass etwas beim Gehen herausrutschte.

Was sollte sie nun ohne Haustürschlüssel tun? Wie kam sie hinein? Die Fenster waren alle geschlossen. Nur das Fenster ihres Schlafzimmers hatte sie zum Lüften hochgeschoben, aber es lag auf dem Dach.

Tante Nell hatte ihr geraten, immer einen Ersatzschlüssel bei jemandem in der Nähe zu hinterlegen oder in einem Versteck beim Abgang zum Kellergeschoß. Früher waren dort die Lieferanten ein- und ausgegangen. Es gab vor dieser unteren Tür ein paar alte Töpfe, in denen aber keine Pflanzen waren.

Leider hatte Emma den Rat nicht befolgt. Sie ließ sich auf die oberste Stufe sinken und legte den Kopf in den Nacken.

Wie konnte sie nur so dumm sein? Aber sie erinnerte sich auch nicht, ein Klirren gehört zu haben. Es war nicht nur ein Schlüssel, sondern ein kleiner Schlüsselbund mit mehreren Schlüsseln daran.

Ihr fiel der Sprung nach hinten ein, als sie fast dem Elektrobus vor die Reifen gerannt wäre. Emma lief zu der Stelle an der Marine Parade und suchte alles ab. Es war dunkel und sie hätte die Taschenlampe ihres Handys gebraucht. Auf allen Vieren rutschte sie herum und tastete das Rinnsal ab.

Nichts.

Sie konnte jetzt nur den ganzen Weg abgehen, die Treppe und das Stückchen auf dem Madeira Drive, und die Schlüssel dort suchen. Hoffentlich hatte sie niemand gefunden und eingesteckt. Da aber so wenige Leute unterwegs waren, erschien ihr die Chance groß, sie doch noch zu finden.

27

Was nun? Emma hatte das Gefühl, jeden Millimeter abgegangen und abgesucht zu haben. Die Schlüssel aber blieben verschwunden. Es musste sie also jemand mitgenommen haben, was bedeutete, dass Emma erstens nicht in ihr eigenes Haus hineinkam, zweitens die Schlösser würde tauschen müssen und drittens ein Problem hatte, da sie nicht wusste, wie sie beweisen sollte, dass sie das Cherry Tree derzeit leitete. Eine Vollmacht gab es, aber nur im Haus.

Würde die Polizei ihr glauben? Tante Nell war nicht zu erreichen. Emma stellte sich innerlich auf eine harte Nacht und Tage voller Schwierigkeiten ein.

Was sollte sie als Erstes tun? Zur nächsten Polizeistation gehen? Emma schritt langsam New Steine hinauf zu ihrem gelben Haus. Ein letztes Mal wollte sie noch den Windfang absuchen. Wieso war er eigentlich so dunkel? Sollte hier nicht automatisch das Licht angehen, wenn man eintrat? Emma vergewisserte sich, dass niemand dort lauerte und ging auf die Knie, um den Boden noch ein drittes Mal abzusuchen.

Neben dem Türrahmen, der auf die Straße führte, fiel ihr ein Lichtschalter auf. Sie drückte ihn und sofort flammte über ihr die Deckenlampe an. Das automatische Licht musste also eingeschaltet werden. Sie wusste auch, wer es abgedreht hatte: Es war Christkind gewesen, als er sich hier umgesehen hatte. Sie erinnerte sich, dass er einen Schalter betätigt hatte.

Das Licht brachte letzte Gewissheit: keine Schlüssel.

Als sie sich umdrehte, um zur Polizeistation aufzubrechen, ging das Licht genau gegenüber bei einer Haustür an. Sie sah die Silhouette eines sehr bulligen Mannes. Das war doch das Herrchen des Yorkies. Er winkte ihr zu.

Emma wusste nicht, was sie tun sollte. Sie winkte zurück und ging um die Umzäunung auf ihn zu. Vielleicht konnte er ihr helfen.

Der Mann kam ihr entgegen, diesmal ohne den kleinen Hund. Als er ihr gegenüberstand, streckte er die fleischige Hand vor.

»Suchen Sie das?« Zwischen seinen Fingern baumelten ihre Schlüssel.

»Ja! Danke! Wo haben Sie die Schlüssel gefunden?« Emma hatte selten eine so große Erleichterung gespürt wie in diesem Moment.

»Gar nicht.«

Was meinte er damit? »Nicht gefunden? Was dann?«

»Es hat sie mir jemand gegeben. Für Sie.«

»Wer?«

»Ein Mann.«

»Woher hatte er meine Schlüssel?«

Der Muskelprotz zuckte mit den breiten Schultern. Mit seiner hohen Stimme fuhr er fort. »Sie waren hinunter zum Strand und ich bin mit Fiona weitergegangen. Wir gehen am Abend immer um den ganzen Häuserblock und den Park. Der Mann ist mir entgegengekommen und hat mir die Schüssel gegeben. Sie werden sie suchen, wenn Sie zurückkommen«, hat er gesagt. »Ich möge sie Ihnen bitte geben.«

Emma spürte ihr Herz schneller schlagen. »Wie hat der Mann ausgesehen?«

»Nicht sehr trainiert.«

»Nicht trainiert?«

»Wenig Muskeln.«

»Ja, schon, aber sonst? Wie alt? Wie groß?«

Wieder Schulterzucken. »Sicher nicht alt. Ich bin schlecht im Schätzen.«

Es war zum Verzweifeln. Dieser Mann hatte vielleicht Unbekannt gesehen und konnte keine Beschreibung geben.

»Sie müssen sich doch sonst irgendetwas gemerkt haben von ihm. Größer als ich?«

»Kleiner als ich.«

Da der Nachbar mit den dicken Muskeln sie um zwei Köpfe überragte, war er also wahrscheinlich etwas größer als Emma.

»Bart? Brille? Haarfarbe? Kleidung? Pulli? Jacke? Jeans?« Sie versuchte ihm mit diesen Stichworten ein wenig auf die Sprünge zu helfen.

Ihr Nachbar fuhr sich mit der flachen Hand über seine Haarstoppeln und erzeugte ein schabendes Geräusch. »Jaja, dunkle Haare. Und Haare. Also nicht so kurz. Und Bart auch. Mehr weiß ich nicht.«

Emma nahm ihm die Schlüssel ab und bedankte sich.

»Hat der Mann gesagt, wo er die Schlüssel gefunden hat?«

»Nein. Aber ich glaube, er kam von Ihrem Haus.«

28

Emma hatte aufgesperrt und ihr Handy geholt und war damit sofort wieder hinaus ins Freie geflüchtet. Als Erstes rief sie Patricia an, die zum Glück abhob und, nachdem sie gehört hatte, was geschehen war, sofort versprach zu kommen.

Zwanzig Minuten später erschien sie mit Christkind und einer Frau im Schlepptau, die Emma sofort an ihren wogenden Busen drückte und sich als Madonna vorstellte. Nie zuvor hatte Emma ein so farbenfrohes Kleid gesehen, in dem eine so füllige Frau steckte, die von den Zehenspitzen bis hinauf in den Turban (selber Stoff wie das Kleid) pure Lebenslust ausstrahlte.

»Mein armes Häschen, was für ein Schock, aber Lionel macht aus deinem Haus eine Festung der Sicherheit, nicht wahr, Darling?«

Christkind, auch jetzt im weißen Kleid und mit der blonden Zopfperücke, nickte zustimmend. Er untersuchte bereits die Eingangstür, das Schloss und den Windfang. Danach inspizierte er jedes Zimmer und jeden Winkel, ob sich vielleicht jemand in dem Gebäude versteckt hielt.

»Ich wusste, dass mich jemand beobachtet«, erzählte Emma Patricia und Madonna. Sie waren im Wohnzimmer, wo Madonna auf einem der beiden Sofas saß, die Beine hochgelagert.

»Er muss sich hinter die Autos geduckt haben, als du zum Strand gelaufen bist«, kombinierte Patricia.

Lionel gesellte sich zu den dreien. »Ich würde gerne den genauen zeitlichen Ablauf wissen.«

Also schilderte Emma alles, das Flackern der Straßenlampe, das Gefühl, beobachtet zu werden, wie sie die Schlüssel geschnappt hatte und hinausgelaufen war. Die Begegnung mit Fiona und ihrem Muskelherrchen und dem Beinahe-Zusammenstoß mit dem Bus.

Nachdenklich verließ Lionel den Raum, trat aus der Haustür, ging zu den Stufen, sah hinunter zur Marine Parade und wandte sich dann Emma zu, die ihm gefolgt war.

»Er war nicht im Haus.«

»Der Mann, der die Schlüssel gefunden hat?«

»Ja, er kann nicht drinnen gewesen sein. Aber er muss in der Nähe gewartet haben.«

»Wieso sind Sie so sicher?«

»Kindchen, Sie werden die Schlüssel falsch eingesteckt haben oder sie sind Ihnen aus der Tasche gerutscht, als Sie hinuntergelaufen sind. Er hat sie aufgehoben und den Mann mit Hund gesehen. Es war keine Zeit, um in das Haus zu gehen.«

Aus der Küche holte Emma Gläser und Wasser. Alle saßen sie gemeinsam im Wohnzimmer.

»Wenn es wirklich der Briefschreiber war, der die Schlüssel gefunden hat, wäre er doch nie einfach in das Haus gegangen. Er ist kein Einbrecher. Was sollte er hier?«

»Er hat mich beobachtet«, sagte Emma. »Glaube ich zumindest. Vielleicht wollte er sich den Brief holen.«

Lionel spielte wieder mit den Zopfspitzen. »Wo ist der Brief?«

Emma ging ins Arbeitszimmer, wo ihr alles unverändert erschien. Die Lade mit den anderen Briefen war abgesperrt, den Schlüssel hatte sie oben im Schlafzimmer in ihren Jeans. Der neue Brief lag auf dem Schreibtisch, der Füller offen auf dem Papier, die Kappe daneben. Die Tinte an der Federspitze war eingetrocknet. Emma schloss den Füller und nahm den Brief. Sie kehrte damit ins Wohnzimmer zurück.

»Ich glaube auch nicht, dass der Mann im Haus war. Außerdem hast du Recht, er würde das nie tun.«

»Wenn es wirklich Unbekannt ist, warum ist er dann vor dem Haus?« Patricia blickte fragend in die Runde.

Madonna fuchtelte mit ihren sehr fülligen Armen herum. »Kinder, ist das so schwierig zu verstehen? Der Mann ist verliebt, traut sich nicht an sie heran, beobachtet sie. Normalerweise würde ich das für unheimlich und beängstigend halten, wenn er nicht diese zauberhaften Briefe schreiben würde.«

Lionel blickte ernst. »Er kann sich verstellen. Es wäre nicht das erste Mal, dass aus Liebe Mord wird.«

Seine Frau winkte ihm energisch, still zu sein. »Lionel, jetzt übertreib' nicht so. Das ist eine Berufskrankheit bei dir. Überall siehst du ein Verbrechen.«

Emma guckte verwirrt und besorgt.

Patricia hob abwehrend die Hände. »Moment. Zuerst hatten wir einen geheimnisvollen Verehrer und nun machen wir ihn zum potentiellen Frauenmörder.«

Emma winkte mit dem Brief. »Heute habe ich geschrieben«, sie las vor: Du machst mir Angst. Du schreibst mir Gedanken, die mich so sehr berühren. Ich habe das Gefühl, ich könnte dir vieles über mich erzählen und es täte einfach gut. Bei dir ist es sicher, ich glaube sogar, dir vertrauen zu können... Angst machst du mir aber auch, weil ich nicht verstehe, wie du auf meine Briefe antworten kannst. Du, das ist mir unheimlich. Würdest du mir eine Erklärung geben? Bitte?...

»Honeybunny, kannst du allein zu unseren Enkelkindern vorausfahren?«, fragte Lionel.

»Alles, was du dir wünschst, mein Süßer.«

»Ich muss nach London und einen alten Kollegen treffen.« Er deutete im Raum herum. »Es geht um das Haus, und er könnte mehr wissen.«

»Was ist denn mit dem Haus?«, wollte Emma sofort wissen.

»Im Zweiten Weltkrieg sind Spione der Deutschen manchmal hier an der Küste abgesetzt worden. Sie kamen also unerkannt und unentdeckt ins Land. Das MI5 soll in Brighton zwei oder drei Pensionen betrieben haben, die den Spionen als vertrauenswürdig bekannt waren. Die Pensionen wurden von Leuten geleitet, die vorgaben, mit den Nazis zu sympathisieren oder sie sogar zu unterstützen. In den Zimmern haben sich sehr gut versteckte Abhörgeräte befunden, um Funkgespräche der Spione zu belauschen.«

Madonna verstand nicht ganz, worauf ihr Mann hinauswollte. »Honeybunny, Emma schreibt, sie funkt nicht.«

Da musste ihr Christkind Recht geben.

»Ich spreche beim Schreiben. Nicht laut, aber ich sage mir meistens vor, was ich schreibe«, berichtete Emma.

»Das könnte es sein, Kindchen!« Christkind nickte langsam und in seinem Gesicht war zu lesen, dass seine Gedanken schon weitergingen.

Patricia hielt von diesen Überlegungen wenig. »Das ist doch alles viel zu weit hergeholt. Es hieße, jemand hat geplant, Emma zu überwachen. Aber aus welchem Grund? Ich habe ihr den Vorschlag gemacht, Liebesbriefe an einen unbekannten Mann zu schreiben. Um sie dann abzuhören, noch dazu mit einer Anlage, die fast achzig Jahre alt ist, müsste jemand wissen, dass sie redet, wenn sie schreibt.«

»Philip weiß es«, fiel Emma ein. Als sie seinen Namen aussprach, bekam sie schon einen Schweißausbruch.

»Aha, und er weiß auch, dass du diese Briefe schreibst? Und er schickt dir Antworten, die von einem denkenden und fühlenden Menschen verfasst worden sein müssen?« Patricia verzog das Gesicht und schüttelte unermüdlich den Kopf. »Lionel, du bist der Geheimdienstler, aber ich kann mir das nicht vorstellen.«

»Aus meiner Dienstzeit weiß ich, dass alles möglich ist«, sagte er. »Sieh mich an.« Er deutete auf sein weißes

Kleid und die Zöpfe. »Ich werde der Sache nachgehen, und Kindchen wird die Lösung von mir erfahren. Zurzeit aber sehe ich keine größere Gefahr.«

»Donnerstagfrüh soll ich nach Salzburg zurückfliegen. Mein Vater wird sechzig Jahre alt«, sagte Emma.

Patricia nickte zustimmend. »Gut. Ein bisschen Abstand von hier wird dir guttun.«

»Ich bleibe bis Sonntag. Am Abend bin ich zurück.«

»Auch gut.«

Madonna blickte verträumt zur Decke. »Salzburg, die Stadt von...« Sie legte eine dramatische Pause ein.

Natürlich rechnete Emma damit, dass sie von Mozart zu schwärmen begann. Aber weit gefehlt.

»... die Stadt von Salzburger Nockerln und den echten Mozartkugeln.«

»Was ist das?«, wollte Patricia wissen.

»10.000 Kalorien und verboten gut«, sagte Emma lachend. Madonna stimmte ihr zu. »Häschen, Sie dürfen dieses Land nicht mehr betreten, wenn Sie mir keine Mozartkugeln mitbringen. Aber die echten.«

Emma versprach es.

»Wieso sind Sie aus Salzburg und sprechen akzentfrei Englisch?«, forschte Christkind nach.

»Weil mein Vater aus Nottingham stammt und meine Mutter aus Salzburg. Ich bin zweisprachig erzogen worden, aber wir leben die meiste Zeit in Salzburg. In Nottingham gibt es noch das Hotel meiner Großeltern, das mein Vater geerbt hat.«

Patricia, Christkind und Madonna brachen auf. Alle waren sehr müde. Emma schloss hinter ihnen die Tür und legte den Riegel vor. Es war nicht mehr möglich, von außen in das Haus zu gelangen.

Sie holte den Schlüssel für die Lade von oben und schloss den neuen Brief ein. Den Schlüssel nahm sie wieder mit ins Schlafzimmer.

Es dauerte in dieser Nacht eine Weile, bis sie einschlief. So viele Fragen...

29

Sie war noch immer müde, als sie am nächsten Morgen von zwei streitenden Möwen mit lautem Geschrei geweckt wurde. Gleichzeitig war Emma über die Rufe dankbar, weil sie verschlafen hatte. Es war bereits zehn Minuten nach acht Uhr, und um neun Uhr war sie mit Jeremy verabredet.

Aus dem Bett, duschen, Haare bändigen, ein weißes T-Shirt, eine helle Leinenhose zur Abwechslung und ihre Lieblingsjeansjacke.

Bevor sie das Schlafzimmer verließ, kontrollierte sie noch einmal den Schlüssel zum Schreibtisch. Er lag in der Lade des Nachtkästchens, aber weil ihr das auf einmal nicht sicher erschien, drückte sie ihn in die Unterseite der weichen Seife beim Waschbecken. Danach brach sie auf.

Ein neuer Tag, und er versprach, schön zu werden. Zumindest wettermäßig.

Redroaster Coffee war ein gemütlicher Laden, in dem es herrlich nach Kaffeebohnen duftete. Die Leute tranken hier nicht nur Espresso, sondern kauften auch frisch gerösteten Kaffee für zu Hause.

Jeremy kam mit einer großen Tasse für Emma und einer kleinen für sich zurück: Cappuccino und Espresso. Außerdem brachte er Karottenkuchen und Kaffee-Nusstorte.

Die Gabeln legte er genau ausgerichtet neben die Teller.

Emma lächelte unbehaglich. »Du willst mich dick machen«, sagte sie.

»Nein, nein, verzeih, das ist nicht meine Absicht...«, meinte Jeremy schnell.

»Weiß ich«, unterbrach Emma seine Entschuldigung. »Das war ein Scherz.«

Er lächelte schief und nickte. Mit der Gabel schnitt er die Spitze seiner Kaffee-Nusstorte ab und beförderte sie in den Mund. Emma nahm ihre Karottentorte mit den Fingern und biss herzhaft hinein.

»Bist du aus Brighton?«, wollte sie wissen.

»Ja, meine Familie lebt hier schon seit mehr als 150 Jahren. Mein Ururgroßvater war im Dienste von Queen Victoria, als General. Der Arzt verschrieb ihm Seeluft, weil er eine Lungenkrankheit bekam, und Queen Victoria schenkte ihm aus Dankbarkeit Land samt Haus. Dort wohnen wir bis heute.«

»Du lebst noch mit deinen Eltern?« Emma schätzte Jeremy auf etwas älter als sich selbst.

»Mit meinen Eltern und Großeltern. Aber nicht unter einem Dach. Ich habe den ehemaligen Stall für mich.«

Es klang sehr herrschaftlich und interessant, aber Emma fragte vorerst nicht weiter.

»Bist du Anwalt?«, wollte sie stattdessen wissen. »Ich habe dich im Fitzherbert etwas in die Richtung sagen hören«, erklärte sie.

»Ja, genau«, bestätigte Jeremy. »Ich bin Anwalt. Das erscheint dir wahrscheinlich trocken und langweilig.«

»Sind Anwälte langweilig?«

»Viele finden das.«

»Ich habe noch nie darüber nachgedacht.«

»Ich warne dich, frage nicht weiter, sonst überschütte ich dich mit einem Vortrag über meine tollsten Fälle. Ich habe nämlich vor kurzem einen Hund gegen seine Besitzer verteidigen müssen.«

»Das gibt es?«

»Ja. Es war ein Golden Retriever, der, seit er Welpe war, von der Haushälterin des Ehepaares versorgt wurde und sie als sein Frauchen und Leittier gesehen hat. Als das Ehepaar sich dann scheiden hat lassen, gab es einen Rosenkrieg um den Hund. Es ging nur um Rechthaben und Machtansprüche, nicht aber um den Hund. Daher hat sich die Haushälterin an mich gewandt.«

»Hast du gewonnen?«

»Es war ziemlich zäh, aber am Ende ist der Hund der Haushälterin zugesprochen worden, sie musste aber für ihn bezahlen. Dafür habe ich auf mein Honorar verzichtet. Es gab so viele Zeitungsberichte über den Fall, und Klienten haben mir danach die Tür eingerannt. Für mich war die Sache die beste Werbung.«

Jeremy erzählte weiter, und Emma hörte ihm gerne zu. Sie genoss den Karottenkuchen und ihren Cappuccino und die Gesellschaft. In den vergangenen Monaten hatte sie sich immer gewünscht, interessanten Männern in Brighton zu begegnen, aber nichts war geschehen. Nun hatte sie einen unbekannten Briefschreiber, sie kannte Eric und Jeremy.

Er warf einen Blick auf sein Handy. »Schon so spät. Die Zeit ist verflogen. Ich habe gleich eine Klientin bei mir.« Er deutete ihr, kurz zu warten, und telefonierte mit jemandem, den er anwies, die Frau um Geduld zu bitten. »Ich bin in ein paar Minuten im Büro.«

»Deine Sekretärin?«

»Nein, mein Partner, mit dem ich mir die Kanzlei teile. Ein Genie als Anwalt, aber sonst mühsam. Raucht wie ein Kamin und kennt überhaupt nur seine Fälle. Über etwas anderes zu reden ist mit ihm fast unmöglich.«

Als sie hörte, dass sein Partner rauchte, hatte Emma aufgehört zuzuhören und den Rest nicht mehr ganz mitbekommen. Es war doch nicht möglich, dass Jeremy den Partner die Briefe bei ihr einwerfen ließ, obwohl er sie selbst schrieb? Der Verdacht war wahrscheinlich an den Haaren herbeigezogen, aber nicht unmöglich.

Wo New Steine von der St. James's Street abzweigte, verabschiedeten sie sich. Sie standen einander ein wenig verlegen gegenüber.

»Hättest du am Sonntag Lust auf einen Spaziergang auf Devil's Dyke und einen Sunday Roast?«, fragte sie Jeremy.

»Diesen Sonntag? Da bin ich in Österreich. Geht nächste Woche auch?«

»Ja, gerne. Natürlich.«

»Wann denn ungefähr?«

»Treffen wir uns um ein Uhr am Nachmittag im Devil's Dyke Restaurant. Erst Essen, dann Spaziergang. Warst du schon einmal dort oben?«

»Nein.«

»Wunderbarer Ausblick auf die Downs.«

»Ich freue mich.«

»Wir uns auch.« Jeremy lächelte sie an, und einen Augenblick erschien es Emma, als wollte er sie zum Abschied auf die Wangen küssen. Er bewegte sich vor, richtete sich dann aber wieder auf und beließ es bei einem Winken.

Dieses Mittagessen war etwas, auf das Emma sich ehrlich freute. Es war angenehm, mit Jeremy zu reden, es fühlte sich so vertrauenswürdig und selbstverständlich an.

Er konnte nicht Unbekannt sein? Oder doch? Jeremy hatte von Anfang an gewusst, wo sie wohnte. Sie war ihm oft begegnet, und er hatte es immer wie einen Zufall aussehen lassen.

Blieb die Frage, ob es vielleicht kein Zufall war. Wartete er auf sie? Hatte er sie vergangene Nacht beobachtet?

Blieben die Schlüssel und ihr Finder. Wer war dieser Mann, den Fiona und ihr Herrchen gesehen hatten? Vielleicht nur ein Passant, der zufällig vorbeigekommen war und die Schlüssel gefunden hatte? Sie konnte sie direkt vor dem Haus verloren haben. Möglicherweise hatten sie in alles einfach zu viel hineingeheimnisst.

Emma schloss die Tür auf und betrat die Diele. Vor ihr auf dem Boden lag ein neuer Umschlag. Sie riss ihn hoch.

30

Für Emma

Absender:

Von jemandem, der nicht gefährlich ist

Für einen kurzen Moment hatte Emma das Gefühl, ihre Knie würden einknicken. Sie setzte sich deshalb einfach auf den Boden. Mit dem Finger schlitzte sie den Umschlag auf.

Liebe Emma,

eines will und kann ich dir aus ganzem Herzen versichern: Ich möchte dir keine Angst einjagen. Das genaue Gegenteil will ich für dich einmal sein, wenn es jemals so weit kommt: ein Partner, der dir Sicherheit gibt.

Du redest von einem »Sumpf deines Lebens«, in dem du fast untergegangen bist. Du findest, dass meine Briefe dir neuen Auftrieb verschafft haben.

Liebe Emma, das Gleiche kann ich von dir sagen. Mein Leben hatte einen Tiefpunkt erreicht, wie ich ihn mir niemals hätte vorstellen können. Zumindest nicht bis zu einem Moment vor drei Jahren, als mir innerhalb von Sekunden alles, was mir lieb war, genommen wurde. Und ich trage Schuld daran.

Seit damals war ich nur noch beschäftigt mit Selbstvorwürfen und habe mich in eine Trauer sinken lassen, die niemals erleichternd geworden ist, sondern mich immer tiefer nach unten gezogen hat.

Der Grund war, dass ich keinen einzigen Lichtblick mehr sehen konnte. Ich dachte, dass ein Weiter und eine Zukunft nicht möglich wären.

Bis zu dem Tag, an dem du mir zum ersten Mal begegnet bist. Tief in mir habe ich mir immer gewünscht, irgendeinen Wink des Schicksals zu bekommen, der mich aus der unerträglichen Müdigkeit aufwecken würde.

Dieser Wink bist du gewesen, da bin ich sicher. Du und die Briefe, die du schreibst. Die ersten hat mir der Wind zugetragen. Es ist gar nicht lange her, wie du weißt.

Emma, Leute werden es »verrückt« nennen, wie wir einander kennenlernen und mehr über den anderen erfahren. Sie werden den Kopf über uns schütteln und vielleicht auch Warnungen abgeben.

Ich werde nicht auf sie hören, und ich hoffe, du auch nicht.

Wenn du nun neu beginnst, die Sachen in die Hand nimmst, dann bedeutet das doch, dass du dein Leben wieder in den Griff bekommen möchtest. Wenn ich nur das in dir ausgelöst habe und sonst nichts, dann wäre ich schon glücklich.

Ich habe beschlossen, alles zu tun, damit ich meine derzeit beste Version werde, die ich dir bieten kann. Dazu aber brauche ich noch Zeit, und ich bitte dich, sie mir zu geben.

Fühle dich frei. Warte nicht wie Penelope auf Odysseus. Du bist ein freier Mensch, und ich will, dass du deinen Weg gehen kannst und glücklich bist. Alles andere wäre selbstsüchtig von mir.

Was du aus deinem Herzen geschrieben hast, das waren die Worte, die mich gerettet haben.

Aber ich habe so viel in den vergangenen Jahren zerstört. Es ist mir unmöglich, dir das Ausmaß zu schildern, weil ich mich so sehr für mich und viele Dinge, die ich getan habe, schäme.

Nun kann ich nur mein eigenes Leben wieder auf Schienen bringen, die in eine Zukunft führen, und ich will und werde es tun. Kraft gibt mir die Hoffnung, dass es vielleicht ein Weg zu dir ist.

Kann es eine gemeinsame Zukunft für uns geben?

Ich denke, die Kreise unserer Werte überschneiden sich zu einem großen Teil. Natürlich gibt es noch so viele andere Dinge, die zu einem erfüllten Leben zu zweit dazugehören und von denen wir noch nicht wissen können, ob sie für uns funktionieren.

Vielleicht aber ist eine Basis da, und deine Briefe haben ihre Wirkung getan, wie es dir deine Freundin Patricia angekündigt hat.

Bitte sorge dich nicht, woher ich weiß, was du schreibst. Ich bin nicht gefährlich. Eines Tages darf ich dir vielleicht eine Erklärung geben...

Für heute muss ich Schluss machen.

Emma, meine Gedanken sind bei dir und du bist ständig in meinen Gedanken. Das gibt mir die Kraft, die ich brauche.

Ein Mann, der dir so gerne sagen würde, wer er ist, weil er für dich so viel empfindet.

PS: Ich melde mich in den nächsten Tagen wieder. Versprochen.

Emma ließ den Brief sinken. Wieder hatte sie dieses Gefühl überkommen, die Welt hätte aufgehört sich zu drehen. Was meinte er mit dem Satz: ...brauche ich noch Zeit und ich bitte dich, sie mir zu geben.

Fühle dich frei. Warte nicht wie Penelope auf Odysseus.

»Ich will aber auf dich warten«, sagte sie zu dem Brief, als könnte sie der Schreiber hören. Sie würde ihm Zeit geben, sie würde die Zeit nutzen, sie würde warten, bis sie ihn endlich einmal treffen konnte. »PS: Ich melde mich in den nächsten Tagen wieder. Versprochen.«

Darauf freute sie sich schon jetzt. Sie küsste den Brief und steckte ihn zurück in den Umschlag. Dieser roch wieder ein bisschen nach Zigarettenrauch. Christkinds Verdacht fiel ihr ein: Es gab einen Schreiber und einen Boten.

Ihr nächster Gedanke war Jeremy und sein Partner, der Raucher war. Konnte ihr Jeremy so perfekt Theater vorspielen und in Wirklichkeit diese Briefe schreiben? Er war ihr sehr sympathisch, aber die Zeit mit ihm hatte sich nicht angefühlt, als würde sie Unbekannt gegenübersitzen.

Das Rätsel wurde mit jedem Brief größer. Ihre Zuneigung zu Unbekannt aber auch.

31

Amber Bosswell wurde von den Bewohnern des Heims einfach Bossi genannt. Sie führte ein strenges, aber freundliches Regiment und wenn sie durch die Gänge schritt, erinnerte sie immer an eine lächelnde Bulldogge.

»He, Sam!«, rief sie, als ein hagerer Bursche in fleckigen Jeans und T-Shirt an ihr vorbeieilte.

»Tag, Ms. Bosswell«, grüßte er wie ein artiges Kind.

»Wie läuft der Job im Lager?«

»Mehr Kohle wäre nicht schlecht.«

»Du weißt, was ich meine?«

Sam grinste jungenhaft. »Alles im grünen Bereich.«

Auf seiner Schulter hockte eine kleine Katze mit graublauem Fell und bernsteinfarbenen Augen. Majestätisch blickte sie auf die Leiterin des Heims herab. Normalerweise waren Tiere im Haus verboten, aber in diesem Fall machte Amber Bosswell eine Ausnahme.

Das hatte einen Grund. Die Sorge für den Kater hatte Sam eine neue Aufgabe gegeben. Er war auf Entzug gewesen, als er das weggeworfene Kätzchen im Müll gefunden und aufgezogen hatte und seither waren die zwei unzertrennlich.

Damit Sam und Kater ihre Ruhe hatten, war ihnen Zimmer 12 ½ zugeteilt worden, eine ehemalige Abstellkammer, die für »spezielle« Gäste vorbehalten war. »Für euch zwei habe ich übrigens bald einen Platz in einer der Wohngemeinschaften«, fiel ihr ein. »Eure Tage hier sind also gezählt.«

»Danke. Wir werden His Royal Highness vermissen.«

»Für den habe ich morgen einen Termin bekommen. Eine Freundin von mir am Amt schiebt ihn ein. Er hat es auf einmal ja sehr eilig.«

»Ich glaube, er ist verliebt«, vertraute ihr Sam an.

Amber Bosswell hob die Augenbrauen. Sam tat, als würde er einen Reißverschluss an seinen Lippen schließen. »Mehr darf ich nicht verraten.«

Er wollte in das Zimmer mit der Nummer 12 ½ gehen, aber die Heimleiterin hielt ihn zurück. »Du weißt, dass Straßenmalerei in Brighton verboten ist.«

Sofort riss Sam beide Hände hoch. »Ich bin unschuldig.« Amber lächelte ihn gütig an. »Wenn du schon deine Meisterwerke malst, wenn ich sicher nicht vorbeikommen kann, weil ich hier sein muss, dann signiere sie nicht mit deinem Namen. Denn ich gehe praktisch jeden Abend vorbei. Auch wenn du nicht mehr dort bist, sehe ich, dass ich es wieder mit einem echten Samster zu tun habe.«

»Vor Ihnen kann man auch nichts verbergen.«

»Nein, Samster.« Sie sprach seinen Künstlernamen mit leisem Spott aus, der aber offenbar nicht böse gemeint war.

»Einen schönen Tag, His Royal Highness«, rief Sam, als er das Zimmer betrat.

12 ½ bot gerade Platz für ein Stockbett, einen kleinen Tisch, einen Stuhl, ein Nachtkästchen, einen schmalen Schrank und ein paar Haken an der Wand.

»Nenn mich nicht immer His Royal Highness«, sagte der Mann, der auf dem unteren Bett lag und eine zerknitterte Ausgabe der »Financial Times« in den Händen hielt.

»Du bist eine Royal Highness«, erklärte Sam.

Sein Kater sprang dem anderen Mann auf die Brust und ließ sich streicheln.

»Hier in diesem Heim bist du mehr als eine Royal Highness.«

»Ich bin einfach Paul.«

»Ist das dein echter Name?«

Der Mann legte die Zeitung weg. »Was soll denn diese Frage?«

»Weil ich mich bei dir oft frage, wer du wirklich bist. Und wieso du im Schlaf manchmal ständig Angie, Angie rufst.«

Paul setzte sich auf. Sam schob die untere Hälfte des Fensters in die Höhe und zündete sich den Rest einer selbstgedrehten Zigarette an. Er blies den Rauch ins Freie, da Rauchen im Heim verboten war.

»Ich tu das wirklich?«, wollte Paul wissen.

»In letzter Zeit nicht mehr so oft. Früher schon. Geht es um die Frau, die in New Steine wohnt?«

»Nein.« Paul schrie fast. »Hast du den Brief...?«

»Eingeworfen, wie HRH befohlen haben. Aber es war diesmal knapp. Sie ist gerade nach Hause gekommen.«

»Hat sie dich bemerkt?«

»Nein. Sicher nicht. Was schreibst du ihr eigentlich immer, Dude? Ich meine, es sind doch keine Erpresserbriefe? Ich habe keine Lust, deinetwegen im Knast zu landen.«

Paul lachte auf. »Nein, keine Sorge.«

»Verliebt?«

Der andere schwieg.

»Stelle ich mir schwierig vor. Frau mit riesigem Haus, und du obdachlos und ohne Arbeit.«

»Das wird sich hoffentlich bald ändern. Ms. Bosswell kümmert sich um einen Termin für mich am Sozialamt.«

»Morgen ist es soweit. Ich habe sie gerade getroffen.«

Paul stand auf. Er betrachtete sich in dem kleinen Spiegel an der Wand. Ihm fiel erst jetzt, mit einem neuen, frischen Blick auf, wie verwahrlost er war: langes, verfilztes Haar, ein Bart, der bis zum Kehlkopf wucherte und nicht sehr sauber aussah.

»Ich müsste einmal wieder die Haare geschnitten bekommen. Und der Bart kann auch ab.«

»Wenn du willst, mache ich das für dich. Ich war mal drei Monate so eine Art Friseur.«

»Danke.« Paul nahm gerne an.

»Deine Klamotten stinken übrigens. Auch nicht gut.«

»Wie soll ich mir neue leisten?«

»Charity-Shop. Alles secondhand und billig. Woher, glaubst du, bekomme ich meine Garderobe?« Er öffnete den schmalen Schrank, wo ein Hemd, eine khakifarbene

Hose und sogar eine alte Lederjacke hingen. »Los, Dude, heute ist Shopping Time, und dann beginnen wir das Programm Verschönerung.«

»Ich habe dir gesagt, dass ich dafür kein Geld habe.«

Sam zog ein paar Zehn-Pfund-Noten aus der Tasche. »Ich lade dich ein. Du zahlst es mir irgendwann zurück.«

»Und das Geld ist...?«

»Das ist vom Straßenmalen. Lohn gibt es erst Ende der Woche.« Sam nahm den Kater hoch und setzte ihn auf das Fensterbrett. Das Zimmer lag im Erdgeschoß, und der Kater sprang hinaus in einen winzigen Garten und verschwand kurz im Gebüsch. Erleichtert würde er gleich wiederkommen.

»Damit ich dir das Geld leihe, möchte ich aber wissen, wieso einer wie du auf der Straße landet?«

Paul sah ihn lange an. Er schluckte, bevor er antwortete. »Ich habe meine Frau umgebracht. Und meine kleine Tochter.«

»Scherz.«

»Nein.«

32

Am Vormittag um neun Uhr zehn war der Zug nach Gatwick angenehm leer. Er fuhr zwar durch bis London Victoria Station, aber die Pendler hatten frühere Züge genommen.

Emma nahm am Fenster Platz und stellte ihre Umhängetasche auf den Nebensitz. Bis zur Abfahrt blieben noch ein paar Minuten. Sie blickte hinauf zu dem halbkreisförmigen Kuppeldach, das sich über die zahlreichen Gleise und Bahnsteige spannte. Die Trägerkonstruktion aus Eisen war alt und schöner als in moderneren Bahnhöfen.

Auf dem Bahnsteig gingen Leute vorbei, die weiter vorne in Waggons steigen wollten. Später, im Bahnhof Victoria, würden sie dann beim Aussteigen näher am Ausgang sein.

Den roten Haarschopf erkannte Emma sofort. Sie fuhr leicht in ihrem Sitz hoch, um besser aus dem Fenster blicken zu können. Eric lief dort draußen, aber er hatte sie nicht bemerkt. Sein Blick war nach vorne gerichtet.

Eine Ansage schallte aus dem Lautsprecher und kündigte die Abfahrt des Zuges an. Emma presste das Gesicht an die Scheibe, um sehen zu können, wo Eric einstieg. Sie war hin- und hergerissen zwischen dem Wunsch, mit ihm zu reden, und der Scham über den Vorfall mit Mr. Drummer.

Zischend schlossen sich die Zugtüren. Im nächsten Moment setzte er sich mit einem Ruck in Bewegung. Emma fiel auf ihrem Platz zurück. Sie war, wie sie erst jetzt feststellte, allein im Waggon.

Am anderen Ende ging die Durchgangstür auf. Jemand kam in ihre Richtung. Ihr Herz klopfte heftig.

Eric bewegte sich den Gang hinunter. Flüchten oder Verstecken waren unmöglich, also musste sie sich ihm stellen.

»Emma!« Er schien nicht überrascht, sie im Zug anzutreffen.

»Hi!«

»Ich habe dich von draußen gesehen, war mir aber zuerst nicht sicher.«

»Ich bin es.«

Breit grinsend ließ sich Eric ihr gegenüber auf den Sitz fallen. Er hatte einen kleinen schwarzen Koffer bei sich, den er auf den Nebensitz stellte. »Wieso hast du dich nicht mehr gemeldet?«

»Ich?« Die Frage überraschte Emma sehr.

»Muss dir doch nicht peinlich sein, was du tust. Wir sind in Brighton, hier fällt das unter Alltag.«

»Was?«

»Ach, mir war es nur so unangenehm, dass ich dich überfallen und in Verlegenheit gebracht habe.«

»Aber... Eric... es ist alles ein Missverständnis.« Emma wusste nicht, wo sie anfangen sollte. »Ich bin keine... du weißt schon... Domina.«

»Sondern?«

Emma erzählte ihm von der Überraschung, die sie selbst mit Mr. Drummer erlebt hatte und von der unerwarteten Enthüllung über die heimlichen Einnahmequellen ihrer sonst so intellektuellen Tante Nell. Bei jedem Satz grinste Eric breiter, bis er in schallendes Gelächter ausbrach. Emma war froh, dass er alles so locker nehmen konnte.

»Ich dachte, ich sehe dich nie wieder«, gestand sie.

»Wieso?«

»Na ja, weil... ich meine, du bist doch damals mit dem Wein gekommen, weil du...«

Eric lachte noch lauter. »Emma, du meinst doch nicht, dass ich auf dich scharf bin?«

»Klingt nicht sehr charmant«, beschwerte sich Emma.

»He, entschuldige. Das ist wohl falsch angekommen.« Eric beugte sich vor und legte ihr eine Hand auf das Knie. »Emma, was ich meine ist, dass ich schwul bin. Sorry, ich dachte, das ist klar.«

»Ach so.« Emma schaffte es jetzt auch zu lachen. »Nein, wieso sollte das klar sein?«

»Da hast du Recht. Wir haben nie darüber gesprochen.«

»Ich dachte, weil du mit Wein gekommen bist am Abend und im Fitzherbert so nett warst...«

»Stell dir vor, ich mag dich. Du bist aber sonst nicht ganz mein Typ.«

Emma war darüber fast erleichtert.

»Ich muss dir ein Geständnis machen«, fuhr Eric fort. »Letzte Woche am Abend bin ich zu dir gekommen, weil ich mit dir quatschen wollte. Ich wollte dich hemmungslos anheulen, weil ich schon wieder eine Pleite beim Dating erlitten habe.«

»Mein Mitgefühl.«

»Danke. Das kann ich brauchen. Von dir bin ich dann ins Bulldog gegangen, in der St. James's Street. Aber das war der größte Fehler überhaupt.«

Der Name kam Emma bekannt vor. Sie war schon einige Male an dieser Bar vorbeigegangen, deren Hausmauern in der Nacht in Regenbogenfarben angestrahlt wurden.

»Wieso war es ein Fehler?«

»Weil ich zu viel getrunken habe. In meiner Enttäuschung habe ich dann auch noch Karaoke zu singen begonnen und ein paar ältere Gentlemen haben mir Drinks spendiert. Ich habe alle gekippt und hätte um ein Haar irgendwo auf der Straße geschlafen. Ich habe keine Erinnerung, wie ich es zu mir nach Hause geschafft habe.«

»Tut mir leid, dass ich kein Ohr für dich gehabt habe«, sagte Emma. Sie deutete auf Erics Outfit, das ihr erst jetzt auffiel. Er trug einen dunklen Anzug und ein weißes Hemd, dazu schwarze Schuhe, aber keine Socken. »Hast du etwas vor?«

»Ja. Aushilfe in einem Club in London. Bis Sonntag. Gut bezahlt. Das Lucky Beach ist wegen des Wetters geschlossen, und der Job kam unerwartet. Und du?«

»Ich fliege nach Österreich zurück, nach Salzburg.«

»Cool, was machst du dort? Recherchieren? Neuer Bericht für die Zeitung?«

Es war Zeit, dass sie ihm die Wahrheit über sich sagte, aber sie kam nicht dazu. Sein Handy gab einen Ton von sich, der das Eintreffen einer Nachricht meldete. Er las sie und warf das Handy auf den Nebensitz. »Das auch noch. Jetzt habe ich das Geld für die Zugkarte umsonst ausgegeben. Dabei bin ich ohnehin so knapp bei Kasse.«

»Wieso?«

»Weil der Kumpel, für den ich einspringen sollte, es sich anders überlegt hat und selbst arbeitet. Vollidiot.«

Emmas Handy vibrierte. Sie nahm es aus der Tasche.

WÜRG

»Was gibt's?«, fragte Emma nicht gerade freundlich.

»Mummy hat Essen für fünfhundert Leute bestellt. Es wird wieder die Hälfte übrig bleiben.«

Eric starrte finster zum Fenster hinaus.

»Weißt du, wen wir noch alles einladen können? Ich meine, außer Familie und die üblichen Gäste?«, hakte Amelie nach.

»Ich bringe jemanden mit«, sagte Emma kurzentschlossen. »Das wäre schon einmal eine Person mehr.«

»Sag nicht, du bist wieder mit Philip zusammen. Mummy bekommt einen Herzinfarkt, wenn sie ihn noch einmal sieht.«

»Natürlich ist es nicht Philip«, fauchte Emma, sauer über die dumme Bemerkung ihrer Schwester. Für wie bescheuert hielt sie Emma? Grußlos legte sie auf.

Sofort läutete das Handy wieder.

WÜRG

Emma hob ab und bellte: »Bis heute Abend. Over.«

»Alles O.K.?«, erkundigte sich Eric.

»Mehr als O.K. Du kannst in Kürze essen, bis du platzt.«

»Wieso? Wo?«

»Wir haben nur eine Frage zu klären: Hast du deinen Pass dabei?«

»Nein. Wieso?«

Sie warf einen Blick auf die Handyanzeige. »Ich bin viel zu früh, aber wenn ich fliege, werde ich immer so nervös. Wir haben bis zum Abflug noch mehr als dreieinhalb Stunden Zeit. Das kann sich ausgehen. Du nimmst sofort den Zug zurück von Gatwick, holst deinen Pass und kommst wieder.«

»Wovon redest du?«

Emma klimperte mit den Wimpern. »Darling, ich bin so stolz, dass du diesen Managementjob in der City von London bekommen hast. Mit diesem dicken Bonus jedes Jahr.«

»Wie bitte?« Eric sah sie mit ehrlicher Sorge an.

»Wir müssen auf dem Flug die Details besprechen. Dann haben wir ein vergnügliches Wochenende in Salzburg vor uns«, sagte Emma. »Für Essen ist gesorgt und ich organisiere dir eine Suite mit eigener Sauna. Die stehen nämlich um diese Jahreszeit unter der Woche meistens leer.«

Eric kannte sich überhaupt nicht mehr aus.

Die letzten Minuten bis zum Eintreffen in Gatwick erklärte ihm Emma den Grund ihrer Reise nach Salzburg. Gleichzeitig tippte sie auf ihrem Smartphone und googelte einen Platz in ihrem Flieger.

»Volltreffer«, meldete sie. »Last Minute Ticket. Dreißig Pfund. Du bist eingeladen.«

Eric kicherte. Sie sah ihn fragend an.

»Du redest stumm alles mit, was du tippst.«

Emma grinste ertappt. »Das ist eine Angewohnheit, seit ich klein war. Wenn ich schreibe, rede ich. Früher sogar laut. Meine Lehrerin hat mir bei Schularbeiten ein Heftpflaster über den Mund geklebt.«

33

String-Rain«, übersetzte Emma für Eric. Am Flughafen Salzburg hatte sie der kleine Hotelbus abgeholt. In noblem Dunkelblau mit goldenem Schriftzug und einem goldenen geschwungenen S auf der Motorhaube, dem Logo des Hotels.

»String-Rain?«, wiederholte Eric fragend.

Emma meinte Schnürlregen. In Salzburg fielen manchmal keine Tropfen, es sah eher aus, als käme der Regen in dünnen Wasserschnüren aus den Wolken. Obwohl sie beide in Brighton vom Wetter nicht verwöhnt waren, erwartete sie in Salzburg kühler Wind und eben Schnürlregen.

»Was bedeutet das S auf dem Wagen?«, fragte Eric.

»Steht für unseren Nachnamen, Steinhöfl. Es ist der Name meiner Mutter, mein Vater hat ihn angenommen, da die Familie darauf bestand.«

»Ihr habt ein Hotel hier?«

»Wir haben etwas außerhalb von Salzburg an einem kleinen See eines der besten Hotels der Umgebung mit Wellnessbereich, Spa, Massage und sogar einer kleinen Beautyklinik.« Sie erklärte ihm, was sie schon Christkind erläutert hatte: Ihr Vater, ein geborener McMillster, war aus Liebe zu ihrer Mutter nach Salzburg gekommen, wo sie das Hotel von Emmas Großeltern um das Fünffache ausgebaut hatten. »Das Hotel in Nottingham ist auch nicht schlecht«, sagte Emma. »Philip, mein Ex, und ich haben es zwei Jahre lang geführt.«

»Und dann?«

»Erzähle ich dir ein anderes Mal. Jetzt bereite dich seelisch auf heiß-kalte Wechselbäder vor. Du wirst hunderte Hände schütteln und von doppelt so vielen Augen gelöchert werden. Salzburg ist zwar eine Stadt, aber wenn es um Tratsch geht ein Dorf, und jeder weiß hier, was mit Philip und mir geschehen ist. Dein Auftauchen wird wilde Spekulationen auslösen, und wir wollen alles tun, damit die Gerüchteküche nach unserer Abreise am Sonntag so richtig brodelt.«

»Bin dabei!« Eric gefiel das Spiel, und die kleine Reise war eine sehr willkommene Abwechslung.

Nach einer halben Stunde erreichte der Bus das Hotel, das von außen einem Schloss in Dunkelgelb und Weiß ähnelte. Die Fensterläden waren dunkelgrün und hellgrün gestrichen, Erker, Türme, Balkone und Metallfahnen auf dem Dach gab es in großer Anzahl.

Als der Bus hielt und der Fahrer die Schiebetür öffnete, wieselten den beiden sofort Pagen entgegen, die ihnen Gepäck abnehmen wollten. Eric reichte ihnen den kleinen Koffer und Emma amüsierte sich über den leicht indignierten Blick des Hoteldieners.

Aus dem Haus kam ihnen eine stattliche Dame im Dirndl mit hochgeschnürtem Busen entgegen, breitete die Arme aus und rief mit gurrender Stimme: »Willkommen zu Hause, wie schön, Sie wiederzusehen.«

Emma lächelte und schüttelte ihr die Hand. Eric raunte sie auf Englisch zu: »Kein Wort ist wahr.«

»Ihre Schwester hat uns gebeten, ein größeres Zimmer für Sie beide«, etwas hilflos deutete die Empfangsdame zwischen Emma und Eric hin und her, »zu reservieren.« Auf dem Messingschild über ihrem Busen stand ILSE.

»Wir nehmen die Kaisersuite«, entschied Emma.

Ilse stutzte. »Die Kaisersuite.«

»Ja, die Kaisersuite. Sie ist doch nicht vermietet? Denn sie ist normalerweise nie vermietet und nur ein Superupgrade für treue Gäste.«

»Nein, sie ist frei.« Ilse hatte sich schnell wieder unter Kontrolle. »Ihre Schwester dachte mehr an ein Deluxe-Zimmer mit Gartenblick.«

»Und ich denke an die Kaisersuite«, erwiderte Emma lächelnd.

»Ich muss sehen, ob sie hergerichtet ist.«

»Wir können uns frisch machen und umziehen und die Hausdame kann die Suite in Schuss bringen, während wir auf dem Geburtstagsfest meines Vaters sind.«

»Sehr wohl«, sagte Ilse gehorsam.

Eric deutete hinter ihrem Rücken einen kleinen Applaus für Emma an. »Ich habe kein Wort verstanden, aber es hat beeindruckend geklungen.«

Als sie wenig später die Kaisersuite im dritten Stockwerk betraten, stieß er einen langen Pfiff aus.

»Wie viele Zimmer sind das hier?«

»Drei Schlafzimmer, ein Wohnzimmer, ein Esszimmer, ein Kaminzimmer. Dazu eine private Sauna, Whirlpool und eine Bar zur freien Entnahme.« Emma führte ihn durch die Räume, die Arme zur Seite gestreckt und mit einem Tonfall, als wollte sie Eric die Suite verkaufen.

Durch die Zeitverschiebung hatten sie eine Stunde verloren und ihnen blieb nicht mehr viel Zeit. Eric hatte seinen Anzug gegen Jeans und Windjacke getauscht, um ihn zu schonen. Emma rief das Zimmermädchen, um alles aufzubügeln und reichte ihr auch ein schwarzes Kleid, das sie mitgebracht hatte.

»Dass ich in letzter Zeit ein wenig knapp war, hat auch seine guten Seiten«, sagte sie, »ich passe wieder in meine Kleider hinein.«

Als sie unter der Dusche stand und das warme Wasser an sich herabrinnen ließ, kam sie sich vor wie in einer anderen Welt. Brighton lag auf einmal so weit entfernt. Ihre Gedanken an den unbekannten Briefschreiber aber hatten sich nicht verändert. Sie las seinen letzten Brief noch einmal und küsste ihn dann sogar. Zur Sicherheit legte sie ihn in den Zimmersafe, den sie verschloss.

Eric trat in das gemeinsame Wohnzimmer. Er duftete nach dem Shampoo und dem Duschbad, das in kleinen Fläschchen in den Badezimmern angeboten wurde und von einer sehr luxuriösen Marke stammte. Das Hotel bekam alles kostenlos zur Verfügung gestellt, weil es beste Werbung für die Marke war, die auch Schmuck und teure Armbanduhren verkaufte.

»Schick«, sagte Emma. »Kannst du mir bitte den Reißverschluss hochziehen?« Sie drehte ihm den Rücken zu.

»Wir klingen wie das perfekte Ehepaar«, stellte Eric fest.

34

Die Gäste standen artig hintereinander in einer Reihe, um dem Geburtstagskind zu gratulieren. Emmas Vater empfing die Gratulanten am Eingang zum Ballsaal des Hotels, der sich in einem angebauten Flügel befand. Eine Front bestand nur aus Glas, und von dort hatte man einen traumhaften Blick auf den See und die umliegenden Berge.

Als Eric die lange Schlange von festlich gekleideten Leuten sah, die da warteten, schrak er fühlbar zurück.

»Alles nur Golffreunde, Lieferanten für Fisch, Fleisch und Toilettenpapier und Verwandte«, raunte ihm Emma beruhigend zu.

»Großer Rahmen für ein Geburtstagsfest«, bemerkte Eric beeindruckt.

»Ach, meine Eltern wollen nur alle milde stimmen und ihnen das Gefühl geben, Teil der Familie zu sein. Streitigkeiten gibt es mehr als genug.«

Eric hob die Augenbrauen. »Ich glaube, ich verstehe.«

Emma nahm ihn an der Hand und zog ihn hinter sich an den Wartenden vorbei.

Neben ihrem Vater, der einen Trachtenanzug trug, stand ihre Mutter in einem fest geschnürten Dirndl und mit einer Frisur, die wie ein Helm auf ihrem Kopf saß. Als sie Emma mit Eric auf sich zukommen sah, verspannte sich ihre Mutter, was Emma nicht entging. Wie immer, wenn Leute in der Nähe waren, behielt ihre Mutter aber die Fassung. Emmas Vater lächelte ihr freundlich entgegen. Er entschuldigte sich bei dem rotgesichtigen Mann, der ihm gerade die Hand geschüttelte hatte, und wandte sich seiner Tochter zu.

»Emma, wie schön...«

Sie trat vor ihn und küsste ihn auf beide Wangen.

»Alles Gute, Daddy. Das ist Eric.«

Auch Emmas Vater konnte seine Überraschung nicht verbergen. Er musterte Eric kurz, nahm dann aber sofort wieder seine gewohnt aufrechte, etwas steife Haltung an und reichte ihm die Hand. »Willkommen, Eric.«

»Du hättest uns vorwarnen können«, zischte Emmas Mutter ihr zu.

»Hallo Mama«, rief Emma freudig. Sie verzichtete auf Küsschen, ein Händeschütteln erschien ihr zu förmlich.

Eric schlug sich wacker, gratulierte Emmas Vater und reichte ihrer Mutter die Hand. »Es freut mich sehr, Sie kennenzulernen.«

Niemand außer Emmas Mutter schaffte es, mit einem Auge Emma wütend anzufunkeln und mit dem anderen bereits über Erics Schulter zu schielen, wer der nächste Gast in der Reihe war.

»Wir sehen uns dann drinnen«, sagte Emmas Mutter kühl und machte einen halben Schritt zur Seite.

Schon hörte Emma, wie ihre Mutter überschwänglich ein Ehepaar begrüßte, dessen Kleidung nicht aussah, als würden sie öfter zu feinen Anlässen gehen.

Im hinteren Teil des Saales boten Kellnerinnen und Kellner Getränke auf Tabletts an. Im vorderen Teil waren Tische für jeweils acht Personen gedeckt. An der langen linken Wand war das Buffet aufgebaut. Häppchen, Salate, Pasteten und Kuchen lockten, in großen Metallschalen wurden Fleisch, Fisch und Beilagen warm gehalten. Eric betrachtete die Köstlichkeiten mit großen, gierigen Augen.

»Du musst noch die Ansprache meiner Schwester über dich ergehen lassen, dann kannst du zuschlagen«, raunte ihm Emma zu.

»Ich kann warten. Aber nicht lange.« In der Suite hatte Eric alle Vorräte an Erdnüssen und Knabbergebäck der großen Bar geplündert.

Von der anderen Seite des Saales kam eine Frau in Emmas Alter auf sie zugeeilt. Sie wirkte hektisch, und die Ähnlichkeit mit ihrer Mutter war nicht zu übersehen: ähnliche Frisur, ähnliches Dirndl, ähnliche Wichtigkeit in ihrem Gehabe.

»Wer ist das?«, fragte die Frau Emma leise, aber laut genug, dass Eric es hören konnte. Er streckte ihr die Hand hin. »Eric!«

Die junge Frau starrte seine roten Haare an und blickte zwischen Emma und ihm hin und her. »Ich wusste nicht, dass du wieder...«

»Wir reden auch nie, Amelie«, erwiderte Emma ruhig. Zu Eric sagte sie: »Das ist meine jüngere Schwester.«

»Das habe ich mir gedacht.« Eric nickte ihr noch einmal zu.

Amelie zog Emma etwas zur Seite. »Seit wann?«

»Ach, eine Weile.«

Wie bei einer Verschwörung flüsterte ihr Amelie ins Ohr. »Was tut er? Ich meine, beruflich?«

»Banker. Aktien und so. Hoher Bonus jedes Jahr.«

Beeindruckt sah Amelie zu Eric, der etwas verloren in der Mitte des Saales stand. »Nicht gerade schön, aber man kann ihn herzeigen.«

»Und du? Bist du allein hier?« Emma konnte sich die Frage nicht verkneifen.

»Natürlich ist Harald hier. Wieso sollte er nicht zu Daddys Geburtstag kommen?« Harald war Amelies Langzeitfreund. Wie gerufen tauchte er an ihrer Seite auf und nickte Emma zu.

»Emma.«

»Harry.«

»Harald«, verbesserte sie Amelie. »Harry klingt zu sehr nach Prince Harry.«

»Was ist schlecht daran?«

»Amelie findet, dass sich Harald ernsthafter anhört«, erklärte Harald.

Im Stillen dachte Emma, dass sie ihn gerne Valium nennen würde, weil er eine einschläfernde Wirkung auf sie hatte. Harald gehörte sicher zu den langweiligsten Menschen, die ihr je begegnet waren, und Emma fragte sich immer, ob ihre Schwester und er überhaupt Sex hatten.

Weil ihre Mutter winkte, musste Amelie weiter, Harald im Schlepptau. Auch wenn Emma sich vor diesem Fest gefürchtet hatte, genoss sie es nun ein wenig. Mit Eric an ihrer Seite war es auf jeden Fall vergnüglicher.

»Kommt mir das nur so vor, oder reden die Leute über uns?«, fragte Eric.

»Habe ich dir doch gesagt, dass es so sein wird. Es ist schon eine kleine Sensation für die Gegend, wenn die verlorene Tochter, die großes Unheil angerichtet hat, auf einmal mit einem gutaussehenden Mann aus England auftaucht, der Prinz Harrys älterer Bruder sein könnte.«

Da wieder ein Ehepaar an ihnen vorbeizog und sie den Blick aus den Augenwinkeln spürte, führte Emma ihn hinter die kleine Bühne, auf der später die Ansprache stattfinden und dann eine Band spielen würde. Die Bühne verdeckte einen Gang, wo das Essen vorbereitet wurde. Speisenträger brachten es aus der Küche im Haupthaus.

»Greif zu.« Emma deutete Eric, sich von den vorbereiteten Platten zu bedienen. Als er zögerte, schnappte sie sich eine kleine Lachsrolle, die mit weißem Mousse gefüllt war, und steckte sie in den Mund.

Eric folgte ihrem Beispiel. Dem Tempo nach zu schließen, mit dem er Essen schaufelte, musste er sehr ausgehungert sein. Noch kauend wiederholte er seine Frage von vorhin.

»Ich will nicht zu neugierig sein...« Eric angelte sich mit den Fingern Roastbeef, dünn geschnitten, und tauchte es in eine Schüssel voll roter Sauce Cumberland. Er legte den Kopf nach hinten und ließ es von oben im

Mund verschwinden. Kauend sprach er weiter. »Aber du machst immer nur so Andeutungen. Was ist genau geschehen?«

Emma zögerte.

»Du musst nichts sagen, wenn du nicht willst...« Eric war vielleicht sogar froh, ihr nicht zuhören zu müssen, weil er sich gerade über die Hühner-Satay-Spieße hermachte und sie genüsslich in die Erdnusssoße tauchte.

»Später«, vertröstete ihn Emma. Der Schmerz der Erinnerung packte sie stärker, als sie erwartet hatte. Es war zwar in Nottingham passiert, aber hier war sie zu Hause, und hier hatte das Ende von allem stattgefunden.

Sie stellte sich neben Eric und kostete die Erdnusssoße mit dem Finger. Sie war wider Erwarten hervorragend. Ein großes Glas Rotwein, und sie würde das Fest gut überstehen.

Das dachte sie jedenfalls, bis Amelie sie fand.

35

Wo ist Daddy?«, wollte Amelie wissen.

»Keine Ahnung. Ich habe ihn hier nicht gesehen.«

»Mum sagt, er ist unruhig geworden, nachdem du aufgetaucht bist, und wollte auf die Toilette.«

»Dann weißt du, wo du ihn suchen musst.«

»Meine Rede beginnt gleich. Die Gäste sind hungrig, aber wir können ihn nicht finden.«

»Ich habe Dad nicht verschwinden lassen, und ich bin sicher auch nicht schuld, wenn er einfach gegangen ist.«

Amelie sah sie an, als hätte sie von der ersten Landung von Außerirdischen erzählt. »Gegangen? Wieso sollte er sein Geburtstagsfest verlassen? Es ist sein Ehrentag.«

»Er mag es nicht, so im Mittelpunkt zu stehen«, erinnerte sie Emma.

»Natürlich mag er es, wenn er gefeiert wird. Jeder mag das doch.« Amelie schloss dabei aber nur von sich auf alle anderen, wie Emma wusste. »Wir müssen ihn finden. Mum hat schon ihre Herztablette genommen, weil sie sich so aufregt. Und du bist daran nicht unschuldig.«

Eric trat zu den Schwestern, die noch immer in dem Gang hinter der Bühne standen. »Kann ich helfen?«

»Weiß er überhaupt, wie Dad aussieht?« Amelie redete, als wäre Eric nicht hier.

Wortlos drehte sich Emma von ihr weg, Eric folgte ihr. »Hast du eine Idee, wo dein Dad sein könnte?«

»Ja.«

»Wo?«

»Komm mit.« Emma lief los, Eric ihr nach. Sie durchquerten den Gang zur Küche, und Emma bog in einen Nebengang ab. Neonlicht und einfache Wandverkleidung zeigten, dass sie sich im Personalbereich befanden.

»Wohin willst du?«, fragte sie Eric.

»Hast du Gerüche aus deiner Kindheit, die dich beruhigen?«

»Nicht wirklich...«

»Denk nach.«

Er überlegte, während sie ins Erdgeschoss stiegen. »Brotpudding von meiner Oma. Mit Vanillesoße aus der Dose.«

»Dads Beruhigungsgeruch sind Laken, Tischtücher, Servietten und Handtücher frisch aus der Wäscherei. Er kommt aus einer Hoteliersfamilie und ist in einem Hotel aufgewachsen. Seine Eltern hatten lange Zeit kein eigenes Haus, sondern nur eine Wohnung in ihrem Hotel. Als Kind hatte er einen Ort, wo er sich gerne versteckt hat.«

Sie erreichten eine weiße Doppeltür, die aufschwang, als Emma darauf zutrat. Dahinter erstreckte sich ein tiefer Raum mit Neonbeleuchtung und langen Regalen. In allen stapelten sich gefaltete weiße Stoffe. Ein frischer Geruch wehte heraus. »Warte bitte hier.« Emma betrat den Raum, und hinter ihr gingen die Türflügel wieder zu.

»Daddy? Dad? Ich weiß, dass du hier bist.«

»Hier.«

Er saß in der hintersten Ecke auf einer Stehleiter, die benutzt wurde, um Wäsche aus dem obersten Regal herunterzuholen.

»Gehen sie dir auf die Nerven?« Emma deutete mit dem Daumen in Richtung Ballsaal.

Ihr Vater seufzte tief. »Du kennst mich.«

»Ich glaube schon.«

Wieder seufzte ihr Vater. Er blickte sie an und streckte die Arme nach ihr aus. »Ich mache mir solche Sorgen um dich.« Sie trat näher, und er nahm sie an den Oberarmen und zog sie zu sich. »Wir waren viel zu hart, und es war nicht deine Schuld.«

Emma schwieg, freute sich aber innerlich über diese Erkenntnis.

»Kommst du zurecht? Fühlst du dich in Brighton wohl? Ist es nicht einsam dort? Ist dein neuer Freund anständig zu dir?«

»Mir geht es gut.« Das war heute auf jeden Fall weniger gelogen als vor drei Wochen. Emma sagte es auch mit einer gewissen Berechnung, dass ihr Vater es ihrer Mutter weitererzählte. Sie sollte hören, dass die »Strafmaßnahmen«, die sie durchgesetzt hatte, Emma nichts ausmachten. Das stimmte zwar nicht ganz, aber Emma hätte niemals das Gegenteil zugegeben.

»Versteckst du dich, weil du nicht bei der Party sein willst, oder meinetwegen?«

Emmas Vater lächelte erneut. »Du bist die Einzige in der Familie, die mich kennt.«

»Amelie hat eine Rede für dich, und deinen Gästen hängt der Magen bis in die Kniekehlen. Du kommst besser mit.«

»Ist es schon so spät? Ich wollte nur ein paar Minuten für mich haben.«

»Kurz vor halb acht Uhr.«

»Oh mein Gott, ich muss eingenickt sein.« Ihr Vater erhob sich und zog seine Trachtenjacke zurecht. Er nahm Emma an den Schultern und blickte ihr in die Augen. »Brauchst du Geld?«

»Ich komme zurecht.«

»Ich war mit der Idee deiner Mutter nie einverstanden, aber du weißt, wie sie ist. Und Harald hat ständig gewarnt, dass Philip uns noch mehr schaden könnte...«

»Es ist wirklich gut, Dad. Komm, lass dich jetzt bitte feiern.«

Sie führte ihn am Ellbogen Richtung Tür. Nie zuvor war Emma ihr Vater so gebückt vorgekommen.

Vor der Wäschekammer wartete noch immer Eric. Er stieß sich mit der Schulter von der Wand ab, als die zwei herauskamen.

»Sei gut zu ihr, das verdient sie. Sie ist ein gutes Mädchen.«

»Ich tue mein Bestes«, versicherte Eric.

Emmas Vater ließ sich von Emma in den Saal führen. Dort wurde er vom Applaus der Gäste empfangen (und vom vorwurfsvollen Blick seiner Frau). Er stieg auf die Bühne, nahm das Mikrofon entgegen und sagte: »Ich bin um 19:38 Uhr zur Welt gekommen. Also in dieser Minute vor sechzig Jahren. Verzeiht, dass ich die letzten Minuten in meinen 50ern noch ein wenig genießen wollte.«

Wieder gab es Applaus. Amelie wollte das Mikrofon übernehmen, aber ihr Vater deutete ihr zu warten.

Aus den Lautsprechern im Ballsaal schallte seine Stimme, die früher, bildete sich Emma ein, fester gewesen war.

Ihr Vater erzählte Anekdoten aus seiner Kindheit, wie er seine Frau in Nottingham kennengelernt hatte und darüber, dass er von den Salzburgern so freundlich aufgenommen worden war. Sein Deutsch ließ nur noch ein wenig den englischen Akzent erkennen. Er erzählte auch eine Geschichte über seine Töchter, wie sie sich als kleine Mädchen einem Ehepaar im Hotel zur Adoption angeboten hatten.

»Wir waren hoffentlich niemals so schlechte Eltern, aber wir waren immer sehr beschäftigt«, zog er Resümee. »Heute freue ich mich, mit meiner Familie zu feiern, mit meiner Frau – wir sind fast 32 Jahre verheiratet

– und mit meinen Töchtern Emma und Amelie, die beide ihren Weg gehen. Und natürlich freue ich mich, dass ihr alle kommen konntet.« Er winkte nach einem Glas. Eine Kellnerin reichte ihm eine Champagnerflöte. »Auf unser aller Gesundheit und Freude im Leben.«

Alle Gäste prosteten ihm zu und tranken. Als endlich Amelie ihre Lobrede halten konnte, stand Emma abseits, versteckte sich ein wenig hinter Eric und verbarg die Tränen der Rührung.

Was für ein wunderbarer Mann ihr Dad doch war.

36

Der nächste Tag begann für Emma und Eric erst kurz nach Mittag. Sie hatten lange beim Fest ausgehalten, sehr zur Freude von Emmas Vater, der mit ihr mehrere Male getanzt hatte. Das viele Essen und der viele Champagner benötigten eine Überdosis Schlaf.

»Wir zwei müssen noch reden, bevor du wieder abfährst«, hatte Emmas Vater beim Verabschieden zu ihr gesagt.

»Ich bin bis Sonntag hier, Daddy.«

Emma führte Eric vor, was das Hotel so alles zu bieten hatte. Sie ließ ein spätes Frühstück in die Suite bringen, das von zwei jungen Kellnern in Uniform auf drei Servierwagen ins Zimmer geschoben wurde. Von Früchten über feinsten Aufschnitt bis zu Eiern im Glas, als Omelette und als Rührei mit ein einem Klacks Kaviar als Garnierung, fehlte nichts.

Nachdem sie sich gestärkt hatten, genossen die beiden die Wasserfallduschen der Bäder und die Badetücher, die so groß und so weich waren, dass man darin versinken konnte.

»Schwimmen, Dampfbad und Sauna später, jetzt zeige ich dir Salzburg«, erklärte Emma. Sie lieh sich eines der Hotelautos und fuhr mit Eric in die Stadt. Der Regen hatte gnädigerweise aufgehört, und die Sonne guckte sogar immer wieder zwischen den weißen Turmwolken hervor.

Während sie durch die Altstadt schlenderten, durch die Getreidegasse, vorbei an Mozarts Geburtshaus und weiter zum Dom, dachte Emma an ihren unbekannten Briefeschreiber.

Würde sie ihm auch jemals ihre Heimatstadt zeigen können?

Sie nahmen die Festungsbahn hinauf zur Feste Hohensalzburg. »Die größte Burg in Mitteleuropa, habe ich jedenfalls in der Schule gelernt.« Emma musste über sich selbst schmunzeln, weil sie wie eine Fremdenführerin klang.

»Auf dem Domplatz wird jeden Sommer das Stück Jedermann aufgeführt«, setzte Emma fort. »Das Leben und Sterben eines reichen Mannes. Er spielt, er sauft, er hat eine Geliebte, die »Buhlschaft« genannt, und wenn seine Stunde gekommen ist, rufen stimmgewaltige Männer von hier und anderen Plätzen »Jedermann!«. Als ich als kleines Mädchen zum ersten Mal in der Vorstellung war, bin ich ziemlich erschrocken und habe dann wochenlang an Geister geglaubt.«

Eric sah sie lachend von der Seite an. Sie lehnten an einem Geländer und sahen hinunter auf die ziegelroten Dächer der Altstadt.

»Kann es jemanden wie dich nicht auch in männlich geben?«, sagte er unvermittelt.

»Wie bitte?« Emma verstand ihn zuerst nicht ganz.

»Wäre ich hetero, ich würde dich sowas von anmachen.«

Jetzt lachte Emma. »Wieso? Was ist an mir schon so besonders?«

»Jetzt komm schon, das weißt du doch selbst.«

»Nein, sag es mir.« Emma stellte sich bewusst dumm, weil sie Lust auf Komplimente hatte.

»Es macht einfach Spaß, mit dir Zeit zu verbringen, und vor allem habe ich das Gefühl, dass du keine Spiele spielst und ehrlich bist. Gibt es etwas Wichtigeres?«

»Danke.« Es war ein ungewöhnliches Kompliment und es gefiel Emma. »Ich mag dich auch. Echt schade, dass du für Geschöpfe wie mich verloren bist«, scherzte sie.

»Danke, das hört man gerne. Aber kannst du mir erklären, wieso ich dann beim Daten ein Versager hoch drei bin?«

»Dazu muss ich die Details kennen.«

Sie setzten sich auf eine Bank. »Erst vergangene Woche habe ich wieder jemanden gedatet. Wir haben uns auf einer App gefunden. Nettes Chatten. Er hat behauptet, Alex zu heißen, 1,80 groß zu sein, schlank und ein Lebensgenießer. In Wirklichkeit war er einen halben Kopf kleiner als ich, aber doppelt so schwer, hatte das letzte Mal vergangene Woche geduscht und mir gleich zu Beginn erklärt, ich müsse ihn bitte auf den Drink einladen, da er ziemlich pleite sei.«

»Klingt nach normalem Date über App oder Internet«, bemerkte Emma trocken.

»Außerdem hat er mir erklärt, wir müssten zu mir gehen, wenn wir Sex wollten, weil er mit drei Frauen eine

WG hat. Die Frauen sind seine Mutter und seine Schwestern, habe ich dann herausgefunden.«

»Hatte er wenigstens keinen Mundgeruch?«

»Nein. Weil er sich von mir einen Kaugummi erbettelt hat.«

Eric und Emma lachten und schlugen sich auf die Schenkel. Ein japanisches Touristenpaar musterte sie verwundert.

»Das Beste war sein Profilbild«, fuhr Eric fort. »Das muss ein Typ gewesen sein, auf den er in der Schule gestanden ist. Das Bild stammt aus dem Schuljahrbuch, vermute ich, denn Alex hat in Wirklichkeit keine Ähnlichkeit mit ihm gehabt.«

»Wie lange hast du es mit ihm ausgehalten?«

»Wir haben uns im Legends getroffen, an der Marine Parade. Ich habe einen Gin Tonic getrunken, er ein Vodka Red Bull. Ich bin auf die Toilette und habe meinen Drink bezahlt, seinen aber nicht. Dann bin ich raus, habe mich verabschiedet und bin gegangen. Der Kellner hat ihn festgehalten, damit er bezahlt. Das war meine Rache für seine Lügen.«

Anschließend war Eric in eine der kleinen Weinhandlungen gegangen, die bis in die Nacht geöffnet hatten, um eine Flasche Wein zu besorgen und damit zu Emma zu gehen. Das Cherry Tree lag sehr nahe. »Kennst du auch solche Pleiten?«

Emma lachte auf. »Ich habe bisher nicht den Mumm gehabt, ein Profil auf einer Dating App anzulegen.«

»So viel Mut gehört auch nicht dazu.«

»Schon, wenn du meinst, du siehst aus wie ein übergewichtiger Besen und hättest den IQ einer Qualle.«

»So denkst du über dich?«

Sie nickte einmal kurz.

»Du weißt aber schon, dass du spinnst.«

Sie grinste schief. »Naja, in letzter Zeit habe ich ein paar Komplimente bekommen, die richtig gutgetan haben. Die letzten erst vor ein paar Minuten von dir.«

»Wer hat dir eingeredet, dass mit dir nichts los ist? Deine Schwester? Oder wer?«

»Erzähle ich dir, aber später. Hast du wieder etwas Hunger?«

»Immer. Ich kann essen bis zum Abwinken.« Emma beneidete ihn darum, denn Eric war schlank.

»Du musst eine Spezialität kosten, die es nur hier gibt. Ist süß, aber ich mag's.«

37

Auf dem Weg zu Brighton Council, dem Amtshaus, konnte er sich nicht verkneifen, sein Spiegelbild in den Schaufensterscheiben anzusehen.

Der Mann, der ihm entgegenblickte, erschien ihm ein wenig fremd. Er hatte eine Erinnerung an ihn, aber lange Zeit hatte er dieser Mann nicht mehr sein wollen. Bart und Haarmähne waren eine Art Tarnung gegenüber seinem früheren Leben geworden.

Das weiße Hemd war eine Nummer zu groß, die Tweedjacke auch. Aber die Hosen passten gut, die Schuhe ebenfalls. Er sah sportlicher aus als früher, einer Zeit, als er nur im dunklen Anzug anzutreffen gewesen war, oder zum Wochenende in Jeans und Sweater.

Seine Haut war fahl von zu wenig Sonne, unter seinen Augen lagen Schatten. Kinn und Oberlippe fühlten sich sehr nackt an ohne Bart.

Eine halbe Stunde vor dem Termin betrat er das Gebäude und studierte die Wegweiser in der Halle. Er musste in den zweiten Stock, Zimmer 254. Weil er zu früh war, klopfte er nicht, sondern nahm auf einem Plastikstuhl neben der Türe Platz.

Nach einigen Minuten wurde die Tür geöffnet, und eine mütterlich wirkende Frau steckte den Kopf heraus. An ihrem Hals klimperten zahlreiche Ketten in unterschiedlichen Stärken und allen möglichen Farben.

»Paul Portland?«, rief sie in den Gang.

»Ja, ich.« Er stand auf. Sie musterte ihn und fragte: »Wieso haben Sie nicht geklopft?«

»Weil mein Termin erst in zwölf Minuten ist.«

»Sie hätten klopfen können, dann wären wir schon fertig.« Die Frau schien verärgert. Sie ging in einem etwas watschelnden Gang vor, und er betrat ein schmales Zimmer. Hinter einem einfachen Büro-Schreibtisch wuchtete sie sich in einen Stuhl und drehte den Computerbildschirm zu sich. Vor dem Schreibtisch standen zwei Stühle, und auch wenn ihm keiner angeboten worden war, nahm Paul Platz. Er entdeckte ein Schild auf dem Tisch, auf das ein Zettel gepappt war: Gretchen Ratting

So also hieß die ihm zugeteilte Betreuerin.

Gretchen überflog, was auf dem Bildschirm zu lesen war. »Ich muss mein Auto vom Service abholen. Die Werkstatt schließt aber in einer halben Stunde. Deshalb wäre ich dankbar gewesen, wenn Sie geklopft hätten.«

»Tut mir leid, ich dachte, Sie hätten noch jemanden bei sich gehabt.«

»Die Frau vor Ihnen wollte nur die Bestätigung, dass sie nicht arbeiten kann, um das Sozialgeld weiter zu beziehen. Drei Minuten. Aber wir müssen für Fälle wie sie und Sie« – sie deutete auf Paul – »immer eine halbe Stunde veranschlagen. Das ist Vorschrift hier.«

»Ich verstehe.«

Sie sah ihn über den Rand der großen Brille an. Dann blickte sie zum Bildschirm zurück. Dazu neigte sie den

Kopf in den Nacken, weil die Lesezone der Brille unten war. Sie hätte die Brille auch einfach höher schieben können, aber das schien sie nicht zu wollen.

»So, Paul, Sie suchen also eine Stelle, brauchen aber Unterstützung, weil Sie länger keine Anstellung hatten.«

»So ist es.«

»Welchen Beruf haben Sie schon ausgeübt?«

»Ich habe die Schule abgeschlossen. A-Levels. Danach Studium in Oxford für Internationales Handelsrecht, ein zweites Studium für Aktien- und Fondmanagement.«

Wieder blickte sie über den Rand der Brille.

»Ich muss gleich los zu meinem Auto. Also ersparen Sie mir diese Scherze.«

»Das ist kein Scherz. Ich war Banker und kann Ihnen die drei Geldinstitute nennen, für die ich tätig war.« Er sagte die Namen, und sie machte sich eine Notiz.

»Sie waren mehr als 18 Monate nirgendwo als wohnhaft gemeldet.«

»Ja.«

»Wie kam es dazu?«

»Ich bin schuld...«, er musste schlucken, weil er die Tränen spürte.

In der Betreuerin brach die Mütterlichkeit durch. »Taschentuch?«

»Bitte.«

Gretchen kramte eine Packung aus ihrer übergroßen Handtasche, schüttelte eines auf und reichte es ihm. Er wischte sich die Augen ab.

»Meine Frau Angie und meine kleine Tochter Marie sind tödlich verunglückt«, sagte er mit belegter Stimme. »Ich habe Schuld.«

Ihre Eile und Ungeduld waren vergessen. »Wären Sie bereit, mir das näher zu erklären?«

»Ich bin eigentlich nur indirekt schuld, aber...« Sie sah ihn schweigend an. Paul hob den Blick. »Ich habe viel gearbeitet, und als die beiden von einem Wochenende bei meinen Schwiegereltern zurückgekehrt sind, wollte ich sie vom Bahnhof abholen. Wir haben damals außerhalb von London gelebt, und ich hatte vor, unser kleines Auto zu nehmen.

Aber ich wurde im Büro aufgehalten, und so habe ich meine Frau gebeten, ein Taxi zu nehmen.

In einer Unterführung wurde das Taxi von einem Lastwagenfahrer überholt. Der Fahrer verlor die Kontrolle über das Fahrzeug und schleuderte das Taxi gegen die Wand der Unterführung. Es wurde zurückgeschleudert und erneut von dem LKW gegen die Tunnelwand gequetscht.

Nur der LKW-Fahrer hat schwer verletzt überlebt. Er hatte ein Blackout.«

»Das tut mir unendlich leid für Sie«, sagte Gretchen.

»In wenigen Sekunden habe ich damals alles verloren, was mir im Leben wirklich etwas bedeutet hat. Nur weil mir die Arbeit wichtiger war an diesem Abend. Hätte ich meine Frau und unsere Babytochter abgeholt, wie ich es versprochen hatte, so wären sie noch am Leben.«

Gretchen fingerte an den Halsketten herum. Unter einer Kette mit kirschengroßen bunten Glasperlen befand sich ein Goldkettchen, wie es Kinder oft zur Taufe bekamen. Ein kleines Kreuz hing daran. »Die Wege des Herren sind unergründlich.«

»Bitte hören Sie mir damit auf«, brauste Paul auf. Sie deutete ihm, sich zu beruhigen. Da er sich aus dem Stuhl erhoben hatte, sollte er sich wieder setzen.

»Sie geben sich Schuld für etwas, das Sie nicht beeinflussen konnten. Der Unfall hätte auch in Ihrem eigenen Auto geschehen können. An derselben Stelle zur selben Zeit.«

Paul sah sie lange an und überlegte. »Sie haben Recht. Wir hätten denselben Weg genommen. Aber dann wären wir jetzt alle drei tot und...«

Gretchen beugte sich vor. Sie roch nach einem altmodischen Parfüm und Rosen. »Ich kenne Sie jetzt erst eine Viertelstunde. Aber dieses Büro und ich, wir haben schon viele Menschen gesehen. Paul, Sie leben und Sie können in Ihrem Leben noch eine Menge tun. Gutes tun, für andere. Aber zuerst einmal müssen Sie aufhören, sich die Schuld zu geben.«

»Das ist so schwer«, flüsterte er. »Aber ich weiß, dass Sie Recht haben.«

»Was meinen Sie, wäre der größte Wunsch Ihrer verstorbenen Frau, wenn sie nur einen Satz zu Ihnen sagen könnte?«

Was für eine Frage. Paul überlegte. Gretchen hatte den Kopf zur Seite gelegt und wartete.

»Angie... Angie war eine so liebevolle Frau. Sie würde sagen...« Es war Paul peinlich, schon wieder mit den Tränen zu kämpfen. »Sie würde sagen: Mach das Beste aus deinem Leben und werde wieder glücklich.«

Er schnäuzte sich.

»Das glaube ich auch.« Gretchen lächelte ihn an. »Aber aus Trauer und Schuldgefühl haben Sie aufgehört zu arbeiten und alles vernachlässigt. Sie haben das Gegenteil getan.«

Genau so war es gewesen.

»Aber jetzt wollen Sie wieder anfangen.«

Paul nickte. Sie sah ihn an, öffnete den Mund, um etwas zu sagen, zögerte und sagte es dann doch. »Es gibt einen Grund, wieso ich Sie gut verstehen kann. Mein Mann ist vor zwölf Jahren gestorben. Krebs. In nur sechs Wochen nach der Diagnose. Er hat mir damals das Versprechen abgenommen, dass ich alles tue, um wieder Freude im Leben zu haben und nicht allein zu bleiben.«

»Ist Ihnen das gelungen?«

Sie drehte den Bilderrahmen um, den sie auf dem Schreibtisch stehen hatte. Auf dem Foto war sie zu erkennen, mit einem etwas älteren Mann, einem erwachsenen Mädchen und zwei kleinen Kindern, einem Jungen und einem Mädchen.

»Ich konnte mit meinem verstorbenen Mann leider nie Kinder haben. Nun habe ich eine Familie geheiratet. Ducan, seine Tochter Laura und die Zwillinge Chris und Eva.«

»Hat Ihnen das geholfen, Ihren Mann zu vergessen?«

»Natürlich nicht. Aber ich habe ihn losgelassen, damit er seine eigene Reise machen kann. Darf ich Sie noch etwas fragen?«

Er deutete ihr fortzufahren.

»Was war der Auslöser? Wieso haben Sie uns kontaktiert, wieso sitzen Sie hier?«

Zum ersten Mal lächelte Paul. »Stellen Sie sich vor, der Wind trägt Ihnen einen Brief zu, den eine wunderbare Frau an einen unbekannten Traummann geschrieben hat.«

Gretchen verzog zweifelnd das Gesicht. »Ich weiß nicht, ob ich Ihnen jetzt folgen kann.«

»Ich habe einen Grund gefunden, wieso ich wieder richtig leben will. Aber ich kann dieser Frau nicht als Arbeitsloser ohne Wohnort gegenübertreten.«

»Heißt das, Sie haben noch nie mit ihr gesprochen?«

»Nein, nicht richtig. Nur ein paar Worte, weil sie auf mich getreten ist. Aus Versehen.« Er hatte das Gefühl, mit Gretchen einem Menschen gegenüberzusitzen, dem er eine Frage stellen konnte, die ihn sehr beschäftigte. »Glauben Sie, dass es so etwas wie Schicksal gibt? Dass ein Mensch in deinem Leben auftaucht, weil es so sein soll?«

»Gottes Wege sind vielfältig, wie ich schon gesagt habe.«

Diesmal widersprach Paul nicht. »Sie war so freundlich und ich nur ablehnend.« Er erzählte vom Zusammenstoß am Fuße der Treppe bei den Arkaden. »Sie hat mich nicht wie einen Aussätzigen behandelt, obwohl ich herumgelungert bin. Überhaupt, ihre Stimme, ihre Art, das Gesicht, ich...«

Er wusste nicht, wie er es ausdrücken sollte.

»Sie haben sie anziehend gefunden«, half Gretchen ihm weiter.

»Mehr als das. Ich wollte mich bei ihr entschuldigen für meine Unfreundlichkeit. Aber dann hat sie am Strand mit einem Burschen geredet. Die beiden sind zurückgekommen, und ich habe sie sagen gehört, dass sie einen Sturzhelm vom Cherry Tree holen will. Ich kannte es, weil ich oft vorbeigegangen bin. Die ganze Nacht habe ich an sie denken müssen. Am nächsten Tag bin ich los, um einen Zettel in ihren Briefschlitz zu werfen, mit einer Entschuldigung. Da habe ich sie gesehen. Sie war vor dem Haus und hat ihren Papierkorb gehalten. Sie wollte ihn wohl ausleeren, aber der Wind hat den Inhalt rausgeholt. Ein Blatt, ein zerdrücktes Blatt, hat er bis zu mir geweht. Ich bin ein Stück entfernt gestanden, und sie hat mich nicht bemerkt. Es war ein Brief an einen Unbekannten.«

Paul trug ihn immer bei sich. Er reichte ihn Gretchen. Sie las ihn und schüttelte immer wieder den Kopf.

»Von so etwas habe ich noch nie gehört. Aber diese Frau muss man persönlich kennenlernen.« Sie schlug mit der Hand auf die Tischplatte, und Paul zuckte erschrocken. »Nun zum Praktischen.« Gretchen gab ihm

Ratschläge, wie er wieder in ein Berufsleben einsteigen konnte. »Vor allem sollten Sie Kontakt mit Ihrer Familie aufnehmen. Leben Ihre Eltern noch?«

»Ja. Aber ich kann noch nicht. Ich weiß, dass ich ihnen in dem letzten Jahr nichts als Kummer zugefügt habe. Ich will sie nicht um Geld bitten, sondern mich selbst wieder hocharbeiten.«

Gretchen hob die Augenbrauen. »Ich glaube nicht, dass wir in Ihrer derzeitigen Situation eine Stelle in einer Bank für Sie finden.«

»Ich nehme alles an, was ich kriegen kann.«

»Lassen Sie mich sehen, was ich für Sie habe...«

38

Vor ihnen stand eine ovale Keramikbackform, aus der drei goldbraune Gipfel ragten. Eine fröhliche Kellnerin ließ von oben Staubzucker rieseln.

»Und was ist das?«, wollte Eric wissen.

Emma hatte ihn nahe dem Dom in ein Lokal geführt, das halb im Berg lag. Es war eine Art Keller mit Terracottaboden, Holzbalken an der Decke und bäuerlicher Einrichtung. Ein wenig dunkel, aber sehr gemütlich.

»Salzburger Nockerln. Hauptsächlich Eischnee, kunstvoll gebacken. Ich habe früher immer nur die goldbraune Haut gegessen, aber der Rest ist auch sehr gut.«

Eric beobachtete mit gewissem Misstrauen, wie die Kellnerin mit zwei Löffeln eine große Portion für ihn ausstach und auf den Teller beförderte. Das Innere war luftig und weich, die überbackene Oberfläche ein wenig fester, wie flaumigster Kuchenteig. Nachdem er gekostet hatte, erklärte Eric, bestimmt einen Nachschlag haben zu wollen.

»Habe ich mir gedacht«, sagte Emma. Sie selbst nahm weniger, dafür einen großen Löffel Preiselbeerkompott dazu.

»Während ich esse, kannst du erzählen«, erklärte Eric. »Wer hat dich so fertig gemacht?«

»Mein Ex-Mann, Philip. Er ist noch mein Mann, weil die Scheidung noch nicht durch ist. Aber er ist schuld.«

Eric wackelte mit dem Löffel in der Luft. »Kann ich endlich erfahren, was genau geschehen ist?«

Emma kostete es ein wenig Überwindung, darüber zu reden. »Wir haben uns auf der Uni kennengelernt, in London. Meine Eltern mochten ihn, Amelie hätte ihn gerne gehabt, und deshalb war er für mich umso interessanter. Außerdem hat er mir das Gefühl gegeben, etwas Besonderes zu sein.«

Eric löffelte mit größtem Genuss, hörte aber aufmerksam zu. »Das bist du doch auch«, warf er ein.

Von Emma kam ein kurzes Schnauben. Sie fuhr fort. »Schließlich haben wir geheiratet, und meine Eltern haben uns das Hotel in Nottingham übertragen. Philip hat sich um das Wirtschaftliche gekümmert, ich mich um die Buchungen, Housekeeping und so weiter.«

»Ich ahne Schreckliches«, sagte Eric.

Emma schnaubte erneut. »Er hatte die ganze Zeit eine andere Frau. Aber sie war viel unterwegs. Als Notnagel war ich gut genug. Das hat der Privatdetektiv herausgefunden, den meine Eltern auf ihn angesetzt haben. Sie hatten nach zwei Jahren den Verdacht bekommen, dass Philip eine doppelte Buchhaltung führt und Geld unterschlägt. Der Detektiv sollte mehr herausfinden.«

»Und er hat...«

Emma nickte. »Als ihn meine Eltern zur Rede gestellt haben, hat er ihnen doch wirklich kühl lächelnd erklärt, dass er sie gerne bei der Steuerbehörde anzeigen kann. Er hätte da einiges entdeckt, das sie ihn Schwierigkeiten bringen könnte. Außerdem stünden ihm durch unsere Ehe Anteile an den Hotels zu, weil er meinen Vater zu einer Änderung der Verträge vor unserer Hochzeit überredet hatte. Es war alles geplant. Philip hat mich nur als Mittel zum Zweck gesehen, um an Geld zu kommen. Meine Eltern haben ihm jede Menge bezahlt, damit er den Mund hält und verschwindet. Das hat er auch getan. Aber die Scheidung ist noch immer nicht durch.«

»Das klingt wie im Film.«

»Nein. Dort gibt es immer ein Happy End, bei mir geht die Katastrophe immer weiter. Meine Mutter hat mich enterben lassen – vorläufig sagt sie. Falls Philip auf die Idee kommen sollte, mich umzubringen, kann er nichts bekommen. Außerdem hat sie mein Gehalt im Hotel auf ein Minimum herabgesetzt und den Rest einbehalten. Als Wiedergutmachung, wie sie gesagt hat. Natürlich haben die Angestellten davon erfahren und ich war ruiniert. Daher bin ich nach Brighton gekommen. Meine Tante hatte beschlossen, auf Weltreise zu gehen, und mir angeboten, das B&B zu führen.«

»Keine Journalistin also.«

»Nein. Ich habe dich belogen. Sorry.«

»Ich wusste, dass du nicht die Wahrheit gesagt hast, aber der Grund war mir nicht klar. Jetzt verstehe ich.«

»Du wusstest das?«

»Du bist einfach zu gut für diese Welt. Dir merkt man an, wenn du lügst.«

Emma mischte Preiselbeeren mit den Salzburger Nockerln und schaufelte die gelb-rote Soße in den Mund. Der süß-herbe Geschmack tröstete.

»Ich finde es gut, wenn ein Mensch nicht gut lügen kann«, meinte Eric.

»Soll ich dir ein Geheimnis verraten?« Emma musste es loswerden, weil es sie schon länger beschäftigte.

»Klar. Bei mir ist alles sicher.«

»Ich weiß.« Sie holte tief Luft, sah sich um, ob sie jemand hören konnte und flüsterte dann: »Ich habe seit 14 Monaten mit keinem Mann geschlafen und glaube, ich traue mich nicht einmal mehr.«

Eric sah sie mitfühlend an. »Das verlernt man aber nicht.«

»Laut Philip war ich gerade einmal gut ›zu benutzen‹, das war aber auch meine einzige Qualität.«

»Vergiss den Mistkerl.«

Emma kämpfte mit dem Wunsch, Eric auch von den Briefen an Unbekannt und seinen Antworten zu erzählen. Vielleicht hatte er eine Idee, wieso jemand wissen konnte, was Emma schrieb, obwohl sie die Briefe in einer versperrten Lade aufbewahrte.

Eric tippte auf seinem Handy. Ein wenig verlegen drückte er herum. »Emma, ich habe da einen Freund.«

»Aha.«

»Er könnte dir mit deinem Problem helfen.«

»Mit welchem?«

»Dass du dich nicht mehr traust, Sex zu haben.«

»Ein Therapeut?«

»Nicht wirklich. Eher besser. Er heißt Damian, und er schuldet mir einen Gefallen.«

»Wie meinst du das?«

»Ich könnte ihn bitten, dir zu helfen. Kostenlos. Normalerweise ist seine Leistung nicht ganz billig.«

»Was soll ich mir unter ›Leistung‹ vorstellen?«

»Das will ich dir nicht sagen, weil du dann vielleicht ablehnst. Aber ich weiß, es wäre gut für dich. Damian hat auch anderen sehr geholfen.«

»Darf ich es mir überlegen?«

»Natürlich. Sag mir einfach Bescheid.«

»Danke für das Angebot.«

»He, danke für die wunderbare Zeit hier. Ich war seit zwei Jahren nicht auf Urlaub, und das alles ist für mich wie das Paradies.«

»Willst du weiter im Lucky Beach kellnern?«

»Das tue ich nur, um mir meine Ausbildung zu verdienen.«

»Was lernst du denn?«

»Webdesigner. Ich baue und gestalte Webseiten.«

»Darf ich dich um einen Gefallen bitten?«

»Wenn ich ihn erfüllen kann.«

»Die Webseite des Cherry Tree ist aus dem vorvorigen Jahrhundert. Kannst du mir helfen, sie etwas flotter zu bekommen?«

»Klar. Kennst du das Passwort der Seite? Dann können wir das sofort von hier angehen.«

»Oldcow30.«

»Was soll das sein?« Eric kratzte die Reste der Salzburger Nockerln aus der Schale.

»Mein Codewort.«

»Old Cow 30?«

Emma nickte, und ihre neue Dynamik war sofort wieder verschwunden.

»Wie kommt man auf so ein Codewort?«

»Am 18. Oktober werde ich entsetzliche dreißig. Eine alte Kuh eben.«

»Quatsch. Wir werden deinen Geburtstag groß feiern.«

»Ich mag keine Feiern. Ich bin wie mein Dad...«

»... dem sein Fest gestern dann doch noch viel Spaß gemacht hat.«

Da musste Emma ihm Recht geben. »Wann hast du Geburtstag?«

»22. Juli. Ich werde 25.«

»Größter Wunsch?«

»Ein Mann, der halbwegs normal tickt.«

»Ich finde ihn für dich.«

»Bitte verpacken, mit Schleife an der richtigen Stelle.«

39

Du sagst ihr nichts. Es sind leere Drohungen, und ich will nicht, dass sie beunruhigt wird.« Es war Emmas Vater, der das sagte. Emma hörte seine Stimme schwach, aber deutlich.

Sie stand vor der Tür zu den Büros ihrer Eltern im Hotel. Ihr Vater hatte sie gebeten, am Samstag um elf Uhr zu kommen, weil er mit ihr sprechen wollte.

Sollte sie anklopfen und sich bemerkbar machen? Das Vorzimmer war leer, der Sekretär, der für ihre Eltern arbeitete, hatte frei.

An der Wand tickte eine Uhr. Emma warf einen Blick darauf.

Zwölf Uhr. Wieso war es schon so spät? Ihre Armbanduhr zeigte...

... sie zeigte die Zeit in England. Emma hatte vergessen sie vorzustellen, weil sie immer nur ihr Handy als Uhr benutzte. Sie hatte die kleine Armbanduhr extra für das Fest mitgebracht, weil sie ein Geschenk ihres Vaters war und Emma sie tragen wollte.

Sie war also zu spät.

Hinter der Tür hörte sie plötzlich die Stimme ihrer Mutter. »Ich werde es ihr sagen und du wirst mich nicht daran hindern. Außerdem bestehe ich darauf, dass alle Regelungen aufrecht bleiben. Auch noch ein Jahr nach der Scheidung.«

»Unsere Tochter hat sich von uns zurückgezogen. Ich hätte nicht einmal gedacht, dass sie zu meinem Geburtstag kommt. Willst du, dass sie den Kontakt vielleicht einmal ganz abbricht?« Ihr Vater klang aufgebracht.

»Sie ist gekommen, weil ihr Amelie ein Ticket geschickt hat«, erwiderte Emmas Mutter kühl.

Das war wirklich nicht der Grund, dachte Emma wütend. Sie wollte ihrem Vater gratulieren, weil sie ihn liebte.

»Sie wird den Kontakt nie abbrechen, sei gewiss. Dieser neue Mann sieht mir aber auch wieder sehr fadenscheinig aus. Wir sollten den Detektiv ansetzen, damit sie nicht in die nächste Falle tappt. Auch wenn sie uns nichts mehr kosten kann.«

»Emma ist doch nicht dumm. Sie hat ein abgeschlossenes Studium, mit großem Erfolg. Sie hatte Pech, und wir haben es auch nicht kommen gesehen.«

Danke, Daddy für die Verteidigung, dachte Emma.

»Du bist immer voreingenommen, wenn es um Emma geht«, warf ihm seine Frau vor.

»Und du, wenn es um Amelie geht«, gab er ungewohnt heftig zurück.

»Hättest du nicht heute Vormittag mit Emma reden sollen?«, fragte seine Frau.

»Jaja, vor einer Stunde.«

»Nennst du das verlässlich?«

Es war genug. Emma öffnete die Tür ohne anzuklopfen. »Tut mir leid, Daddy, aber ich habe auf meiner Uhr die englische Zeit eingestellt.«

Er nickte verständnisvoll. Ihre Mutter setzte sich auf die Schreibtischkante. »Ich störe doch nicht?«, fragte sie spitz.

Es war Emmas Vater anzusehen, dass er sie gerne hinausgeschickt hätte, aber das traute er sich nicht.

»Du wolltest hier mit mir sprechen?« Emma deutete im Büro herum. Zentrales Stück war ein Regal, in dem alle Ehrungen, Auszeichnungen und Trophäen ausgestellt waren, die das Hotel im Laufe der Jahre bekommen hatte. »Ist es etwas Geschäftliches? Ich habe jetzt mein eigenes Geschäft, und es geht gut.«

Das war eine glatte Lüge, aber Emma war fest entschlossen das B&B zum Erfolg zu führen. Sie stutzte. Auf dem Regal standen auch einige Fotos in Silberrahmen. Sie zeigten ihre Eltern bei Preisverleihungen, aber auch Familienfotos.

Das Foto ihrer Hochzeit war auch noch immer da. Emma in einem weißen Kleid, und neben ihr Philip im schwarzen Anzug und mit einem Grinsen, das sie bei genauer Betrachtung an einen Hai erinnerte. Damals war ihr das nur nicht aufgefallen. Ein Foto daneben zeigte sie und Philip auf der Hochzeitsreise, die sie auf den Seychellen verbracht hatten. Er mit Baseballkappe und wieder diesem künstlichen Lächeln, sie im Bikini mit einer dünnen Bluse neben ihm, unsicher lächelnd. Philip hatte seinen Arm um sie gelegt, als wäre sie seine Beute.

»Wieso habt ihr die noch hier stehen?«, wollte Emma wissen.

Ihr Vater nahm die Bilder sofort weg. »Die haben wir übersehen.« Er ließ sie in einen Papierkorb fallen.

»Ich wollte dir übrigens nur sagen, dass die Scheidungspapiere bald unterschriftsreif sind. Unser Anwalt schickt sie dir, und du müsstest sie bei einem Notar in Brighton unterzeichnen. Oder du kommst noch einmal her...«

»Das geht zeitlich nicht. Ich mache es in Brighton.«

Ihr Vater nickte. Emma sah zwischen ihren Eltern hin und her. »Ist dann alles erledigt?«

Ihre Mutter öffnete den Mund, aber bevor sie etwas sagen konnte, redete schon ihr Vater. »Ja, die Sache ist dann abgeschlossen. Gott sei Dank.«

»Lass den lieben Gott aus dem Spiel«, sagte seine Frau. »Hast du etwas von Philip gehört in letzter Zeit, Emma?«

»Zum Glück nicht.«

Die Eltern schwiegen.

»Stimmt etwas nicht?« Da Emma durch die Tür mitgehört hatte, wusste sie, dass es noch etwas zu besprechen gab. Bevor ihre Mutter wieder das Wort ergreifen konnte, tat es ihr Vater. »Wir haben Wege gefunden, von Philip einen sehr großen Teil des unterschlagenen Geldes zurückzubekommen. Die Konten, auf denen es liegt, sind eingefroren. Er kommt nicht mehr ran.«

»Sehr gut.«

Wieder eine Pause. »Aber er...«

Emmas Mutter setzte fort. »... er hat gedroht. Er will die Scheidung anfechten, was er nicht kann.«

»Er hat auch nichts mehr gegen uns in der Hand«, ergänzte der Vater schnell.

»Aber er hat am Telefon gesagt, dass er dafür sorgen wird, dass du dich nicht scheiden lässt. Er hätte seine Mittel und Wege – was immer er damit gemeint hat.«

»Da irrt er.« Emma blieb – zu ihrer eigenen Überraschung – sehr ruhig.

»Du kennst Philip.« Ihr Vater sah sie mit einem besorgten Gesicht an, das Emma einiges ahnen ließ. Wahrscheinlich hatte Philip noch ganz andere Drohungen ausgestoßen. Er schreckte nicht davor zurück, gewalttätig zu werden. Sie hatte es am eigenen Leib erfahren.

»Wir wollten es dir gesagt haben«, schloss ihre Mutter. »Halte die Augen offen. Sei vorsichtig und«, sie zögerte kurz, »rechne damit, dass er auftauchen könnte.«

Es war Emma anzusehen, dass sie diese Vorstellung beunruhigte.

»Nein, nein, Hunde, die bellen, beißen nicht«, sagte ihr Vater schnell. Aber er klang nicht überzeugt.

40

Die Sonne stand noch recht hoch, und am Strand saßen Sprachschüler, ein paar Touristen und Bewohner Brightons auf Handtüchern und genossen die warmen Strahlen. Im Wasser war allerdings keiner. Es war zu kalt um diese Jahreszeit (für viele Leute war es hier immer zu kalt).

»Hallo, Sam.«

Sam blickte auf. Er saß auf dem Gehsteig nahe der Skulptur Kiss Wall, einem modernen Denkmal der Liebe auf der Strandpromenade, das zu einem neuen Wahrzeichen von Brighton geworden war. Vor ihm stand Paul, und ihm war anzusehen, dass etwas Gutes geschehen sein musste.

»Seine HRH«, rief Sam. Er verzierte sein Straßenbild mit letzten Strichen. Es zeigte einen Mann und eine Frau, die einander im Sonnenuntergang umarmten.

»Du bist wirklich gut«, sagte Paul.

»Danke, danke.« Die umgedrehte Kappe, die neben dem Bild lag, war voll mit Münzen und mehreren Geldscheinen. Das hatte mit der Straßenmalerei zu tun, aber auch mit Sams Kater, der daneben saß. Warf jemand eine Münze hinein, hob er die Pfote, als wollte er danken. Viele Leute warfen deshalb gleich noch ein Geldstück nach. Kinder erbettelten von ihren Eltern immer mehr Geld und mussten schließlich an der Hand fortgezogen werden.

»Du magst doch Curry, nicht wahr?«

Sam schnalzte mit der Zunge. »Und wie.«

»Wann bist du hier fertig?«

»Fertig bin ich seit vier Stunden. Die letzten Striche sind nur Show, damit die Leute denken, ich male noch.« Sam klopfte sich den Kreidestaub von den Händen und stand auf.

»Wie lange willst du noch hier sein?«

»Eine Stunde, vielleicht zwei. Es kommen gerade ziemlich viele Leute an, und dann wollen sie immer hier ein Selfie machen.« Sam deutete auf die schwarze Metallplastik. Es war eine Wand, auf der küssende Paare aller Altersgruppen, jeder Herkunft und jedes Geschlechts zu sehen waren. Die Portraits bestanden aus vielen kleinen Löchern, durch die Licht fiel. »Gibt's was zu feiern?«

Paul zog aus der Jackentasche einige Geldscheine. »Ich kann dir heute alles zurückzahlen, was du mir geliehen hast. Außerdem möchte ich dich als Dank zu dem kleinen Inder in den Lanes einladen. Mehr kann ich mir noch nicht leisten.«

»Sag nicht, dass du schon einen Job hast.«

»Doch. Im selben Lager wie du, als Regalarbeiter. Aber das ist in Ordnung. Die Sozialarbeiterin hat mir außerdem eine kleine Starthilfe verschafft.« Er klopfte auf die Tasche, in die er das Geld zurückgesteckt hatte.

»Du bist ja flott unterwegs«, sagte Sam mit Bewunderung.

»Ich habe genug Zeit vertan.«

»In zwei Stunden, dann kann ich dir auch nach dem Essen einen Drink spendieren, O.K.?«

»Ich hole dich ab.«

Als es Zeit war, kam Paul zurück. Sam klopfte auf sein Knie, worauf der Kater einen Sprung machte und über das Hosenbein und die Jacke bis auf seine Schulter kletterte. Nachdem Sam ihn ein wenig zurechtgerückt hatte, gingen sie los. Der Kater thronte auf ihm und blickte stolz in die Welt.

»Bester Tag, was die Einnahmen betrifft«, erzählte Sam.

»Gratulation.« Paul holte einen Umschlag aus der Innentasche der Jacke. »Kannst du den da bitte später bei ihr einwerfen?«

Sam grinste breit. »Klar.«

»Hör auf zu grinsen«, brummte Paul, der rot geworden war.

41

Was für ein Wochenende. Emma war den Weg vom Bahnhof Brighton bis New Steine zu Fuß gegangen. Beim Pavillon, dem orientalischen Palast, der mitten in der Stadt stand, hatte sie sich von Eric mit Küsschen auf die Wangen verabschiedet.

»Danke für die Webseite«, sagte sie.

»He, danke noch einmal für die tolle Zeit. Vergesse ich nie. Und du vergiss nicht, mir so schnell wie möglich Fotos von den neuen Zimmern zu schicken.«

Eric hatte der Homepage des Cherry Tree einen völligen neuen Look verpasst. Die Seite strahlte im Gelb des Hauses, weil es derzeit das Schönste an diesem Gebäude war. Als Beispiel für die neuen Zimmer hatten sie ein Foto aus dem Internet genommen.

»Derzeit Renovierung, keine Störungen, aber ermäßigte Preise«, verkündete ein Banner gleich auf der Startseite.

Emma war gespannt, welche Reaktionen die Neugestaltung auslösen würde.

Sonntagnacht war es ruhig in Brighton. Das Highlife des Wochenendes war vorüber, und die Stadt und ihre Bewohner mussten Kräfte für die neue Woche sammeln.

Emma genoss die Meeresluft, die so anders als die Bergluft in Salzburg war. Sie fühlte sich in Brighton mittlerweile fast mehr zu Hause, stellte sie fest.

Sie wollte ihre Reisetasche im Haus abstellen und danach noch nach vor zur Marine Parade gehen und auf das Meer hinausschauen.

Leise hatte sich auch die Frage bei ihr gemeldet, ob es vielleicht einen neuen Brief für sie gab. Unbekannt hatte ihn für »in ein paar Tagen« angekündigt, und die Zeit seit Mittwoch konnte man doch als »ein paar Tage« bezeichnen. Sie spürte die Nervosität in sich aufsteigen.

Als sie den Windfang betrat, ging automatisch das Licht an. Emma holte ihre Schlüssel aus der Tasche, als sie aber aufschließen wollte, bekam sie einen Schock.

Die Haustür stand einen kleinen Spaltbreit offen.

Ihr Herz klopfte bis zum Hals. Einbrecher? Oder Philip?

Die Warnungen ihrer Mutter klangen ihr in den Ohren.

Was sollte sie nun tun? Die Polizei rufen? Wartete Philip vielleicht drinnen auf sie? Sie hatte keine Ahnung, was er vorhaben könnte. Aber sie wusste, dass er gewalttätig werden konnte.

Am besten, sie rief die Polizei. Das Problem war aber ihr Handy, denn der Akku war leer. Sie musste also zur Polizeistation gehen, die zehn Minuten entfernt war. Sie drehte sich um, als hinter ihr die Tür geöffnet wurde.

Emmas Reflex war sofort: Verteidigung. Da sie ihre Reisetasche noch in der Hand hielt, wirbelte sie herum und schwang sie mit voller Wucht gegen den Einbrecher. Sie hörte einen Knall, als die Tasche traf, und gleich darauf einen dumpfen Aufprall. Der Einbrecher war k.o. gegangen. Zur Sicherheit aber machte Emma ein paar Schritte nach vor zu den Stufen, bevor sie sich umdrehte.

Auf der Türschwelle lag Christkind und stöhnte.

»Oh nein, das tut mir leid.« Emma lief zu ihm und kniete sich nieder. »Lionel? Christkind? Muss ich einen Krankenwagen rufen?«

Langsam hob Lionel den Kopf. Die Perücke war verrutscht, und darunter kamen graue Haarstoppeln hervor.

»Kindchen, Sie haben vielleicht einen Schlag!«

Diesen Satz hatte Emma vor gar nicht langer Zeit schon einmal von Eric gehört. Sie half Lionel auf und führte ihn ins Wohnzimmer. »Ich habe Sie für einen Einbrecher gehalten.«

»Einbrecher schicken keine SMS, in denen sie ihre Anwesenheit ankündigen«, sagte er anklagend.

»Ich habe keine SMS bekommen. Mein Handy-Akku ist leer.«

Lionel saß auf dem Sofa, und Emma holte ihm Wasser aus der Küche. Er trank und rieb sich die Schläfe, wo sie ihn getroffen hatte.

»Ich habe Ihr Haus nach Wanzen abgesucht.«

»Danke. Und? Haben Sie was gefunden?«

»Nein. Das Nebenhaus war eine dieser Pensionen, in denen Spione ausgehorcht wurden. Aber Ihres nicht. Wanzen habe ich auch keine finden können.« Lionel deutete in die Diele. »Ich habe mir ein Gerät von einem ehemaligen Kollegen beim MI5 geliehen, das Abhörwanzen entdeckt. Ich muss es morgen in der Früh zurückgeben, und deshalb bin ich heute gekommen.«

»Tut mir wirklich leid, aber... mein Noch-Ehemann wurde mir von meinen Eltern angekündigt. Also ich wurde gewarnt.«

»Kindchen, ich wollte Ihnen ohnehin raten, das Schloss an der Tür auszutauschen. Es hat mich nicht einmal dreißig Sekunden gekostet, es zu knacken. Sie verzeihen, dass ich mir so Zutritt verschafft habe, aber das Schloss hat keinen vertrauenswürdigen Eindruck auf mich gemacht, und ich wollte es testen.«

»Ein neues Schloss und dazu Schlüssel für alle Gäste sind teuer«, meinte Emma.

»Madonna hat ihre Freunde in Brighton. Wir werden Ihnen da helfen.«

Das Angebot nahm Emma dankbar an.

»Wenn Kindchen bitte eine Micro-Sim im Handyshop besorgt. So eine vorbezahlte, ganz einfach und billig. Ich muss sie in die Kamera einbauen, und dann kann die Überwachung beginnen.«

»Wann könnten Sie wiederkommen?« Emma wollte die Kamera so schnell wie möglich in Aktion haben.

»Dienstag oder Mittwoch. Ich habe Madonna versprochen, sie morgen aus Cornwall abzuholen, und will noch Zeit mit den Enkeln verbringen.«

Nachdem Christkind gegangen war, sah sich Emma in der Diele um. Kein Umschlag auf dem Boden. Auf dem Bord beim Spiegel lagen Flugzettel von neuen Lokalen in

Kemptown und ein Brief des Stadtamtes. Bestimmt eine Steuer, die sie bezahlen musste.

Emma spürte die Enttäuschung. Sie musste sich eingestehen, fest mit einem Brief von Unbekannt gerechnet zu haben.

Es hieß wohl noch Geduld zu haben. Das war nicht ihre Stärke.

Außerdem konnte sie ihm auch einen Brief schreiben. Vielleicht würde er darauf wieder antworten.

Es war spät und sie war zu müde, aber gleich am Montag würde sie sich an den Schreibtisch setzen.

Liebe Emma,

danke, für deine Geduld. Ich brauche die Zeit, um dir als ein Mann gegenüberzutreten, der im Leben steht. Mit beiden Beinen fest auf dem Boden.

In meinem letzten Brief habe ich dir erklärt, dass ich mich jetzt vielleicht sogar zwei oder drei Wochen nicht melden kann. Es gibt so vieles, das ich jetzt erledigen muss, und ich will dir nur schreiben, wenn ich dir wirklich etwas sagen kann.

Leere Sätze und hohle Phrasen mag ich nicht und du verdienst sie nicht.

Ich hoffe, es geht dir gut und dein Leben verläuft, wie du es dir wünschst. Gerne würde ich dir genauere Fragen stellen, aber ich weiß so vieles nicht von dir. Emma, noch nicht heute, noch nicht morgen, aber in einem Monat bin ich soweit. Dann können wir uns endlich treffen, wenn du das überhaupt noch möchtest. Ich hoffe es so sehr...

42

Tag, du HRH!«

»Bitte, Sam, der Scherz ist alt.«

Sam war mit seinem Kater ins Zimmer gekommen, wo Paul an dem kleinen Tisch saß und schrieb. Er drehte das Blatt schnell um, damit Sam nichts lesen konnte.

»Arbeit oder Vergnügen?« Sam deutete mit dem Kopf auf den Brief.

»Geht dich nichts an. Aber ich glaube, ich brauche dich wieder als Postbote. Allerdings frühestens nächste Woche. Oder Ende nächster Woche.«

Paul faltete das Papier und legte es in die Schublade des Nachtkästchens. Er gab seinen Füller dazu und schloss ab. Noch war er mit diesem Brief nicht zufrieden, dabei würde er der wichtigste von allen sein. Als er sich umdrehte, stand Sam am Fenster und rauchte. Er sog den Rauch mit hektischen Zügen ein und blies ihn zischend ins Freie.

Der Kater strich um Pauls Beine, bis er ihn hochhob und kraulte.

»Ist alles in Ordnung bei dir?« Sam schien verändert.

»Jaja, heftiger Tag.«

»Entschuldige, wenn ich dich frage, aber du bist so unruhig, als hättest du... hast du...?«

»Was?« Sam fuhr so heftig zu ihm herum, dass Paul zusammenzuckte.

»Moment, Moment, was ist denn?«

Erst jetzt verstand Sam, worauf Paul hinausgewollt hatte. »Du meinst, ob ich wieder Drogen nehme?«

Paul sagte nichts.

»Keine Sorge, ich bin und bleibe clean.«

»Gut. Dann bin ich beruhigt.« Trotzdem konnte er eine Veränderung bei seinem Zimmergenossen sehen. »Ich gehe noch an den Strand. Kommst du mit?«

»Zu müde.«

»Verstehe.« Wahrscheinlich brauchte Sam einfach nur ein bisschen Zeit allein. Paul wollte sie ihm geben. Er verabschiedete sich und verließ das Zimmer.

Sam dämpfte die Zigarette aus, von der noch die Hälfte übrig war, und warf den Rest aus dem Fenster. Hektisch durchwühlte er alle Taschen seiner Jacke. Er drehte sie sogar nach außen, aber es fielen nur Tabak, ein Feuerzeug, ein paar Münzen und ein Ausweis heraus. Sam stieg in das obere Bett, und der Kater kletterte sofort zu ihm. Auf Sams Brust liegend, ließ er sich streicheln.

»Ich habe vergessen, den Brief einzuwerfen, den er mir gegeben hat, und jetzt ist er weg. Ich muss ihn verloren haben«, erzählte Sam leise dem Kater. Sam traute sich nicht, Paul etwas davon zu sagen.

43

Emma las den Brief, den sie gerade fertig geschrieben hatte, noch einmal durch. Ein angenehmes Gefühl breitete sich in ihr aus. Eigentlich war es verrückt, weil es ein Brief war, den sie nicht abschicken konnte, da sie weder den richtigen Namen des Empfängers wusste noch eine Adresse kannte. Trotzdem aber tat es ihr so gut, Zeilen an ihn zu schreiben. Sie fühlte sich ihm nahe.

Lieber Unbekannter,

wie geht es dir?

An diesem Wochenende ist mir klar geworden, dass ich vielleicht doch nicht so schrecklich bin, wie ich bisher dachte. Es ist alles vielleicht doch besser, als es mir vorgekommen ist.

Vor allem habe ich gespürt, dass ich weiterkomme. Ich stehe nicht mehr still und tue mir leid, ich gehe voran. So wie du das dir für mich gewünscht hast.

Deine Briefe haben mir Mut gemacht, den Rest habe ich selbst erledigt. Das will ich in aller Bescheidenheit feststellen. ;-)

Wenn ich an das Geburtstagsfest meines Vaters zurückdenke, staune ich über mich selbst. Ich wollte zuerst nicht hin, weil ich Angst vor den Blicken und dem Getuschel gehabt habe.

Aber es ist anders gekommen, und daran hat nicht nur Erics Begleitung und unser perfektes »Wir sind ein wunderbares Paar – ha ha ha!«-Theater Schuld.

Ich war so viel leichter und lockerer als noch vor ein paar Monaten. Eine neue Emma entsteht, aber nicht durch Grübeln, sondern durch deine lieben Worte, die mir neue Kraft gegeben haben.

Ich hoffe sehr auf weitere Briefe von dir. Aber du hast mich um Geduld gebeten, und die habe ich natürlich. Nur weißt du, ich komme mir vor wie ein verliebter Teenager, wenn ich einen Brief von dir kriege, wenn ich ihn lese und danach halte, als wäre es deine Hand.

Nein, ich bin keine Traumfrau. Aber seit diesem Wochenende ist mein Alptraum-Faktor von Höchststufe zehn vielleicht sogar auf acht gesunken. Das ist doch schon etwas. Oder soll ich unbescheiden sogar sieben sagen? Oder sechseinhalb?

Ich hoffe, es geht dir gut. Wo auch immer du bist. Ich schicke dir ein großes Lächeln mit aller Herzlichkeit, die ich schaffe.

Deine Emma

(die vielleicht wirklich einmal eine passable Frau sein kann und die sich schon sehr auf einen neuen Brief von dir freut)

Würde eine Reaktion auf diesen Brief kommen? Oder eine andere Nachricht von ihm? Wenn sie nur wüsste, woher er den Inhalt der verschlossenen Briefe kennen konnte?

Ihr Brief wurde in die Lade gelegt, die Emma sorgfältig absperrte. Sie hatte aus ihrem Mädchenzimmer im Haus der Eltern eine dünne Goldkette mitgenommen, die ihr eine Patentante einmal geschenkt hatte. Der Anhänger zeigte einen Schutzengel. Auf die Kette fädelte Emma den Schlüssel, um ihn so immer bei sich zu tragen.

44

Emma zählte sieben.

Sieben Reservierungen für das kommende Wochenende. Da der Montag ein Feiertag war, wollten die meisten Gäste sogar schon Donnerstagabend anreisen und bis Montag bleiben.

Insgesamt machte das 28 Nächte, und für Emma bedeutete das mehr als 3.000 Pfund an Einnahmen. Sie hätte nie mit so vielen Gästen gerechnet. Die neue Homepage zeigte Wirkung. Emma hatte auf Hochtouren die Renovierung der Zimmer fortgesetzt. Vielleicht schaffte sie es, die oberen drei zumindest frisch ausgemalt zu vermieten.

Emma schickte an alle, die gebucht hatten, eine E-Mail.

Ich freue mich, dass Sie das Cherry Tree gewählt haben. Es ist leicht zu finden: ein zitronengelbes Haus in New Steine.

Wieso das B&B Cherry Tree heißt und gelb gestrichen ist, gehört zu den großen Rätseln und Wundern, von denen Brighton viele zu bieten hat.

Bitte lassen Sie mich wissen, ob Sie Lebensmittelallergien haben oder spezielle Wünsche für das Frühstück (die ich erfüllen kann). ;-)

Wenn Sie mir eine ungefähre Ankunftszeit mitteilen könnten, erwarte ich Sie gerne mit einem Begrüßungsgetränk.

Herzlich
Emma

Die Idee mit dem Getränk war ihr beim Schreiben gekommen. Sie hatte keine Lust, den ganzen Tag und die halbe Nacht auf Gäste zu warten, und auf diese Weise würden sie ihr sicherlich gerne sagen, wann sie mit ihnen zu rechnen hatte.

Wie gut der Einfall war, bewies sich eine halbe Stunde später. Von den sieben Reservierungen hatten sechs zurückgeschrieben. Die Gäste kamen am Donnerstag zwischen fünf und halb acht Uhr an.

Emma brach auf, um schon einiges für Frühstück und Willkommensdrink zu besorgen. Zum Glück befand sich ein kleiner Supermarkt gleich um die Ecke. Als sie das Haus verließ, kam Christkind gerade die Stufen vom Gehsteig herauf.

»Guten Tag, Kindchen«, grüßte er und schwenkte eine Pappschachtel. »Kamera zum Einbauen bereit. Haben Sie die MicroSIM?«

»Ist besorgt.«

Hinter ihm tauchte Madonna auf, in einem weißen Overall und mit weißem Turban. »Ich bin mitgekommen, als Hilfe beim Ausmalen.«

»Großartig, danke, ich arbeite gerade im dritten Stock...« Emma wollte hinauf und ihr alles zeigen, aber Madonna deutete ihr, dass es nicht nötig war. »Ich habe Erfahrung und mein Schätzchen auch.« Pfeifend marschierte sie die Treppe hoch.

Christkind holte etwas aus der Schachtel, das wie ein übergroßes schwarzes Glasauge aussah.

»Das neue Modell schickt die Bilder wie gesagt gleich per SMS an Sie weiter. Es fotografiert jede Person, die auf die Tür zugeht, von hinten und beim Weggehen von vorne. Leute, die nur aus der Tür treten, ignoriert die Kamera. Genauso Leute, die nur in das Haus hineingehen.«

Emma war beeindruckt.

»Wenn mir Kindchen jetzt bitte eine Leiter geben kann, montiere ich die Kamera gleich.«

Das Werkzeug hatte Lionel in den Taschen der weißen Schürze mitgebracht, die er an diesem Tag umgebunden hatte. Wie ein Profi bohrte und schraubte er an der Decke des Durchgangs, dort, wo die Stufen anfingen. Er konnte, wie er Emma erklärte und zeigte, die Kamera gut unter dem Holzrahmen verstecken.

»Wenn Sie jetzt bitte Ihr Handy holen, Kindchen. Warten Sie drinnen«, sagte er.

Also ging Emma in die Diele, während ihr Lionel die Anlage vorführte und dabei laut sprach, damit sie durch die geschlossene Eingangstür alles hören konnte.

»Ich komme jetzt und werfe etwas ein...« Er ließ die Briefklappe auf- und zugehen.

»Nun gehe ich wieder. Kopf gesenkt und schnell. Und nun...«

Er sagte nichts mehr, und Emma stand ein wenig hilflos im Haus. Als sie die Eingangstür öffnen wollte, meldete ihr Handy mit einem Pling-Pling das Eintreffen einer SMS. Sie öffnete sie und sah zwei Fotos: Eines zeigte Lionel in seinem weißen Kleid von hinten am Briefschlitz, das andere von vorne, mit den beiden Zöpfen, als er wieder ging.

Es wurde an die Tür geklopft, und Emma öffnete.

»Funktioniert es?« Emma zeigte ihm das Handy, und er nickte zufrieden. »Eines der besten Modelle mit wenigen Störungen. Wenn es nicht ganz tut, was wir wollen, dann bitte mich sofort verständigen.« Er diktierte ihr seine Nummer, die Emma in ihrem Handy abspeicherte.

»Das neue Schloss kommt heute um 16:00 Uhr. Der Schlosser heißt Mauricio. Er hält sich für den größten Verführer. Flirten Sie ein wenig, dann vergisst er ganz auf die Rechnung. Sonst kostet alles aber auch nur die Hälfte.« Christkind kicherte und folgte seiner Frau nach oben.

45

Emmas Laune hätte nicht besser sein können. Der Empfang der Gäste am Donnerstagabend war ein voller Erfolg gewesen. Er hatte Emma nur ein paar Pfund gekostet, da die meisten mit Prosecco hochzufrieden waren oder überhaupt nur Eistee wollten.

Alle Gegenden und Altersklassen waren vertreten: ein Liebespaar aus London, ein schwules Pärchen aus Bristol, ein altes Ehepaar, das seine Hochzeitsreise einst nach Brighton unternommen hatte, zwei Burschen, die eindeutig Party machen wollten, eine junge Frau, die zum Polterabend einer Freundin kam, und eine Frau, die zum Wochenende am Strand malen wollte.

Die meisten hatten nicht nur schnell den Drink gekippt, sondern sich im Wohnzimmer zu Emma gesetzt und erzählt. Es war eine fröhliche Runde und das alte Ehepaar kündigte an, das Cherry Tree allen seinen Freunden zu empfehlen, weil sie noch nie irgendwo so freundlich empfangen worden waren.

Die Überwachungskamera hatte sich auch gemeldet, allerdings nur zwei Bilder der Postbotin geschickt.

Das Freitagsfrühstück war geschafft, alle, die erschienen waren, satt und zufrieden. Emma brauchte für das Wochenende aber mehr Eier und Toast. Außerdem lebte das Liebespaar vegan, und sie musste Aufstriche und Mandelmilch besorgen.

Auf dem Weg zum Supermarkt kam sie in der St. James's Street an einem Blumenladen vorbei, der kleine Rosenstöcke im Blumentopf verkaufte. Emma pfiff auf hohen Gewinn und kaufte für jedes Zimmer einen. Ein bisschen Farbe tat dort gut.

Als sie aus dem Laden herauskam, rief jemand von der anderen Straßenseite und winkte. Sie sah Jeremy im ersten Stock eines Eckhauses, das lilafarben verputzt war und im Erdgeschoß ein Thai-Restaurant hatte.

»Hallo! Warte, ich komme runter.«

Emma balancierte eine Pappkartonschachtel auf dem Arm, in die die kleinen Rosen geschlichtet standen. In der anderen Hand hielt sie ihre Einkaufstasche.

Jeremy trat aus dem Haus, Jamie an der Leine. Die beiden überquerten die Straße und Jamie richtete sich sofort an Emmas Beinen auf und begrüßte sie schwanzwedelnd.

»Das nenne ich eine schöne Überraschung.« Jeremy schien sich ehrlich über die Begegnung zu freuen. »Ich bin in letzter Zeit öfters am Cherry Tree vorbeigegangen, aber wir haben dich nie gesehen. Am Strand warst du auch nicht.«

»Ich war über das Wochenende fort.«

»Hauptsache, wir sehen uns jetzt. Ich wollte dich auch etwas fragen wegen Sonntag.«

Emma überkam ein kleiner Zweifel. Sollte sie sich wirklich mit Jeremy treffen? War das nicht unfair gegenüber Unbekannt. Anderseits war Jeremy einfach nur ein

Freund, den sie in Brighton kennengelernt hatte, und wieso sollte sie nicht mit ihm zu Mittag essen?

»Es ist so, dass ich diesen Sonntag arbeiten muss. Ein Fall, für den ich nach Birmingham fahren werde. Schon Sonntagfrüh. Könnten wir das Essen verschieben? Auf Sonntag in einer Woche?«

»Geht in Ordnung.«

Jeremy war erleichtert. »Goodie. Vielleicht treffen wir uns auch nicht beim Devil's Dyke, sondern...« Er brach ab. »Nein, ich will noch nichts versprechen. Ich lasse es dich rechtzeitig wissen.«

»Ja, gerne.«

»Soll ich tragen helfen? Ich brauche ohnehin eine kleine Pause, und Jamie war heute auch erst kurz spazieren.«

»Eigentlich wollte ich noch in den Supermarkt...«

»Wir kommen mit und warten draußen, wenn wir dürfen.«

»Natürlich.« Sie gingen nebeneinander, mussten aber einige Male stehenbleiben, weil Jamie schnüffelte oder das Bein hob.

»Das ist für ihn so wie für mich das E-Mail-Lesen, also lasse ich ihm immer Zeit«, erklärte Jeremy.

Sie hatten den Supermarkt erreicht. »Ich brauche nicht lange«, sagte Emma. Jeremy deutete in die Seitengasse. »Wir drehen eine Runde um den Häuserblock und warten dann wieder hier.«

So kam es auch. Die Tasche war voll, und Emma hatte noch eine Papiertüte dazunehmen müssen. Jeremy bestand darauf, beides zu tragen, während sie wieder die Rosen übernahm.

Pling-pling. Eine Nachricht. Emma musste sie sofort ansehen. Hatte Unbekannt etwas eingeworfen?

»Halte bitte!« Jeremy streckte die Arme vor, an denen schon die schweren Taschen hingen, und Emma stellte den Karton mit den Rosen drauf.

Es war kein Foto des Eingangs, sondern eine Nachricht von Eric.

Eric
Sex-Nachhilfe
nächsten Samstag?

Was sollte das heißen? Sie spürte, wie Jeremy ihr über die Schulter blickte und drehte sich schnell weg.

»Ich habe nichts gelesen«, versicherte er ihr, was wahrscheinlich das Gegenteil bedeutete. Emma bekam einen roten Kopf.

»Dummer Scherz von einem Freund«, stotterte sie herum und nahm ihm wieder die Rosen ab. Jeremy half ihr, alles bis in ihre Küche zu tragen, und hatte dieses große Fragezeichen im Gesicht.

Nein, Emma würde keine weiteren Erklärungen abgeben, weil sie keine hatte. Sie war erleichtert, als er gegangen war.

Sie schrieb ihm eine Nachricht.

Emma

?????

Eric

Ja oder nein?

Emma

Mit dir?

Eric

Mit deinem Trainer.

Emma

Spinnst du?

Eric

Nein. Normalerweise sehr teuer. Aber für dich kostenlos.

Emma

Ist heute 1. April?

Eric

Wenn du mehr wissen willst, komm ins Lucky Beach.

46

Im Bogengewölbe unter der Kaimauer, wo Bar und Küche des Lucky Beach untergebracht waren, gab es nur wenige Tische. Ein einziger war besetzt, und zwar von Eric und Emma. Es war Sonntagabend und regnete in Strömen.

»Wochenende gut gelaufen?«, erkundigte sich Eric.

»Alle Gäste zufrieden, bis auf dieses Sauwetter.« Emma deutete zum Fenster hinaus in den Regen.

Eric hatte ihnen an der Bar zwei Gin Tonic gemixt und in der Mikrowelle Nüsse für sie warm gemacht. Durch die geschlossene Tür kam von draußen das gleichmäßige Prasseln des Regens. Es war gemütlich in dem kleinen, leeren Restaurant.

»Hast du gestern Abend noch ein Date gehabt?«, wollte Emma wissen.

»Ja. Mit Netflix. Ich brauche Emotion und habe mir alle schwulen Liebesgeschichten angesehen, und danach alle Hetero Lovestorys.«

»Sehr romantisch.«

»Romantischer als mich mit einem Typen herumzuschlagen, dessen einzige echte Frage an mich lautet: Zu dir, zu mir oder gleich im Park?«

»Bist du schlecht drauf?«

»Irgendwie ja. Heute kommen wieder keine Gäste, das bedeutet wieder kein Trinkgeld. Ich stecke mit allem irgendwie fest. Das Wochenende mit dir in Salzburg war der einzige Lichtblick in letzter Zeit.«

»Kenne ich gut.«

»Was tut sich bei dir sonst? Buchungen für die nächste Woche?«

»Dank der überarbeiteten Homepage, ja. Sie wirkt.«

»Gut, und die Fotos?«

»Kommen nächste Woche. Wir haben ein Zimmer fertig, und sobald die Gäste abgereist sind, geht es voll weiter.«

»Bei dir also alles am Laufen. Beneidenswert«, bemerkte Eric. Er hatte dunkle Ringe unter den Augen, und seine sonst verwuschelten Haare waren ungewaschen und schwer.

»Lass dich nicht gehen«, riet ihm Emma. Er sah sie schweigend an. »Aber ich sollte dir keine Tipps geben, denn vor vier Wochen war ich noch viel schlechter drauf als du jetzt.«

Sie prosteten sich zu.

»Aber für dich habe ich etwas Interessantes, nächstes Wochenende«, begann Eric. Der Gedanke daran schien ihn aufzuheitern.

»Die Sex-Nachhilfe?« Emma konnte oder wollte sich darunter nichts vorstellen.

Eric streute Pfeffer auf die Eiswürfel in seinem Gin Tonic. »Du hast doch erzählt, dass du dich beim Sex nicht wohlfühlst, weil das Arschloch von deinem Ex so blöd geredet hat.«

»Nicht nur, ich... ich bin da immer etwas verkrampft, glaube ich.«

»Gute Neuigkeiten, du bist nicht allein.«

»Hast du auch solche Probleme?«

Eric lachte auf. »Nicht deine, aber andere. Doch darum geht es nicht. Ich will sagen, es gibt viele Frauen, denen Sex nicht so viel Spaß macht, wie er eigentlich Spaß machen sollte. Ich hätte jemanden für dich, der dir wirklich helfen kann. Er hat schon vielen Frauen geholfen.«

»Wer soll das sein...?«

»Damian.«

Emma fiel sofort ein Macho ein, der sich für unwiderstehlich hielt und behauptete, alle Frauen beglücken zu können.

»Hör wirklich genau zu, denn Damian ist nicht einfach ein Frauenheld oder so. Er ist ein Escort, aber spezialisiert darauf, Frauen wieder Freude am Sex zu vermitteln.«

»Ich soll mit einer männlichen Prostituierten schlafen?«, platzte Emma heraus. »Abgesehen davon, dass ich mir so etwas nicht leisten kann, will ich niemanden dafür bezahlen. Das wäre doch wirklich das Ende von allem.«

Eric sah sie ungerührt an. »Gehst du zum Zahnarzt?«

»Natürlich.«

»Frauenarzt?«

»Ja. Auch.«

»Friseur?«

»Klar. Nicht oft, aber manchmal ist es nötig.«

»Wer hilft gegen Zahnschmerzen? Der Zahnarzt. Wer hilft bei Frauenthemen? Der Frauenarzt. Wer hilft, wenn die Haare zu lang werden? Der Friseur? Zahlst du sie alle?«

»Die Krankenkasse tut das.«

»Und du, indem du in die Krankenkasse einzahlst.«

»Schon, aber...«

»Vielleich schaffst du es, Damian als Doktor für Sexthemen zu sehen. Die beste Nachricht von allen: Er kostet dich nichts. Normalerweise nimmt er tausend Pfund für einen Abend, die Nacht und den Morgen.«

»Tausend Pfund?« Emma konnte es nicht glauben. »Aber er verkauft seinen Körper. Das ist doch moralisch...«

»Er liebt es, wenn Frauen Freude an Sex haben.«

Emma war noch immer ablehnend.

Eric holte Luft und weiter aus. »Damien ist 41. Letztes Jahr habe ich in London in einem Restaurant gearbeitet, und dort wäre es fast zu einem Super-Gau gekommen.«

»Escort-Super-Gau? Wie soll ich mir das vorstellen?«

»Natürlich ist jeder seiner Klientinnen klar, auf welcher Basis er sich mit ihnen trifft. Für ihn sind da keine Emotionen im Spiel. Aber eine Klientin hat sich in ihn verliebt und alles versucht, um ihn zu bewegen, eine Beziehung mit ihr einzugehen. Er hat sie abgelehnt, darauf wurde sie unangenehm, hat ihn mit Anrufen und SMS terrorisiert und begonnen, ihn zu verfolgen.«

Emma hörte zu. In ihrem Hinterkopf aber sagte eine

Stimme ständig: »Ich will mit ihm nichts zu tun haben.«

»Das Restaurant, in dem ich serviert habe, war sein Haupttreffpunkt mit neuen Klientinnen. Er beginnt den Abend immer mit einem Essen. Ich habe ihn oft bedient, und als Kellner schnappst du einiges auf.«

Eric grinste verschmitzt, und Emma wusste, was er meinte.

»Als er wieder einmal mit einer Klientin kam, ist sein Problemfall ebenfalls im Restaurant aufgetaucht. Zufällig hat mich Damian um Hilfe gebeten, da er nicht einfach verschwinden konnte. Wir hatten einen Nebenraum mit einem einzigen runden Tisch für kleine Veranstaltungen. Der Raum war an diesem Abend nicht gebucht, und ich habe ihn dort ›versteckt‹. Er ist am nächsten Tag allein zurückgekommen und hat sich bedankt. Wir sind nach meiner Schicht auf ein Bier gegangen und da hat er mir von sich erzählt und gemeint, er stehe jetzt in meiner Schuld.«

Eric seufzte.

»Leider steht er nicht auf Männer. Er wäre durchaus mein Fall.«

Emma schwitzte trotz der Kühle im Lucky Beach. »Und an diese ›Schuld‹ willst du ihn jetzt erinnern? Für mich?«

»Habe ich schon. Damian kommt nächsten Samstag vorbei. Er ist in der Nähe, weil er am Sonntag den Eurotunnel nimmt.«

»Nein.«

»Wer schenkt dir sonst etwas um tausend Pfund?«

»Keiner.«

»Dann sag ja.«

»Nein.«

»Zahnarzt. Frauenarzt. Friseur...«, zählte Eric mit gleichförmiger Stimme auf.

Emma wollte und konnte das nicht tun. Das Treffen mit Jeremy brachte sie schon in einen Gewissenskonflikt, aber mit diesem Damian vielleicht zu schlafen und noch dazu so vereinbart und arrangiert, das kam für sie nicht in Frage.

47

Die Woche verging schnell. Emma konnte nicht glauben, dass schon wieder Freitag war.

»Wie lange jetzt schon?«, fragte Patricia.

»Vor mehr als zwei Wochen ist der letzte Brief gekommen. Mittwoch vor zwei Wochen.«

»Aber er hat dir doch geschrieben, dass er Zeit braucht.«

»Ja, schon. Aber im PS stand, dass er sich in den nächsten Tagen meldet. Nicht in den nächsten Wochen.«

»Es muss etwas geschehen sein.«

»Du meinst, ihm ist etwas zugestoßen?«

Patricia und Emma gingen durch den Park beim Royal Pavillon. Der orientalische Palast mit seinen Zwiebeltürmchen war einst vom Prinzregenten für seine Geliebte errichtet worden. Als er fertig war, war leider auch die Beziehung aus, aber seither hatte Brighton ein Wahrzeichen.

Die Freundinnen steuerten die Lanes an, die engen kleinen Gassen, in denen keine Autos fuhren und wo sich Laden an Laden drängte.

Ziel war ein Fischrestaurant, in das Patricia unbedingt gehen wollte, weil es dort die beste Seezunge von Brighton gab.

Sie bekamen einen kleinen Hochtisch an der Wand zugewiesen und nahmen Platz. Patricia bestellte für sie beide die Seezunge, dazu grüne Bohnen und Kartoffelgratin.

»Du bist so schweigsam«, sagte Emma.

»Ich denke. Später kann ich versuchen, irgendwie Kontakt aufzunehmen«, sagte Patricia. »Aber für Freundinnen tue ich das nicht gerne.«

»Es kann doch nur so sein, dass mit ihm etwas ist. Vielleicht liegt er im Krankenhaus. Oder aber er hat es sich anders überlegt und meldet sich nie wieder.«

»Oder er meldet sich in ein paar Tagen, weil er derzeit sehr beschäftigt ist. Es ist alles möglich.«

»Kann ich was tun?«

»Mir fällt nichts ein. Außer nicht zu warten. Lenk dich ab. Womit auch immer.«

Zu tun hatte Emma genug. Sie berichtete Patricia von den Fortschritten der Renovierung und der tatkräftigen Unterstützung durch Lionel und Madonna. »Ohne die zwei wäre das nicht zu schaffen. Aber wenn wir so weitermachen, ist in drei Wochen das ganze Haus wie neu.«

»Perfekt für den Sommerbeginn.«

Die Buchungen liefen auch gut. Seit Eric Fotos der neuen Zimmer hochgeladen hatte, wollten immer mehr Leute im Cherry Tree einige Tage verbringen. Sie gaben sogar an, welche Farbe ihr Zimmer haben sollte. Emmas Konzept ging auf.

Nach dem Essen, das vorzüglich geschmeckt hatte, kam Emma auf Damian zu sprechen, und auf Erics Angebot.

»Klingt interessant«, lautete Patricias Meinung dazu.

»Würdest du es tun?«

»Ich habe derzeit nicht das Gefühl, dass ich auf diesem Gebiet Nachhilfe nötig hätte.«

»Aber ich kann das doch nicht machen. Das ist wie Betrug an Unbekannt.«

»Schätzchen, wir kennen nur Briefe mit wunderbaren Worten. Aber wir wissen sonst nichts von ihm. In Christkinds Fotofalle ist er auch nicht getappt. Wir haben es mit einem Unbekannten zu tun, der sich nach einer intensiven Zeit seit zwei Wochen bei dir nicht gemeldet hat. Ich glaube nicht, dass du ihm schon untreu werden kannst.«

»Ich schon. Ich spüre genau, dass es für ihn eine Enttäuschung wäre, wenn er es wüsste. Auch wenn er schreibt, ich solle mich frei fühlen.«

»Wie du meinst.« Patricia bestellte sich einen Espresso. Emma lehnte dankend ab.

»Morgen Abend wäre es soweit. Eric schickt mir alle paar Stunden eine SMS, in der er fragt, ob ich es jetzt machen will.«

»Dann hast du noch ein wenig Zeit zu überlegen. Und ich bitte den Kosmos, dir einen Wink in die richtige Richtung zu geben.«

Nach dem Essen kehrte Patricia auf den Brighton Pier zurück, und Emma ging nach Hause.

Ping-ping.

Die Nachricht war wahrscheinlich wieder von Eric. Vermutlich wurde er langsam ungeduldig und wollte wissen, ob sich Emma nun morgen Abend mit Damian treffen würde oder nicht. Emma warf einen Blick auf das Handy, und sofort schoss ihr das Adrenalin durch den ganzen Körper.

Eine Nachricht der Kamera. Jemand hatte etwas eingeworfen. Die Postbotin konnte es nicht sein, denn sie war schon am Morgen dagewesen.

Emmas Hände zitterten. Ihre Finger waren schweißnass, und das Handy fiel ihr fast zu Boden. Endlich hatte sie es geschafft, und die SMS öffnete sich.

Zwei Fotos.

Sie erkannte den Mann schon von hinten.

Das zweite Bild lieferte nur noch die Bestätigung.

Sie rannte wieder einmal nach New Steine zurück.

48

Als Emma aufschloss, wurde die Tür gerade von innen geöffnet. Einer ihrer Gäste stand vor ihr. Er war ein Spanier namens Manuel, der sie um fast zwei Köpfe überragte und gerade das Haus verlassen wollte.

»O-o, sorry, sorry, sorry!« Er riss entschuldigend die Hände in die Höhe.

»Viel Spaß beim Ausgehen!«, rief ihm Emma zu und drängte sich an ihm vorbei.

»Ist etwas geschehen?«, erkundigte er sich in seinem Englisch mit kehligem, rollendem Akzent.

»Das werde ich gleich wissen. Lag ein Brief auf dem Boden?«

»Nein.«

Emmas Enttäuschung hätte nicht größer sein können.

»Nicht?«

Manuel strich sich über seinen Dreitagebart. »Nein, ich habe nichts gesehen.«

Sie suchte den Boden hinter der Tür ab, aber Manuel hatte Recht.

Was sollte sie nun davon halten?

»Kann ich helfen?« Manuel sah sie auf eine herzliche Art an, die Emma spüren ließ, dass es eine ehrliche Frage und nicht nur eine Floskel war.

»Mir ist nicht zu helfen«, stellte Emma trocken fest. Manuel machte ein mitfühlendes »Oooo« und drückte sie dann an sich. »Hättest du einen Fanclub, dann wäre ich dabei«, sagte er.

Emma musste lachen. »Ich hätte dich auch gerne als Mitglied.« Er strahlte eine Ruhe aus, die Emma sofort gefallen hatte.

»Jetzt muss ich aber los. Ich habe ein Date.« Manuel winkte ihr, und sie schloss hinter ihm die Tür. Emma lehnte sich innen dagegen und überlegte, was sie als Nächstes tun könnte.

Die Fotos waren eindeutig. Der Mann, der etwas bei ihr eingeworfen hatte, war Jeremy. Wieso konnte sie nicht sagen, ob sie darüber begeistert oder enttäuscht war? Wenn die Briefe wirklich von ihm kamen, dann war das für sie...

Ja, was nur? Sie fand Jeremy sehr nett, aber... Emma war sich ihrer Gefühle für ihn nicht sicher. Sie würde das später eingehender analysieren. Aber wieso gab es keinen Brief? Hatte Jeremy nur durch die Briefklappe in die Diele geguckt?

Aus dem Wohnzimmer trat ein verliebtes Pärchen, das aus Essex angereist war. »Hi, Emma«, riefen sie zweistimmig. Sie sagten viele Dinge zur gleichen Zeit und kicherten dann jedes Mal los.

»Hallo.« Emma sah suchend auf dem Boden herum.

»Im Wohnzimmer am Kamin!«, sagte der junge Mann. »Wenn du den Brief meinst, der eingeworfen worden ist. Wir haben ihn auf den Sims gestellt, damit niemand draufsteigt.«

Das Mädchen gluckste verstohlen.

Emma stürzte ins Wohnzimmer und sah den länglichen Umschlag. Sie riss ihn an sich. »Danke.« Dann verschwand sie im Büro damit.

Für Emma

Es war, das erkannte sie auf den ersten Blick, eine andere Handschrift als die von Unbekannt. Jeremy war es also sicher nicht.

Sie riss den Brief auf und zog eine Karte heraus.

JEREMY HUNTER war in die rechte obere Ecke gedruckt und geprägt.

Liebe Emma,

leider habe ich keine Handynummer von dir. Da du nicht zu Hause bist, wollte ich dir auf diesem Wege sagen, dass ich für den Sonntag eine kleine Änderung vorschlage.

Meine Mutter macht den besten Sonntags-Rostbraten, und du bist herzlich zu uns eingeladen. Wenn es dir recht ist, hole ich dich um zwölf Uhr dreißig ab. Bitte ruf mich an oder schicke mir eine SMS.
Jeremy

Seine Handynummer stand auf der Rückseite der Karte, da vorne kein Platz mehr war.

Telefonieren wollte Emma jetzt nicht, daher musste eine SMS genügen. Sie schrieb, dass sie sich freute. Das entsprach nicht ganz der Wahrheit, aber Emma drückte trotzdem auf »Senden«.

Wie aber sollte sie sich bezüglich Damian entscheiden?

49

Emma konnte einfach nicht einschlafen. Es war kurz nach 23:00 Uhr, und eigentlich fühlte sie sich müde. Kaum aber schloss sie die Augen, gingen die vielen Fragen in ihrem Kopf los.

Sie drehten sich alle um den Briefeschreiber und den Grund für sein Schweigen.

Pling pling.

> Eric
> **Was sage ich Damian?**

Emma legte das Handy wieder auf das Nachtkästchen. Wieso hatte sie nicht schon längst abgesagt?

Pling pling.

Sie stöhnte auf. Eric übertrieb es jetzt aber. Was sollte der SMS-Terror? Sie nahm das Telefon, um ihm zu schreiben, dass er sie in Ruhe lassen solle.

Aber es war keine weitere Nachricht von Eric. Es waren zwei Fotos. Sie zeigten einen ausgemergelten Mann, der den Kopf zwischen die Schultern gezogen und etwas eingeworfen hatte. Beim Weggehen war etwas von seinem Gesicht zu erkennen. Emma schauderte.

Sie stürzte ans Fenster und schob es hoch. Aus der Mansarde sah sie nur einen kleinen Teil der Straße. Der Mann lief fort.

»Halt!«, schrie sie in die Nacht hinaus. »Halt! Bleiben Sie stehen.«

Sie wollte es wissen und sie musste es wissen. Wenn das Unbekannt war, dann wollte sie ihn sehen. Emma sprang aus dem Bett und riss den alten Frotteemantel vom Haken. Während sie ihn noch anzog, stürmte sie die Treppe hinunter.

Einige ihrer Gäste schliefen schon und ihr Gepolter würde sie wecken, aber darauf konnte sie keine Rücksicht nehmen.

Der Boden der Diele vor der Haustür war leer. Kein Brief. Aber der Mann war am Briefschlitz gewesen, das bewiesen die Fotos. Emma riss die Haustür auf und stürzte in die Nacht hinaus.

Der Mann war Richtung Marine Parade gelaufen. Sie schlug dieselbe Richtung ein und rief erneut, er möge stehen bleiben. Sie sah ihn schon weit unten an der breiten Uferstraße. Der Abstand zu ihm war viel zu groß.

Sie rannte los, so schnell sie nur konnte. »Stehen bleiben«, keuchte sie. Ihre Lunge brannte, und Seitenstechen kündigte sich an.

Der Mann bog nach links auf die Marine Parade ab, Richtung Brighton Marina. Emma verlor ihn damit aus den Augen. Er hatte jetzt viele Möglichkeiten unterzutauchen. Es gab zahlreiche Einfahrten, Vorfahrten, Parkplätze, Gässchen.

Trotzdem gab sie nicht auf. Sie stürmte weiter, als dort, wo der Mann abgebogen war, jemand auftauchte.

Es war der Muskeltyp mit Fiona. Er hielt den hageren Burschen am Kragen fest und zog ihn so weit hoch, dass seine Schuhe kaum den Boden berührten.

Emma erreichte ihn, völlig außer Atem.

Der Mann sah noch schlimmer aus als auf den Fotos. Es war vielleicht nicht fair, nur nach seinem Äußeren zu urteilen, aber Emma spürte eine so unendlich tiefe Enttäuschung, dass ihr alles gleichgültig war.

»Hat er was gestohlen?«, fragte der Muskelmann.

»Lass mich los«, schimpfte der Bursche. Sein Kopf war mit einer Stoppelfrisur überzogen, seine Haut rot und rau. Ihm fehlten Zähne, was – das wusste Emma – auf Drogensucht hindeutete. In der rechten Faust hielt er einen länglichen Umschlag.

»Schreibst du die Briefe?«, schrie ihn Emma an.

Der Bursche, sie schätzte ihn auf Anfang zwanzig, strampelte.

»Ich habe nichts getan.«

»Sind die Briefe von dir?«

Fiona kläffte und sprang nach seinem Fuß. Der Muskeltyp schüttelte ihn, als könnte er so die Antwort aus ihm rausbekommen.

»Ich bringe sie nur.«

»Von wem sind sie?«

»Von einem Kumpel.«

»Wer ist das?«

Der Bursche versetzte dem Muskelmann einen kräftigen Tritt gegen das Schienbein, worauf sein Knie einknickte. Diesen Ruck und den unachtsamen Moment nutzte der Mann, um die Arme hochzustrecken und aus dem T-Shirt zu rutschen. Leer blieb es in der Hand des Mannes zurück. Der andere aber floh, als wäre der Teufel hinter ihm her.

»Soll ich die Polizei rufen?«, bot der Muskelmann an.

Emma, die einfach nur stehengeblieben war, schüttelte den Kopf.

»War das der Mann, der meine Schlüssel gefunden hat?«

»Nein.«

»War der Mann, der Ihnen damals meine Schlüssel gegeben hat, ähnlich wie er? Ich meine, auch so...« Sie deutete, dass sie das Erscheinen meinte.

Der Muskelmann nickte. »Glaube schon.«

Emma sank in sich zusammen. Sie hatte immer versucht, sich das Aussehen des Briefeschreibers nicht zu genau vorzustellen, um bei einem Treffen nicht enttäuscht zu werden. Aber sah er wirklich aus wie der Mann, der gerade an ihrer Haustür gewesen war?

Sie bedankte sich für die Hilfe und kehrte in ihr Haus zurück. Nein, es war nicht fair, einen Menschen nur nach seinem Aussehen zu beurteilen, aber es überkamen sie trotzdem die schlimmsten Befürchtungen.

Hoffentlich war Patricia noch wach.

50

Sam stieg durch das offene Fenster in Zimmer 12 ½ ein. Pauls Bett war leer. Er hatte Nachtschicht, und Sam hatte die Gelegenheit genutzt, unbemerkt wegzukommen.

Von oben guckte sein Kater herab und streckte sich. Sam hob ihn herunter und ging mit ihm die wenigen Schritte in dem kleinen Zimmer auf und ab.

»Danebengegangen«, erzählte er ihm leise. »Voll daneben. Zuerst habe ich mich nicht getraut, den Brief einzuwerfen. Dann hat sie mich auch noch erwischt. Dein Herrchen ist ein Blödmann, Kater.«

Er hatte die Nachtkästchenschublade geöffnet, in der Paul den Füller, Papier und Umschläge aufbewahrte. Bei Sams Vergangenheit war das Knacken eines so einfachen Schlosses für ihn eine Kleinigkeit. Er hatte Pauls halbfertigen Brief gefunden und sich bemüht, seine Handschrift nachzumachen. Da Sam aber nie ein großer Schreiber gewesen war, hatte er seine Mühe damit gehabt, und am Ende war nur Krakelei auf dem Papier gestanden.

Er hatte den Brief, den er hatte fälschen wollen, weggeworfen, und in seiner eigenen, unsicheren Handschrift geschrieben:

Tut mir leid, habe letzten Brief verloren und nicht eingeworfen. Bitte warten. Es kommt bald etwas Wichtiges von Paul.

Als Unterschrift hatte er geschrieben: Der die Briefe manchmal bringt.

Er hatte gehofft, damit den Verlust des anderen Briefes wieder gutzumachen. Sam war nicht dumm. Er hatte beobachtet, was das Briefeschreiben bei seinem Zimmernachbarn ausgelöst hatte. Bestimmt war Pauls Brief, den er Sam zum Einwerfen übergeben hatte und den Sam irgendwo ausgestreut haben musste, wichtig. Vielleicht wartete die Frau darauf.

Die Entschuldigung und Erklärung für das Ausbleiben hatte Sam nun nicht überbringen können. Außerdem fürchtete er, noch mehr kaputt gemacht zu haben. Sie war so wütend gewesen.

51

Was ist geschehen?« Mit diesen Worten hob Patricia ab.

»Du weißt…?«

»Ich habe heute Abend eine Ahnung bekommen. Ist etwas Schlimmes passiert?«

Emma war überrascht, wie ruhig sie war. Sie redete langsam und erzählte der Freundin von dem Burschen, dem Brief in seiner Hand und von der Aussage des Nachbarn, dass es da noch jemanden gab, der Emma wahrscheinlich beobachtet hatte und der wahrscheinlich auch auf Drogen war, vielleicht obdachlos.

»Aber der Inhalt der Briefe passt da doch nicht dazu«, warf Patricia ein. »So etwas kann nur ein Mensch schreiben, der klar im Kopf ist und Bildung hat. Der Sprache nach tippe ich auch auf eine gute Familie.«

Dazu hatte sich Emma auch Gedanken gemacht. »Weißt du, was ich mittlerweile fürchte? Philip steckt hinter der Sache. Es ist genau seine Art, dich zu umschmeicheln und gefügig zu machen. Mich würde es nicht wundern, wenn er auf einmal hier auftaucht und sich als Unbekannt vorstellt.«

»Meinst du das im Ernst?«

»Er ist so gerissen, dass er jemanden engagiert haben könnte, der ihm die Briefe schreibt. Er kennt mich. Er weiß, worauf ich reagiere.«

»Trotzdem kann er nicht erraten, was du in deinen Briefen geschrieben hast.«

»Dann hört er mich ab.«

»Christkind hat dein Haus nach Wanzen abgesucht. Nichts.«

»Keine Ahnung, wie er es macht.«

»Mir scheint das zu aufwendig für einen Mann wie ihn.«

»Du kennst ihn nicht. Aber auch, wenn er es nicht ist, ich glaube, ich bin da einer Illusion nachgelaufen.«

»Tut es sehr weh?«

»Ein bisschen. Ein bisschen sehr sogar. Enttäuscht eben. Aber ich sehe das Positive. Ich bin wieder in Schwung gekommen.«

»Gute Sichtweise.«

»Außerdem weiß ich, was ich morgen Abend tue. Du hast mir doch ein Zeichen des Kosmos erbeten. Es ist gekommen.« Emma klang aber nicht erfreut, sondern bitter.

52

In den Lanes herrschte am Samstagvormittag das übliche Gedränge. Emma hetzt vorbei an den Juwelierläden, die bei Touristen besonders beliebt waren, und einem Shop mit Skulpturen aus Schokolade.

Vielleicht machte ihr Eric ein Geschenk, das tausend Pfund wert war, gleichzeitig aber war Emma gerade dabei, jede Menge Geld in die Begegnung mit Damian zu investieren.

Sie konnte diesem Sex-Gott unmöglich so gegenübertreten, wie sie derzeit aussah. Also war sie zu Friseur Ricardo gegangen, der sie ständig »Engel« genannt hatte und herumgeschwebt war wie die gute Fee in Aschenputtel. Eigentlich hatte Emma ihre Haare kürzer haben wollen, praktischer, damit sie nicht so oft föhnen musste. Ricardo aber wollte nur die Spitzen wegnehmen und riet zu einem Stufenschnitt, damit sie besser fielen.

»Du bist eine Frau und kein Junge«, hatte er in einem Tonfall gesagt, als würde ein Kurzhaarschnitt bei ihm einen Schwächeanfall auslösen.

Emmas nächstes Ziel war der Dessous-Laden. Das Holzportal glänzte in Violett und Gold, das Schaufenster war plüschig mit viel Schwarz, neben Spitzenunterwäsche lagen mit Fell überzogene Handschellen.

Falls es wirklich dazu kam, dass sie mit Damian im Schlafzimmer landete, sollte er nicht ihre ausgeleierten

Slips sehen, die sie üblicherweise trug. Die Verkäuferin, jünger als Emma, perfekt geschminkt und sehr hauteng in Schwarz gekleidet, hielt sich verschiedene BHs, Bodys, V-Strings und Höschen an und wiegte sich verführerisch.

Emma entschied sich für ein schwarzes Ensemble aus BH und Panty mit nur wenig Spitze. Erstens hatten sie die Spitzenteile beim Anprobieren alle gejuckt und gekratzt, und zweitens war das Ensemble im Ausverkauf und um fünfzig Prozent verbilligt.

Was sollte sie darüber anziehen? Jeans waren eine Möglichkeit, aber ihre Oberteile hatten alle bessere Zeiten gesehen. Sie konnte doch nicht im T-Shirt mit Graustich und ausgebleichtem Hoody mit diesem Damian essen gehen.

Sie kam sich wie ein Trüffelschwein vor, als sie weiter durch die Lanes hetzte und sich einen Weg durch die Tagestouristen bahnte. Suchen, suchen, suchen, war ihr einziger Gedanke. Ganz besonders Sonderangebote.

Ping-ping! Ihr Handy. Emma durchzuckte das Geräusch immer noch wie ein elektrischer Schlag. Hektisch schaltete sie das Smartphone an. Die Nachricht war von einer Nummer, zu der sie keinen Namen hatte. Sie öffnete sie.

Hallo Emma, ich bin Damian und freue mich auf unser Treffen heute Abend. Es wäre schön, wenn wir den

Abend mit einem kleinen
Dinner beginnen könnten.
Hättest du einen Vorschlag?
Ein ruhiges Lokal, in dem
wir ungestört reden können,
wäre am besten. Falls du
sonst noch Fragen hast,
so schreibe mir oder sage
mir, wann ich dich erreichen
kann.
Damian

Das Pochen ihres Herzens fühlte sich für Emma an wie ein bevorstehender Herzinfarkt. Es gab jetzt kein Entkommen mehr.

Vor allem aber – Emma gestand es sich nicht gerne ein – vor allem aber war sie auch neugierig auf Damian. In ihr war wieder so etwas wie Lust erwacht, mit der sie gar nicht mehr gerechnet hatte. Sie verstand nur nicht ganz, wie sie von ihm etwas lernen sollte. Es klang so technisch. Aber vielleicht musste sie sich einfach überraschen lassen.

Wohin aber sollte sie mit Damian abendessen gehen? Auf der Jagd nach etwas Passendem zum Anziehen hetzte sie weiter durch die Lanes.

Die Bluse, die ihr ins Auge stach, war schlicht hellblau und geschnitten wie ein Blazer. Emma mochte die Einfachheit. Im Laden bot ihr ein herzlicher Verkäufer ein weißes T-Shirt für darunter an. »Dann können Sie die Bluse offen tragen.«

Emma nahm beides. Damian würde damit leben müssen, dass sie ihre flachen Schuhe anzog, die noch recht neu aussahen.

Es war ihr Verschwender-Tag. Emma ging nicht zu Fuß nach Hause, sie nahm auch nicht den Bus, sondern lief zum Standplatz bei Old Steine, warf ihre Tüten auf die Rückbank eines Taxis und sprang hinterher.

»New Steine!«, rief sie dem Fahrer zu.

»Sicher?«

»Ja, sehr sicher.«

»Das hier ist Old Steine.«

»Weiß ich. Zum Cherry Tree in New Steine, bitte.«

»Wollte nur sicher gehen, denn manchmal bringen die Leute alles durcheinander, und dann fahre ich zu einer falschen Adresse.« Der Fahrer, ein Mann Ende sechzig mit dem Bedürfnis zu reden, startete noch immer nicht den Motor. »Ich hatte einmal eine Frau, die...«

»Fahren Sie, BITTE!!!« Emma war nahe dran, aus dem Taxi wieder rauszuspringen und ein anderes zu nehmen.

»Wer wird denn gleich so unfreundlich werden?«, maulte der Fahrer. »Ihr jungen Leute habt es immer nur eilig, und dann lauft ihr uns wieder vor die Kühlerhaube, weil ihr nur auf euer Handy starrt, statt das Leben zu genießen.«

»FAHREN! Bitte! Wenn meine Mutter nicht in zehn Minuten ihr Medikament bekommt, dann ist sie tot.«

»Wieso haben Sie das nicht gleich gesagt?« Der Taxifahrer ließ den Motor an, und die nächsten fünf Minuten lernte Emma das Beten. Er raste, als wäre er früher Formel-1-Rennen gefahren und hielt mit quietschenden Bremsen vor dem gelben Haus. Emma wurde bei der Bremsung heftig nach vor und gegen die Rückenlehne des Beifahrersitzes geschleudert. Ein stechender Schmerz ging durch ihre Schulter.

»Fünf Pfund dreißig, aber Sie können auch zuerst das Medikament reinbringen und dann zahlen.«

Emma drückte ihm sechs Pfund in die Hand, raffte ihre Tüten zusammen und stieg aus.

Von Zuhause rief sie Eric an und bat ihn um eine Restaurantempfehlung für das Treffen mit Damian. Eric riet ihr zu einem neuen kleinen Lokal, das nicht weit von ihr entfernt war. Emma bestellte, wie Eric geraten hatte, den Tisch in der »Herzchen-Nische«, was auch immer das war. Danach schickte sie Damian die Adresse und schlug 19:30 Uhr vor.

Er bestätigte zehn Minuten später.

53

Es war nicht die Arbeit, die Paul von früher gewohnt war. Aber ihm blieb derzeit keine andere Wahl, und er war froh darüber, Kartons zu sortieren.

»Kumpel, noch fünf Minuten, dann ist Pause.« Sam warf alle paar Sekunden einen Blick auf die runde Uhr an der Stirnwand der Lagerhalle. Die Schichten, die sie gemeinsam hatten, vergingen normalerweise schneller, fanden Paul und er.

Die Firma, die Ersatzteile versandte, war hochbeglückt über einen so überqualifizierten Mitarbeiter wie Paul, der Verlässlichkeit versprach.

»Wenn du dich langweilst und Ärger machst, bist du sofort wieder draußen«, hatte ihm der Hallenleiter dennoch an seinem ersten Tag angedroht. Er wusste, wie man mit Obdachlosen umgehen musste, die den Druck hatten, wieder in ein geordnetes Leben zurückzukehren. Die meisten waren eine Weile dankbar für die Chance, und das musste man ausnutzen.

Der lange Zeiger sprang auf 17:00 Uhr.

Eine Viertelstunde Pause. Danach weitere drei Stunden Arbeit. Die Schicht endete um 20:30 Uhr. Paul wollte dann noch schnell duschen, da die Duschen der Firma zwar schmutzig, aber trotzdem angenehm und besser waren als die im Obdachlosenwohnheim.

»Heute Abend Strand?«, schlug ihm Sam vor.

»Heute kann ich nicht.«

Sam rollte die Augen. »Schon was vor?«

Ja, das hatte Paul. In seinem Spint, in der Innentasche seiner Jacke, steckte der Brief, mit dem er endlich zufrieden war. Er hatte noch einige Male an den Worten gefeilt und ihn bestimmt zehnmal neu geschrieben.

Weil für ihn alles so gut lief, wollte er Emma sogar ein Treffen in zwei Wochen vorschlagen.

Kurz nach neun Uhr würde er bei ihrem Haus sein. Er musste dann auf einen unbeobachteten Moment warten, um den Brief einzuwerfen. Bisher hatte er sich das nur einmal selbst getraut und die anderen Male Sam gebeten. Aber das war nun der wichtigste Brief von allen, und er würde ihn persönlich bringen.

54

Emma konnte sich nicht entscheiden, ob sie sich unbehaglich fühlte, ungewohnt oder nur aufgeregt.

»Du siehst schick aus, du siehst schick aus, du siehst schick aus«, hatte sie sich bestimmt hundertmal gesagt, als sie vor dem Wandspiegel der Diele stand. Sie redete nur sehr leise, damit keiner der Gäste sie hören konnte.

Die neue Bluse stand ihr wirklich gut. Auch das T-Shirt saß eng, schnürte sie aber nicht ein. Es war um die Mitte etwas lockerer, und so trat der kleine Speckring, den Emma an dieser Stelle hatte, nicht hervor.

Sie hatte die beste Jeans gewählt, die sie besaß. Es war ein teures Stück aus dunklem Stoff und stammte aus der Zeit, als sie noch Geld hatte.

Mindestens eine halbe Stunde war sie unter der Dusche gestanden und hatte irrtümlicherweise auch ihre Haare gewaschen. Das wäre nicht nötig gewesen, da sie beim Friseur ohnehin gewaschen worden waren. Sie flogen jetzt etwas, und Emma hatte das Gefühl, sie standen zu Berge, als wäre sie unter einer Kunststoffdecke vorgekrochen.

Ihr Make-up war dezent, und zum Abschluss hatte sie sich ein wenig Parfüm auf die Handgelenke und unter die Ohren getupft. Sie hatte von früher noch eine Sammlung kleiner Proben, wie man sie in Parfümerien bekam und sonst meistens wegwarf.

Das Restaurant war wirklich ein Geheimtipp. Es besaß den klingenden Namen From James with Love, war klein und verfügte über zehn Tische, die immer nur für zwei Gäste gedacht waren. Die Nische, die Eric vorgeschlagen hatte, befand sich an der Stirnseite und war sicherlich der ruhigste Essplatz von ganz Brighton.

Dort also saß Emma seit fünf Minuten und blickte bang zum Eingang. Sie wusste, wie Damian aussah, da sie auf seiner sehr diskreten Webseite gewesen war. Aber Fotos waren geduldig, und sie war gespannt, ob er in Wirklichkeit auch so stattlich war.

Irgendwie hatte er ein wenig Ähnlichkeit mit Manuel, ihrem Gast, fiel Emma ein. Beide trugen einen kurz geschnittenen Vollbart, der bis zu den Ohren reichte, nur hatte Manuel noch Haare, während Damian sich den Schädel rasierte. Was Emma gefiel, waren die vollen Lippen, die Männern etwas Sinnliches gaben.

Worüber sollten sie reden? Würde sie Dinge sagen, die er als dumm empfand? Bestimmt war er sonst mit großartigen Frauen unterwegs und tat diesmal nur Eric einen Gefallen.

»Guten Abend!«

Sie hatte ihn nicht hereinkommen gesehen. Wieso stand er auf einmal vor ihr? Emma wollte sich von der Bank in der Nische ausfädeln und riss dabei das Tischtuch mit der Hüfte mit. Damian sprang schnell hin und hielt es zurück, bevor Brotteller, Salz und Pfefferstreuer zu Boden fielen.

»Äh... bist du Zauberkünstler?«, platzte Emma heraus.

Damian hob eine Augenbraue. Sehr sexy. »Wieso?«

»Weil ich hier warte und du nicht durch die Tür gekommen bist.«

»Ich war noch früher als du hier und habe mir die Hände gewaschen.« Er reichte ihr eine Hand, und Emma bemerkte die langen, schlanken Finger. Sein Händedruck war fest, seine Hand warm.

Sie setzten sich, und ihr erster Gedanke war: Er sieht noch besser aus als auf den Fotos. Es lag wahrscheinlich an seinem Lächeln, denn auf den Fotos der Webseite blickte er ernst und fast unterkühlt.

Der Kellner erschien bei ihnen und fragte nach ihren Getränkewünschen. Damian bestellte Wasser und ein Ginger Ale, Emma ein Glas Weißwein gegen die Nervosität.

»Ich freue mich, dich kennenzulernen«, sagte Damian. Er stellte Emma ein paar einfache Fragen über ihr Leben in Brighton. »Entschuldige meine Direktheit, aber normalerweise weiß ich etwas mehr über den Menschen, den ich treffe. Wir e-mailen vorher meistens, manchmal telefoniere ich auch. Aber in deinem Fall ist unsere Verbindung Eric.«

Der Kellner brachte ihnen ihre Getränke, und Emma prostete Damian zu. Sie nahm einen großen Schluck des kühlen Weins, und wenig später spürte sie, wie sich der Alkohol angenehm beruhigend in ihrem Körper ausbreitete.

»Machst du das also schon lange?«, platzte sie heraus und hätte sich gleich darauf für diese unpassende Frage ohrfeigen können.

Damian schien die Frage nichts auszumachen. »Das wollen viele wissen. Keine Sorge.« Er schien also auch als Gedankenleser nicht schlecht zu sein. »Sieben Jahre sind es jetzt.«

Emma wusste nicht, was sie als Nächstes fragen sollte. Sie wollte keine weitere Peinlichkeit begehen.

»Du kannst mir alles erzählen, was du willst. Ich beantworte auch deine Fragen, nur nicht über andere Klientinnen, denn ich nehme meine Schweigepflicht sehr ernst.«

Ihr fiel wieder Erics Vergleich mit dem Frauenarzt ein. Damian hatte etwas Professionelles an sich. Eine dünne Scheibe schien sie zu trennen, und irgendwie erschien an ihm alles eine Spur zu perfekt, zu sauber, fast steril. Er hatte etwas von einem Fotomodell, und ein klein wenig gab er Emma zu fühlen, dass er sich seines Sexappeals und seiner erotischen Ausstrahlung bewusst war.

Da Damian nur einen Salat wählte, entschied sich Emma für zwei Vorspeisen: Lachstatar und grüner Spargel mit gehobeltem Grana. Sie erfuhr ein wenig über seine Reisen in letzter Zeit und seine Liebe für Kino und Netflix-Serien.

Allerdings wurde sie das Gefühl nicht los, dass er abtastete, was auch ihr gefallen könnte und seine »Lieblingsserien« deshalb danach nannte. Sie gaben ihnen weiteren Gesprächsstoff.

Kurz vor neun Uhr fragte Damian dann, ob Emma langsam gehen wolle. Er hatte Hauptspeise und Espresso abgelehnt. Emma nickte und spürte ihr Herz wieder heftiger schlagen. Die Stunde der Wahrheit war nahe. Sie hatte unendliche Angst, sich zu blamieren und als Sex-Niete in seiner Erinnerung zu bleiben.

Dem Kellner war sein Missfallen über die niedrige Rechnung anzusehen, als er sie auf den Tisch legte. Da Damian nicht danach griff, war Emma klar, dass sie bezahlen musste. Als sie das Lokal verließen, hörte Emma den Kellner zu seiner Kollegin sagen: »Noch ein paar solcher Gäste und wir gehen pleite.«

Es war ein kühler Abend, und Emma trug ihre Jeansjacke über der neuen Bluse. Damian ging neben ihr. In Emma kam der Wunsch auf, er möge seinen Arm um ihre Schulter legen, aber das gehörte wohl nicht zum Service.

»Ich muss kurz zu meinem Auto«, erklärte Damian. Er deutete ihr zu warten und überquerte die Straße, wo ein schwarzer Sportwagen stand. »Nur ausgeliehen«, sagte er, als er mit einer kleinen Wochenendtasche zurückkam. »Wir gehen zu dir?«

Emma nickte, und schlagartig fiel ihr etwas Entsetzliches ein. Sie musste an das rhythmische Knarren denken, als das Pärchen über ihr Sex gehabt hatte. Unter ihrem Mansardenzimmer lag das Zimmer von Manuel, und wenn sie mit Damian...

Sie sah ihn von der Seite halb erschrocken, halb prüfend an.

»Ist etwas nicht in Ordnung?«, fragte er auf seine kühle, überlegene Art.

»Ich... wir... also... es darf nicht...« Wie sollte sie das sagen? »Es darf nicht zu laut...«

Er lächelte verständnisvoll. »Nachbarn?«

»Gäste. Ich habe ein B&B.«

»Normalerweise wählen meine Klientinnen ein Hotelzimmer oder ein Apartment, das tageweise gemietet werden kann.«

»Tut mir leid, das wusste ich nicht.« Außerdem wäre es viel zu teuer, dachte Emma.

»Danke für den Hinweis. Du kannst ganz beruhigt sein, ich werde auf die Lautstärke und Geräusche achten«, sagte Damian.

Sie bogen von der St. James's Street in New Steine ein. Emma überkam ein sehr unbehagliches Gefühl.

55

Paul kam von der Marine Parade und wählte die Seite des Platzes, die weiter vom Cherry Tree entfernt lag. Zuerst wollte er von dort aus, über den eingezäunten schmalen Streifen Rasen hinweg, das Haus beobachten. Nur wenn er sicher war, dass niemand in der Nähe war, der ihn sah, würde er um den Zaun zum Haus laufen und den Brief einwerfen.

Ein älteres Ehepaar war aus der Stadt heimgekehrt und in das B&B gegangen. Wenig später war Licht hinter dem gebogenen Erkerfenster im ersten Stock angegangen. Er wartete noch ein wenig.

Unten auf der Marine Parade waren einige Leute unterwegs. Es war Samstag, und sie wollten wahrscheinlich ausgehen. Ein Bär von Mann führte einen winzigen Yorkshire Terrier rund um den Platz spazieren und verschwand in einem der Häuser.

Paul hatte ihn sofort erkannt, der Mann war aber einfach an ihm vorbeigegangen. Diesem Mann hatte Paul die Schlüssel übergeben, als Emma sie vor ihrem Haus verloren hatte. Allerdings war er damals noch unrasiert gewesen, sein Haar nicht geschnitten und seine Kleidung zerlumpt.

Ruhe kehrte auf dem Platz ein. Paul griff nach dem Brief in der Innentasche seiner Jacke und ging los. Er kam gerade um die Ecke des meerseitigen Endes des

Parks, als er Stimmen hörte. Hinter einem geparkten Kombiwagen blieb er stehen und sah in die Richtung des Cherry Tree.

Sie war es. Sie kam von der St. James's Street herunter und war zweifellos auf dem Weg nach Hause. Er bemerkte sofort die Veränderung an ihr. Sie hatte eine neue Frisur und ging aufrechter als sonst.

Als Nächstes sah er den Mann an ihrer Seite: schlank, elegant, dunkler Anzug und ein blassblaues Hemd. Der rasierte Kopf glänzte im Licht der Straßenlampen, und als der Mann sich zu Emma drehte, zeigte er seine scharfen Gesichtszüge.

»Und wo wohnst du hier?«, hörte er ihn fragen.

Emma deutete zum Dach. »In der Mansarde.«

»Also dann.« Der Mann ließ ihr den Vortritt auf den Stufen zum Eingang.

Es war sehr eindeutig, was er gesehen hatte. Wie hatte er so unendlich dumm sein können zu denken, dass er ein Traummann für sie sein könnte. Er wankte zurück, als hätte ihm jemand einen Schlag versetzt. Langsam steckte er den Brief in die Innentasche zurück.

Er hatte soeben genau die Verletzung und Zurückweisung erlebt, die er so gefürchtet hatte. Irgendwo hatte er einmal gelesen, dass der Mensch anzieht, wovor er besonders Angst hat.

Es war also wahr.

56

Emma blickte ins Leere, während sie die Spiegeleier briet. Sie hörte das Zischen der Butter in der Pfanne und roch den frischen Toast, den sie unter dem Grill zubereitet hatte. Trotzdem war sie mit ihren Gedanken weit weg.

Im Frühstücksraum waren drei Tische besetzt. Normalerweise bot das Cherry Tree Frühstück ab sieben Uhr dreißig an, aber an diesem Morgen war Emma zu spät in die Küche gekommen.

Unten hatte bereits das ältere Ehepaar gewartet, Manuel und die Frau, die am Polterabend ihrer besten Freundin teilgenommen hatte.

»Das Langweiligste, was ich jemals erlebt habe«, sagte sie.

Manuel war auch nicht gut aufgelegt. »Wenn nicht in Brighton, wo dann«, seufzte er. Obwohl Emma nicht danach fragte, erzählte er ihr, dass er schon längere Zeit vergeblich nach einem neuen Freund suchte, aber einfach kein Glück hatte. In Brighton hatte er sich eine höhere Trefferquote erwartet, aber er war wieder enttäuscht worden.

»Wie findet man Liebe?«, stellte er als Frage in den Raum.

Das alte Ehepaar lächelte sich zu, und der Mann nahm die Hand seiner Frau. »Indem man nicht sucht. Wir sind praktisch zusammengeschleudert worden vom Schicksal.«

Das Kinn auf die Hände gestützt, hörte Manuel zu. »Bitte erzählen, wie geht das?«

»Es war im Bus. Eva saß und ich stand, als der Bus zu schnell um die Kurve fuhr. So bin ich auf ihrem Schoß gelandet.« Sie kicherte. »Unsere Hochzeitsreise haben wir nach Brighton unternommen. Vor sechzig Jahren.« Die beiden besuchten alle Plätze, an denen sie damals gewesen waren. Am Nachmittag mussten sie sich auf den Heimweg machen, aber sie kündigten Emma schon jetzt an, wiederzukommen.

»Sechzig Jahre verheiratet. Das würde ich auch gerne einmal feiern«, sagte Manuel träumerisch.

»Wie sieht dein Traummann aus?«, wollte Emma von ihm wissen.

»Viel wichtiger als Aussehen: Er soll herzlich und ehrlich sein. Und ein bisschen weich und gerne lachen«, schilderte Manuel.

»Humor ist das Wichtigste«, bestätigte das Ehepaar.

»Ungefähr mein Alter«, fuhr Manuel fort, »ungefähr so groß wie ich. Übergewicht geht für mich nicht, kein Raucher, kein Trinker, keine Drogen, aber jemand, der das Leben genießen will.« Augenzwinkernd fügte er hinzu. »Frech soll er auch ein bisschen sein.«

Fast wie in Trance bereitete Emma an diesem Morgen Frühstück für alle zu und servierte Teller und Tassen. Ihre Gedanken waren aber nur bei der vergangenen

Nacht und allem, was sie erlebt hatte. Es erschien ihr unwirklich.

Damian war kurz nach acht Uhr aufgebrochen. Kaffee hatte er abgelehnt. Er schien keine Eile zu haben und hatte sie zum Abschied liebevoll in die Arme genommen.

»Du bist eine Klassefrau, lass dir nur nichts anderes mehr einreden«, hatte er ihr noch gesagt, sie auf die Stirn geküsst, und dann war er durch die Haustür verschwunden.

Manuel kam ihr in die Küche nach. »Wieso hast du so gefragt? Kennst du vielleicht jemanden, der einen Prachtmann wie mich sucht?«

»Hmmm, ich halte die Augen offen«, versprach Emma.

»Du hast meine Nummer. Anruf genügt, und ich komme her«, sagte Manuel auf seine etwas überschwängliche spanische Art. Emma fand ihn sehr sympathisch.

Patricia meldete sich von unterwegs und wollte Emma am Nachmittag treffen.

»Da kann ich noch nicht, ich bin bei Jeremy eingeladen.«

»Wer ist Jeremy?«

»Vielleicht ein Traummann.« Nach der großen Enttäuschung räumte Emma ihm sogar wieder eine kleine Chance ein.

»Du klingst nicht gerade begeistert«, stellte Patricia fest.

»Ich kenne ihn noch kaum. Aber er hat mich zu sich nach Hause eingeladen.«

Patricia lachte auf. »Wir wissen, was das bedeutet.«

»Sicher nicht, denn es ist ein Sonntags-Mittagessen mit seinen Eltern.«

»Wir wissen auch, was DAS bedeutet«, scherzte Patricia weiter.

»Lass mich in Frieden.« Emma war fast ein wenig beleidigt über die Witze ihrer Freundin.

»Heute Abend am Strand. In Ordnung? Ich habe deinen Lieblingswein besorgt«, bot Patricia zur Versöhnung an.

Eric meldete sich per SMS.

»Und?«

Emma antwortete mit einem Daumen nach oben, schrieb aber dazu: »Erstens kommt es anders, zweitens als man denkt.«

Auf Erics vielfache Fragezeichen, die folgten, reagierte sie nicht, da sie sich voll und ganz dem Frühstückzubereiten widmen musste.

57

Die beiden Hälften des kunstvoll geschmiedeten Tores schwangen langsam nach innen auf. Vor ihnen lag ein Kiesweg, zu beiden Seiten flankiert von hohen Platanen. »Die Mauer, an der wir jetzt eine halbe Ewigkeit entlanggefahren sind, begrenzt euer Grundstück...?«, erkundigte sich Emma.

Jeremy wartete noch, bis das Tor vollständig geöffnet war. Emma war schon aufgefallen, dass er alles präzise und sorgfältig tat. Er drehte sich zu ihr. »Ich fürchte, dass es so ist. Kommst du trotzdem mit zum Lunch?«

»Ich überlege kurz.« Emma tat, als müsste sie nachdenken, und sagte dann: »Na gut.«

»Hast du wirklich überlegt?«, fragte Jeremy besorgt.

»Natürlich nicht.«

»Puh, auf mich hat es echt gewirkt.« Er rollte an, und sein dunkelblaues Cabrio bewegte sich über den Weg und durch die Allee. Der Kies knirschte unter den Reifen. Zwischen den Bäumen sah Emma auf weite Wiesen. Sie befanden sich in den Downs von Brighton, der Hügellandschaft, die die Stadt umgab und sich an der Küste entlangzog.

Auf der linken Seite sah sie in einiger Entfernung ein paar Schafe stehen und dem Auto nachblicken.

»Keine Sorge, sie können nicht herkommen«, sagte Jeremy.

»Wieso? Sind sie aus Stein?«

»Nein, aber es gibt einen Ha-Ha.«

Emma dachte, Jeremy hätte gerade gelacht. Oder machte er sich lustig über sie? In seiner Korrektheit traute sie ihm so etwas nicht zu.

Er bemerkte ihr Stirnrunzeln und erklärte schnell. »Ha-Ha ist eine Begrenzungsmauer, die in die Erde gebaut ist und entlang eines Grabens verläuft. Die Schafe können diese Barriere nicht überwinden, und die Mauer verstellt nicht die Sicht auf die Landschaft. Der Name stammt wahrscheinlich von Leuten, die von der unerwarteten Mauer im Boden überrascht waren und Hahaaa gerufen haben.«

»A-ha«, sagte Emma, und es klang wie eine Variation von Ha-Ha.

»Nein, Ha-Ha«, verbesserte sie Jeremy.

»Das weiß ich, ich meinte: A-ha, ich verstehe!«

»Aha!« Jeremy nickte ihr zu, musste sich dann aber wieder auf den Weg konzentrieren. Emma erschien es, als gehörte seiner Familie der halbe Hügel.

»Dort liegt mein Stall!« Jeremy deutete auf einen langen Bau aus Natursteinen mit kleinen Fenstern. »Ich meine natürlich, das ist der Stall, der für mich umgebaut wurde.«

»Ich hätte nicht gedacht, dass du bei den Kühen schläfst«, konnte sich Emma nicht verkneifen zu sagen.

Jeremy bog ab. »Ich hole Jamie. Er ist im Haus.« Er bat Emma nicht rein, sondern öffnete nur die Eingangstür. Der kleine Jack Russell raste heraus und begrüßte sein Herrchen überschwänglich. Als Jeremy die Autotür auf seiner Seite öffnete, sprang Jamie auf den Fahrersitz, und von dort kletterte er gleich zu Emma, der er quer über das Gesicht leckte.

»Halt, Jamie, Emma mag das nicht«, sagte Jeremy streng, aber der Jack Russell kümmerte sich nicht darum.

Emma schaffte es lachend, ihn ein wenig wegzuhalten. Ihr Make-up war sicher verschmiert, und sie machte eine geistige Notiz, die Hundehaare von ihrer schwarzen Hose abzuklopfen.

Vor ihnen tauchte ein Herrenhaus auf, wie es Emma sonst nur aus Filmen kannte. Es war ein zweistöckiger Bau mit grauer Fassade, hohen Fenstern und Säulen, die ein Portal über dem Eingang trugen.

Hinter einem der Fenster erkannte Emma zwei Personen, die ihnen entgegenblickten. Sie füllten nicht einmal die beiden untersten Teile des vielfach unterteilten Fensters aus. Emma konnte erahnen, dass die Fenster mindestens fünf Meter hoch sein mussten.

In der Mitte des Vorplatzes befand sich ein rundes Beet, in dem Tulpen gerade verblühten. Der Springbrunnen, der den Mittelpunkt bildete, war nicht eingeschaltet.

Die Eingangstür wurde geöffnet, und zwei ältere Leute traten heraus. Emma schätzte sie auf Ende siebzig. Der Mann trug ein Tweedsakko, die Frau einen dicken Wollrock und eine Strickjacke.

»Meine Großeltern«, erklärte Jeremy leise, bevor sie ausstiegen.

Jamie hüpfte von Emmas Schoß und schoss auf die zwei Leute zu. Freudig springend begrüßte er sie und wurde ebenso freudig gestreichelt.

Die Gesichter der Großeltern waren rosig, gesund und sehr faltig. Sie warteten vor der Tür, und Jeremy küsste seine Großmutter auf die Wangen und schüttelte seinem Großvater ernst die Hand.

»Nan, Granddad, darf ich euch Emma vorstellen. Wir sind in Brighton fast Nachbarn.«

Emma spürte den prüfenden Blick der beiden, der aber nichts Strenges, sondern etwas Wohlwollendes hatte.

»Wir freuen uns, dass Sie den langen Weg zu uns gefunden haben«, sagte die Großmutter. »Verzeihen Sie bitte die Temperatur im Haus, aber die Heizung ist wieder einmal ausgefallen.«

Sie folgten den Großeltern in eine ovale Halle mit eleganter Treppe nach oben und drei Doppelflügeltüren zu den weiteren Räumen links, rechts und geradeaus.

Von beiden Seiten kamen jetzt Jeremys Eltern. Sein Vater groß und schlank wie er, mit einem sehr aristokratischen Gesichtsausdruck. Seine Mutter eine kleine, energische Person. Während sie Emma die Hand reichte, rief sie ins Haus, dass das Essen in 15 Minuten aufgetragen werden solle. Jeremys Vater zog Emma mit den Augen fast aus, fand sie.

Weiter ging es in einen Salon mit wuchtigen Polstermöbeln in Altrosa und einem blassen Grün. Sie standen so, dass man durch eine Reihe von Glastüren hinaus auf die weiten Hügel sehen konnte.

»Drink vor dem Essen?«, bot Jeremys Vater an.

»Gin Tonic?«, antwortete Emma ein wenig schüchtern.

»Ziemlich stark um diese Zeit«, bemerkte seine Mutter.

»Was nehmen Sie?«, fragte Emma.

»Nichts, um diese Zeit. Ein Glas Holunderblüten-Limonade.«

»Sie versteht nicht, das Leben zu genießen«, polterte der Großvater und zwinkerte Emma zu.

Ping ping, kam es aus Emmas Hosentasche. Emma lächelte verlegen. »Verzeihung.« Sie holte das Handy heraus, um den Ton auszuschalten. Aus Neugier öffnete sie die SMS und sah ein Bild, das Manuel beim Verlassen des Hauses zeigte. Emma schob den kleinen Schalter an der Seite nach oben. Wieso schickte die Überwachungskamera ein Bild von Manuel? Er hatte doch nichts eingeworfen.

Emma steckte das Handy wieder ein und wandte sich Jeremys Familie zu. Auf dem Couchtisch vor ihrem Platz stand das größte Glas, das sie jemals gesehen hatte. Es war mehr ein Glaskelch und randvoll mit Tonic und Eis. Sie überlegte, wie sie das Glas heben sollte.

»Dad, das ist vielleicht etwas zu viel«, bemerkte Jeremy.

»Für dich auch Limo oder Scotch mit Soda?«, fragte sein Vater. Jeremys Bemerkung schien er absichtlich überhört zu haben.

»Ich fahre noch Auto, also kein Alkohol.«

»Limonade also, wie deine Mutter.« Emma mochte Jeremys Vater von Anfang an nicht, und derzeit lieferte er ihr mit jedem Satz eine neue Begründung für ihre Ablehnung.

Ping ping.

Wieso war der Ton noch immer an, und was kam jetzt wieder für eine SMS? Emma murmelte eine Entschuldigung und holte das Handy erneut heraus. Eine neue SMS der Kamera. Diesmal war es das alte Ehepaar beim Verlassen des Hauses. Der Schalter zum Abstellen des Tons schien kaputt zu sein. Sie drehte die Lautstärke auf null.

Alle saßen da, aber keiner sagte etwas. In die Stille hinein tönte das Vibrieren des Handys. Wieder eine neue SMS. Christkind hatte erwähnt, dass die Kamera störungsanfällig war.

Abermals vibrierte es. Da keiner etwas sprach, bemerkten es alle.

»Sehr gefragt, die junge Dame«, stellte der Großvater polternd fest.

»Es ist mein... Hotel«, sagte Emma entschuldigend.

»Sie haben ein Hotel? Welches? Das Hotel du Vin etwa?«, wollte Jeremys Mutter wissen.

Emma kannte das Hotel du Vin, das zu den exklusivsten der Stadt gehörte. »Nein, nicht so fein. Das Cherry Tree.«

»Nie gehört«, sagte Jeremys Vater. »Du, Claire?« Er sah seine Frau an. »Nein, noch nie.«

Jeremy kam Emma zu Hilfe. »Es ist ein kleines, sehr feines Haus nahe meiner Kanzlei.«

»Ach, in Kemptown«, sagte sein Vater mit kaum verhohlener Verachtung.

Emma wünschte sich das Ende dieses Essens herbei und wollte nur gehen.

Wieder ein Vibrieren in der Hosentasche.

»Wer ruft Sie da ständig an? Haben Sie kein Personal, das das alles regelt?«, fragte die Mutter.

»Verzeihung.« Emma stand auf und flüchtete in die Diele. Sie kontrollierte wieder die Nachrichten, aber die Kamera nahm nun jeden auf, der aus dem Haus kam. Schnell suchte sie Christkinds Nummer aus ihrem Adressbuch und schickte ihm eine Nachricht mit der Bitte, die Kamera zu reparieren oder abzustellen.

Im Salon unterhielten sich die Familienmitglieder.

»Ich bitte euch, seid still, sie könnte euch hören«, sagte Jeremy beschwörend.

»Dein Geschmack war schon einmal besser«, sagte sein Vater.

Emma blieb regungslos stehen und lauschte.

»Gut, dass wir sie gleich zu sehen bekommen, damit die Sache nicht wieder zu lange dauert.«

»Ich bitte euch, redet nicht so. Emma und ich kennen einander erst seit kurzem.«

Der Großvater lachte kehlig. »Das ist ein Mädchen, mit dem man Spaß haben kann.«

»Giles, lass diese Bemerkungen«, tadelte ihn seine Frau.

»Schauspielerinnen, Hotelangestellte, findest du nichts Besseres?«, fragte Jeremys Mutter.

Auf der einen Seite tat Jeremy Emma leid. Sie hatte ihre Familie bisher für schrecklich gehalten, diese aber übertraf sie bei weitem. Auf der anderen Seite hätte er sie erstens warnen können, und zweitens war sie kein Vieh, das zur Begutachtung durch den Ring geführt wurde. Der Appetit war ihr vergangen.

Auf Zehenspitzen schlich sie zur Eingangstür, drehte den Knauf mit beiden Händen, zog die Tür auf und schlüpfte ins Freie. Das Kinn in die Höhe gestreckt, marschierte sie einfach los.

Das Gittertor würde ein Hindernis darstellen. Jeremy hatte den Öffner im Auto liegen. Aber Emma war gut im Klettern und würde auch das schaffen.

Sie hatte gerade die Schafe erreicht, als sie hinter sich ein Auto kommen hörte. Der Kies knirschte, als der Wagen bremste. Jeremy sprang heraus und rannte ihr nach.

»Emma, warte bitte.«

Sie ging weiter, ohne sich umzudrehen.

»Bitte sag nicht, dass sie das alles nicht so meinen. Ich habe Ohren und ein Hirn.«

»Nein, sie meinen das...« Jeremy brach ab, weil er genau das hatte sagen wollen.

»Kannst du mich zurückfahren. Es ist etwas weit zu gehen.«

»Bitte bleib.«

»Sicher nicht.«

»Emma.«

»Fährst du mich, oder gibt es einen Bus in der Nähe? Oder ein Taxi?«

Er gab auf. »Ich fahre dich.«

Schweigend saßen sie nebeneinander, während er die kurvige Straße hinunterlenkte, über die Marine Parade bis zu New Steine. Vor dem Cherry Tree hielt er.

»Ich kann nichts für sie. Sie sind einfach so, aber ich bin unabhängig«, sagte er und klang ein wenig trotzig.

»Du hättest mich warnen und verteidigen können.«

»Es tut mir sehr leid. Sehen wir uns trotzdem wieder?«

Emma schwieg.

»Ich habe Eton besucht, die beste Uni, ich bin ein anständiger Mensch, auch wenn ich meine Boxershorts bügle.«

»Du bügelst deine Boxershorts?«

Er nickte. »Das tun alle Eton-Jungs. Wir können nicht anders.« Wieder fühlte Emma für ihn. »Ich bin der einzige Sohn und eine einzige Enttäuschung für meine Eltern, weil ich nicht in der City in London arbeite, sondern lieber hier, und weil ich ihnen keine Frau bringen kann, die vor ihren Augen besteht. Aber ich kann mich nicht einfach völlig von ihnen trennen.«

»Das wäre aber besser.« Emma wollte aussteigen. Er hielt sie am Ärmel fest.

»Bitte, versuch es mit mir.«

»Jeremy...«

»Nein? Könnten wir dann wenigstens Sex haben.«

Emma starrte ihn fassungslos an.

»Nicht in einer Million Jahren«, sagte sie, dann entzog sie ihm ihren Arm und stieg aus. Ohne ihn noch eines Blickes zu würdigen, ging sie die Stufen hinauf und schloss die Tür auf.

58

»Wie geht's dir an Tag drei nach der Enttäuschung und Tag eins nach der Nacht deines Lebens?«

Emma nahm sich Chips aus der Tüte. Sie saß mit Patricia am Strand, nahe den Wellen, und genoss den Sonnenuntergang. Da es windstill war, erschien der Abend besonders lind.

Patricia schenkte ihr Chardonnay nach. Sie waren mit einer Flasche Wein, zwei Plastikgläsern, Chips und Popcorn zum Meer gekommen. Emma hatte eine Decke mitgebracht sowie zwei Kissen, damit sie nicht so hart auf den Kieseln saßen.

»Ich wiederhole: Darf ich die Zustände nach den großen Ereignissen der vergangenen Tage erfahren?«, drängte Patricia.

»Du meinst Jeremy? So ein Weichei und seine Familie ist wirklich schlimmer als die Addams Family.«

Patricia verdrehte die Augen. »Du weißt genau, was ich meine. Die wirklich großen Ereignisse natürlich.«

»Enttäuscht und traurig wegen Unbekannt. Das ist doch logisch«, sagte Emma. »Besorgt, wenn wirklich Philip dahinter steckt.«

»Hast du irgendwo, tief in dir, vielleicht eine Ahnung, es könnte auch alles völlig anders sein?«

Das verstand Emma nicht. »Wie anders?«

»Eine Reihe von unglücklichen Zufällen.«

»Du meinst, die Briefe?«

»Nein, die nicht. Sondern seit dem Tag, an dem das große Schweigen begonnen hat.«

»Was für unglückliche Zufälle?«

»So etwas gibt es.«

»Patricia, wie kommst du darauf?«

Die Freundin zuckte mit den Schultern und goss ihnen Wein nach. »Das ist so ein Gefühl bei mir, aber ich sehe und spüre nichts Genaueres.«

»Dann hilft es mir herzlich wenig, bitte hör auf.«

»Sorry.« Patricia hob die Hand als Friedensangebot. »Aber jetzt lass uns zu deiner Begegnung mit Damian kommen. Da spüre ich sehr Unerwartetes.«

Erstaunt sah Emma sie an. »Woher weißt du das?«

»Schätzchen, denk an meinen Beruf.«

»Es ist anders gekommen, als erwartet.« Emma nippte am Wein. »Ich erzähle es dir. Aber nur, wenn du schwörst, keine bissigen Bemerkungen loszulassen. Denn die Sache war ernst.«

»Ernst zwischen euch?«

»Nein, nicht so ernst. Sondern was ich mit Damian erlebt habe.« Bevor sie erzählte, wollte Emma noch etwas wissen. »Über dein Liebesleben schweigst du dich aus.«

»Ach, ich habe wenig Zeit dafür. Mein Herz schlägt für Ricardo, der über mir wohnt.«

»Der ist doch schwul.«

»Ja, aber wir sind ein Herz und eine Seele. Und in mein Bett hole ich mir von Zeit zu Zeit Nathan.«

»Wer ist das?«

»Mein Yogalehrer. Wir zwei passen zusammen, wie Nut und Feder.«

»Was ist das?«

»Schlag es nach, dann wirst du ein Bild sehen und verstehen, was gemeint ist. Auf jeden Fall haben wir viel Spaß, aber ich bin immer froh, wenn er am Morgen kein Frühstück will, sondern gleich geht.«

»Und das befriedigt dich?«

Patricia riss die Augen auf und nickte strahlend. »Und wie, das kannst du mir glauben.«

»Ich meine, dieses Arrangement?«

»Derzeit ist es das Beste, es spart Zeit und Nerven, und für unnötiges Drama habe ich keinen Sinn.«

»Verstehe.« Emma musste diese Ansage kurz verdauen. Für sich selbst wollte sie das anders.

»Bekomme ich jetzt endlich einen Bericht?«, drängte Patricia.

Den bekam sie. »Gleich vorweg: Es ist nicht das geschehen, was du denkst.«

Patricia hob die Augenbrauen. »Klartext?«

»Ich wollte nicht. In meinem Zimmer habe ich ihm gesagt, dass ich das so nicht kann und nicht will.«

»Und dann?«

»Er hatte volles Verständnis und hat mir eine Massage angeboten. Ich kann dir sagen, er hat die begnadetsten Hände der Welt.«

»Wie weit ging die Massage?«, forschte Patricia nach.

»Eine normale Massage. Allerdings hat er dabei mit mir zu reden begonnen. Über Sex. Weil ich so entspannt war, konnte ich ihm meine Probleme erzählen, er hat zugehört und mir einiges gesagt, das wirklich hilfreich ist.«

»Du machst mich immer neugieriger.«

»Es sind aber Dinge, die wirklich sehr persönlich sind, wenn du das verstehen kannst.«

»Keine Sorge, ich höre hier auf«, versprach Patricia.

Damian war die ganze Nacht bei Emma geblieben, und sie hatten noch lange geredet. »Er hat mir klargemacht, dass vieles nicht mein Problem ist, sondern die Ahnungslosigkeit und Unaufmerksamkeit der Männer. Ich soll mir holen, was ich brauche, und sagen, was ich möchte. Das muss ein echter Partner aushalten. Und was ich genau brauche, das weiß ich jetzt auch«, schloss Emma grinsend.

»Das klingt ausgezeichnet. Prost!« Patricia stieß mit Emma an.

Die Wellen rollten vor ihnen aus, und vom Pier kam Musik aus den Lautsprechern. Die Lichter der Hochschaubahnen und der Lampenketten gingen an.

Die Kondensstreifen, die Flugzeuge auf den blauen Himmel gemalt hatten, färbten sich pink.

Emma fiel ein Ausspruch von Patricia ein, den sie ihr zu Beginn ihrer Freundschaft mitgegeben hatte: Man muss im Leben mit allem rechnen, vor allem mit dem Schönen und Guten.

Auch wenn so viel Schlimmes geschehen konnte.

59

Was soll das?« Amber Bosswell war unerwartet aus ihrem Büro getreten, an dem Sam gerade vorbeihuschen wollte.

»Sie sind noch hier?«, fragte Sam und grinste ertappt.

»Überstunden, um zu sehen, was Leute wie du treiben.« Sie deutete auf die Schüssel in Sams Händen. »Essen war vor zwei Stunden, und es ist nur erlaubt, die Mahlzeit im Speiseraum einzunehmen.

»Weiß ich. Ist nicht für mich, sondern für HRH.«

»Lässt sich His Royal Highness das Essen aufs Zimmer servieren?«

»Ja. Nein.« Sam stotterte herum.

Amber verstellte ihm den Weg und verschränkte die Arme vor der Brust. »Was ist los? Sagst du es, oder muss ich nachsehen gehen?«

»Er ist krank«, rückte Sam heraus.

»Braucht er einen Arzt?«

»Nein, krank hier oder hier.« Sam deutete zuerst auf seinen Kopf und dann auf sein Herz.

»Liebeskummer?«

»Er liegt nur und starrt vor sich hin, und er war jetzt schon zwei Tage nicht arbeiten. Morgen muss er wieder ins Lager, sonst feuern sie ihn.«

»Soll ich mit ihm reden?« Nun war Amber die Bossi, wie sie die Bewohner des Heims gerne nannten, die nicht nur streng, sondern auch sehr verständnisvoll sein konnte.

»Lassen Sie mich machen.« Sam hob die Schale. »Nur die Schale ist aus der Küche von hier. Das Curry ist von dem kleinen Inder in den Lanes, wo Paul so gerne hingeht.«

»Morgen will ich wissen, ob er wieder auf den Beinen ist«, verlangte die Heimleiterin. Sam streckte den Daumen in die Höhe und verschwand in Zimmer 12 ½.

»Ich habe dir Curry mitgebracht.«

»Danke. Lieb von dir.« Paul lag auf seinem Bett. Sam stellte die Schale auf das Nachtkästchen neben ihn, aber Paul rührte das Essen nicht an. »Vielleicht später.«

»Du musst morgen unbedingt wieder in die Arbeit gehen. Zwei Tage krank geht, aber beim dritten gibt's Ärger, wenn du nicht was vom Doktor bringst.«

»Ich komme morgen wieder.«

Der Kater hatte sich neben Paul auf dem Bett eingerollt. Er spürte, wenn jemand Gesellschaft und Trost brauchte.

»Willst du mir nicht sagen, was los ist? Du bist immer so ein Rätsel.«

Paul drehte den Kopf zu ihm und hob die Augenbrauen. »Das kann ich nur zurückgeben. Ich weiß mehr über deinen Kater als über dich.«

Sam schob das Fenster nach oben und nahm eine Zigarette aus der Tasche. »Sam's Story: Ich habe mit neun meinen ersten Joint geraucht. Mit 14 war ich auf Heroin.

Frag nicht, was ich alles getan habe, um es zu beschaffen. War nichts Kriminelles, aber ekelig.« Sam blies den Rauch zischend ins Freie. »Aber ich will dorthin nie wieder zurück«, fuhr er fort. »Das Zeichnen und das Malen, das hat mich gerettet. Wie ich da den Typen auf der Straße mit den Kreiden gesehen habe, da wollte ich das auch machen. War in London. Aber er hat gesagt, er zeigt mir nur, wie es geht, wenn ich clean bin. Das war der Anfang. Ich will einmal eine Frau und ein Kind oder besser zwei.«

»Du schaffst das«, versicherte ihm Paul. Er setzte sich auf. »Mir war nur nicht gut. Etwas Schlechtes gegessen wahrscheinlich.«

»Erzähl keinen Mist, das glaube ich dir nicht. Ich kenne dich.«

Paul lächelte müde. Er verließ das Zimmer, um auf die Toilette zu gehen, die auf dem Gang lag. Für einen Moment gab es starke Zugluft, die Pauls Jacke am Haken an der Wand in die Höhe wehte. In der Innentasche steckte ein Brief.

Seit dem Brief, den Sam verloren hatte, hatte Paul ihm keinen neuen zum Einwerfen gegeben. Da die Briefe, die Arbeit und das Lesen der Zeitungen, die er meistens aus Papierkörben im Park fischte, Pauls einzige Hobbys waren, wurde Sams Verdacht immer stärker. Wieso war Paul seit Samstagabend so verändert? Was konnte geschehen sein?

Sam zog den Brief aus der Jackentasche und beschloss, ihn heimlich über Dampf zu öffnen und zu lesen. Er konnte ihn dann wieder verschließen und zurückstecken. Vielleicht erfuhr er auf diese Weise mehr.

Da er Schritte auf dem Korridor hörte, ließ Sam den Brief schnell in seinem Bett unter der Decke verschwinden. Er hatte die Hände noch oben, als Paul eintrat. Ertappt grinste ihn Sam verlegen an.

Paul runzelte die Stirn. »Alles O.K.?«

Er konnte sehen, dass Sam mit sich selbst rang. Nervös kaute er auf der trockenen Unterlippe und zog langsam die Hände unter der Decke vor. »Sam? Was ist los?«

»Dude, ich habe Mist gebaut.«

»Doch wieder Drogen?«

»Nein.« Sam schrie ihn fast an. »Wieso denken feine Typen wie du immer, dass ein Ex-Druggie nur wieder auf das Zeug will.« Wütend stürmte Sam aus dem Zimmer.

»Tut mir leid«, rief ihm Paul hinterher.

Der Kater streckte sich auf dem Bett und gähnte. Er schüttelte sich, und Paul setzte sich zu ihm. Sofort kam der Kater auf seinen Schoß und ließ sich streicheln.

Die Tür wurde geöffnet, und Sam kehrte zurück. Er lehnte am Türrahmen und ruderte mit den Händen.

»Tut mir auch leid. Aber hör auf, mich ständig zu verdächtigen.«

»Entschuldige.«

»Ich muss dir was anderes gestehen. Komm, ich spendiere dir einen Drink.«

60

Sam bezahlte im Camelford Pub seinem Zimmergenossen ein Bier, und für sich selbst nahm er Bitter Lemon.

In der folgenden halben Stunde erfuhr Paul, was mit seinem Brief geschehen war und wie Sam versucht hatte, die Sache wieder gutzumachen.

»Total in die Hosen gegangen. Aber eins kann ich dir sagen: eine Klassefrau.«

»Du hast sie nur gesehen. Ich habe sie ein wenig kennenlernen dürfen.«

»Du hast sie doch noch nie getroffen.«

Paul blickte auf seine Schuhe. »Briefe sind wie Gespräche mit jemandem, der im Augenblick nicht hier ist.«

»Schreib' ihr einen neuen Brief.«

»Das kann ich mir sparen. Sie hat einen anderen. Einen anderen Mann.«

»Woher willst du das wissen?«

»Ich habe sie zusammen gesehen. Als ich den hier einwerfen wollte.« Paul griff in die Innentasche seines Jackets und stutzte.

»Sorry.« Sam verzog zerknirscht das Gesicht und beichtete, dass er den Umschlag herausgenommen und in seinem Bett versteckt hat.

»Kannst ihn ohnehin wegwerfen«, sagte Paul und schüttelte niedergeschlagen den Kopf.

»Bist du sicher, dass sie einen anderen Kerl hat? Ich meine, kann doch auch nur ein Freund sein. So ein Freund, der nicht gleich ihr neuer Kerl ist.«

»Das hat leider wirklich nicht nur nach »Freund« für mich ausgesehen. Aber ich verstehe, wieso sie nicht mehr gewartet hat. Erstens habe ich ihr alle Freiheit gelassen.«

»Ist das gut?« Sam spielte mit der kleinen Flasche des Bitter Lemon.

»Weißt du, was sie über Wildpferde sagen?«

»Nicht so mein Spezialgebiet.«

»Wenn du eines einfängst, dann sei gut zu ihm und lass es wieder frei. Läuft es weg, wollte es nie bei dir sein. Kommt es aber zurück, bleibt es für immer.«

»Sie ist nur weggelaufen, weil ich deinen Brief verloren habe. Sie dachte, du hast die Fliege gemacht. Oder keine Lust mehr.« Sam schlug sich mit dem leeren Glasfläschchen auf den Kopf. »Dude, ich bin so ein Idiot Das werde ich mir nie verzeihen können.«

Paul tippte mit der Schuhspitze auf den Boden. »Vielleicht denkt sie das wirklich. Vielleicht glaubt sie, ich habe das Interesse verloren.« Er fuhr mit den Handflächen über die Tischplatte. »Einen letzten Brief kann ich ihr noch schreiben.«

»Erklär alles und schreib, dass ich ein Idiot bin.«

»Das tue ich nicht, aber erklären werde ich ihr alles. Vielleicht will sie doch noch ein Treffen.«

»Aber bald. Nicht erst in einem Monat oder so.«

Auch in diesem Fall gab Paul seinem Zimmernachbarn recht. Wenn sie wirklich zustimmte, dann so bald wie möglich. Er hatte allerdings die nächsten Tage Spätschicht und erst am Samstag frei. Außerdem gab es noch ein Hindernis. »Sie wird den Brief vielleicht gar nicht mehr lesen und einfach zerreißen und wegwerfen. Wäre kein Wunder.«

»Sie braucht die richtige Message, wenn sie ihn findet«, erklärte Sam.

»Und die wäre?«

»Dude, ich habe die Sache vermasselt. Ich bieg das wieder gerade. So gut ich kann. Ich verspreche dir ein Meisterwerk.« Sam starrte Paul auf eine Art an, die ihm etwas unheimlich wurde. »Gib mir ein oder zwei Tage Zeit. Ich muss mir etwas wirklich Gutes ausdenken.«

61

Ding dong!

Emma brauchte etwas, bis sie kapierte, dass das Geräusch aus der echten Welt kam. Sie hatte den ganzen gestrigen Tag die Treppengeländer gestrichen (blaue Steher, weißer Handlauf), die Stufen mit Teppich beklebt und rutschfest gemacht und mit Christkind und Madonna die Diele ausgemalt. Danach blieb nur noch das Arbeitszimmer, und das Haus war wie neu.

Ding -------- dong!

Noch sehr verschlafen hob sie den Kopf aus dem Kissen. Noch immer war sie halb in einer anderen Welt. Kein Fitnesstraining konnte so müde machen wie Ausmalen.

Ding dong! Ding dong!

Es war ihr Türgong. Emma griff nach dem Handy und warf einen verschlafenen Blick auf die Anzeige.

Fünf Uhr zweiunddreißig.

Wer läutete um diese Zeit an? Sie kämpfte sich unter der Bettdecke hervor, nahm den Bademantel (neu, weiß, kuschelig) und stolperte die Treppen hinunter. Sie erinnerte sich selbst daran, nicht den Handlauf zu berühren, da der Lack noch nicht trocken sein konnte.

In der Diele standen Stühle, die beiden Wandschränke, die Ablage, der Spiegel und ein Sofa aus dem Wohnzimmer herum. Alles war mit Folie abgedeckt. Emma musste sich erst einen Weg durch die Möbel bahnen, bis sie die Eingangstür erreichte.

Unter ihren nackten Fußsohlen raschelte das dicke Papier, das sie auf dem Boden ausgelegt hatte. Es blieb kleben, und sie riss es beim nächsten Schritt in die Höhe.

Ding dong, ding dong, ding dong!

»Ich komme!«, rief sie. Bevor sie öffnete, warf sie zur Sicherheit einen Blick durch den Spion. Im Windfang stand der Muskelmann mit Fiona auf dem Arm. Emma schob den Riegel zurück und machte auf.

»Etwas früh«, sagte sie.

»Da ist was für Sie«, erklärte der Muskelmann mit hoher Stimme.

»Wie bitte?«

Er deutete mit dem Daumen hinter sich zur Straße.

»Hat mir jemand ein Auto geschenkt?«, scherzte Emma. Sie bewunderte sich dafür, dass sie um diese Zeit und so müde auf eine so schlagfertige Frage kam.

»Das müssen Sie sich ansehen. Bevor alle darüber laufen. Ich gehe mit Fiona immer schon um diese Zeit, weil sie eine schwache Blase hat. Deshalb habe ich es entdeckt, und ich dachte, Sie sollten es sofort sehen.«

Emma sah ihn verwirrt an. Wovon redete er?

»Entschuldigung, wie heißen Sie eigentlich?«

»Arnold. Mein Künstlername.«

»Sie sind Künstler?«

Arnold deutete auf seine Muskeln.

»Bodybuilder?«

Er nickte. »Eigentlich heiße ich Larry, aber Arnold ist mir lieber.«

»Emma.« Sie streckte ihm die Hand hin. »Und jetzt bitte erklären Sie mir, was ich mir ansehen soll.«

»Am besten von oben, aus dem höchsten Stockwerk. Darf ich mit? Ich würde es auch gerne von dort sehen.«

Sollte sie den Mann hereinlassen? Emma entschied sich für ja, denn schließlich war er immer freundlich gewesen und wirkte nicht gefährlich. Sie trat zur Seite, und Arnold zwängte sich mit Fiona an ihr vorbei. Als sie die Tür hinter ihnen schloss, deutete er auf den Boden.

»Die Post kommt früh zu dir.«

Emma starrte auf den länglichen Umschlag. Den leichten Grünton und die Handschrift erkannte sie sofort. Die Gefühle, die in ihr aufstiegen, waren eine Mischung aus Wut, Enttäuschung, aber auch Neugier, selbst wenn sie das nicht wollte.

Nein, sie würde den Brief nicht lesen. Sie hatte genug davon.

»Ach, nur Reklame«, sagte sie. Zuerst wollte sie sehen, was Arnold ihr unbedingt um halb sechs Uhr am Morgen zeigen wollte, und dann würde sie den Brief zerreißen und wegwerfen. Sie machte einen Schritt Richtung Treppe, drehte dann aber wieder um und hob den Brief auf. Sie starrte ihn an, als könnte sie durch das Papier sehen.

»Ich klebe hier fest«, rief Arnold aus dem ersten Stock.

»Geländer nicht berühren bitte, und Wände auch nicht, frisch gestrichen«, warnte Emma viel zu spät. Sie legte den Brief auf die Ablage unter dem Spiegel und folgte Arnold. Er hatte einen weißen Farbstreifen auf seiner Trainingsjacke, wo er am Handlauf angestreift war.

»Ich habe einen Entferner«, sagte Emma und deutete auf den Fleck. Zuerst aber wollte sie endlich sehen, wovon Arnold sprach. Emma ging vor, und sie stiegen in das dritte Stockwerk. Vom roten Zimmer aus hatte man den besten Blick nach unten.

Arnold sah sich um. »Hübsch«, sagte er. Fiona kläffte zustimmend.

Madonna hatte vorgeschlagen, auch die Gardinen in der Zimmerfarbe zu gestalten, und dazu einen kleinen Teppich vor das Bett zu legen. Die verschiedenen Rottöne der Wände und Möbel waren perfekt aufeinander abgestimmt. Emma hatte nicht gewusst, dass sie Talent dafür hatte und wie viel Spaß ihr das Gestalten machte.

Sie trat ans Fenster und schob die untere Hälfte nach oben. Arnold tat das Gleiche am Fenster daneben. Gleichzeitig lehnten sie sich hinaus und sahen hinunter.

Emma verstand, was Arnold gemeint hatte und wieso sie auf der Stelle einen Blick auf das werfen sollte, was ihr dort von Straße und Gehsteig entgegenstrahlte.

62

Eric roch verschwitzt und wie frisch aus dem Bett, Patricia hatte sich eine Wollmütze über die Krausmähne gezogen. Beide waren in die Klamotten des Vortages geschlüpft. Emma hatte sie sofort angerufen und angefleht, auf der Stelle zu kommen.

Danach hatte sie Fotos gemacht. Sie hatte auf dem Handy abgedrückt. Immer wieder. Wie in Trance.

Auf der Straße hatte sich Arnold mit Fiona wie eine Schutzmauer aufgebaut und wies die frühen Fußgänger an, einen Bogen um die Stelle zu machen, die er absperrte. Als ein Auto kam, verlangte er von der Fahrerin zurückzuschieben und auf der anderen Seite des Platzes zu fahren. Er machte sich damit keine neue Freundin.

Emma stand mit Patricia und Eric im roten Zimmer, und alle drei bestaunten sie den Anblick, der sich unten bot.

Über die gesamte Länge des Hauses und darüber hinaus war ein Bild mit Kreide auf den Asphalt von Straße und Gehweg gezeichnet worden. Wer immer der Künstler war, er musste heimlich in der Nacht in rasendem Tempo gearbeitet haben, denn als Emma Christkind und Madonna um kurz nach 22:30 Uhr verabschiedet hatte, war noch nichts zu sehen gewesen.

Das Bild zeigte ein Portrait von Emma, die lächelte und nach vor blickte. Emma gefiel sich auf praktisch keinem Foto, aber dieses Bild von sich mochte sie. Ihr Gesicht nahm das linke Drittel des Straßenkunstwerks ein. Das rechte Drittel zeigte einen Mann in Emmas Alter, der sie liebevoll und auch ein wenig bittend anlächelte. Die dunkelbraunen Haare waren über der Stirn etwas länger und wilder, aber sonst kurz geschnitten.

Zwischen den beiden Portraits stand in dicken dunkelgelben Buchstaben:

TRAUMFRAU
Alptraummann möchte dir etwas
Wichtiges sagen. Bitte lies den Brief!

»Glaubst du, dass er das ist?« Eric deutete auf die Zeichnung von Unbekannt, die die ganze Breite der Fahrbahn einnahm.

Emma schnaufte. »Ich weiß es nicht. Ich habe ihn doch nie gesehen.«

»Ein hübsches Paar!«, stellte Patricia fest.

»Wir sind kein Paar!«, protestierte Emma.

»Noch nicht«, erwiderte Patricia gelassen.

»Wie kommt das hierher? Wieso betreibt er so einen Aufwand?«, wollte Emma von ihren Freunden wissen.

Eric seufzte. »Weil ihm viel an dir liegt. So jemanden würde ich mir auch wünschen.«

»Aber...« Emma fühlte sich überfordert, gleichzeitig aber auch aufgeregt, wie vor dem ersten Date ihres Lebens. »Wieso läutete er nicht einfach an?«

Dafür hatte Patricia sofort eine Erklärung. »Weil er sich nicht traut. Und weil du ihm womöglich die Tür vor der Nase zuschlagen würdest.«

»Was schreibt er?«, fragte Eric.

»Ich habe den Brief noch nicht gelesen. Er liegt auf der Ablage in der Diele.«

Eric lief los, um ihn zu holen.

Auf der Straße versammelte sich eine Gruppe von Schaulustigen. Auch wenn die Leute zum Bus oder zum Bahnhof mussten, wollten sie unbedingt einen Blick auf die riesige Straßenmalerei werfen und natürlich mehr über die »Traumfrau« und den »Alptraummann« erfahren.

Die drei Freunde setzten sich auf die Kante des Doppelbetts auf die rote Bettdecke, Emma in der Mitte. Sie musste noch einmal tief durchatmen, bevor sie den Brief öffnen konnte. Eric und Patricia neigten sich zu ihr und lasen mit.

Meine liebe Emma,

bitte, bitte lies den Brief bis zum Schluss. Ich weiß, dass du von mir enttäuscht bist, aber ich kann dir erklären, was passiert ist.

Du hast auf einen Brief gewartet, den ich dir in ein paar Tagen versprochen hatte. Aber du hast ihn nicht erhalten. Ich hatte einfach nicht den Mut, die Briefe immer selbst bei dir einzuwerfen und habe öfters einen Freund darum gebeten. Er hat diesen einen Brief verloren, wollte alles gutmachen und ist von dir ertappt worden.

Kennst du den Spruch, man soll ein Buch nie nach dem Einband beurteilen? Das Gleiche trifft auch auf meinen Freund Sam zu. Er hat das Bild für dich auf die Straße gemalt, damit du diesen Brief zumindest öffnest und zu lesen beginnst.

Sam und mich eint, dass wir beide obdachlos waren, aber derzeit auf dem Weg in ein neues Leben sind. Wir kommen aus sehr unterschiedlichen Richtungen, was uns verbindet, ist der Wille, mit festen Schritten wieder zu gehen.

Wieso ich in meinem Leben alles verloren habe, wieso ein Mann, der Familie hatte, einen Beruf, der ihn erfüllt hat und auch sonst so vieles, das Freude bereitet, so tief sinken konnte, das will ich dir erklären. Aber ich möchte dir dabei in die Augen sehen, und auch du sollst mein Gesicht sehen können. Emma, die Vergangenheit liegt hinter uns. Schicksalsschläge haben uns gezeichnet, aber nun ist die Zeit gekommen, den Kampf mit der Vergangenheit zu beenden und einen Tanz mit der neuen Zeit zu beginnen.

Ich dachte immer, ich würde damit einen Menschen, den ich sehr geliebt habe, betrügen. Aber ich weiß heute, dass ich diesen Menschen nur sehr enttäuschen würde, wenn ich nicht versuche, mein Leben von neuem zu gestalten.

Vor einem Monat noch hätte ich die Veränderung nicht für möglich gehalten, durch die ich gegangen bin und die mit einer freundlichen Frage begonnen hat, auf die ich eine unfreundliche Antwort gegeben habe, die mir leidgetan hat.

Um mich bei dir zu entschuldigen und weil ich dich wenigstens einen Augenblick bei Tageslicht sehen wollte, habe ich dich aufsuchen wollen.

Der Wind hat mir ein Papier zugeweht, das du verloren hast, und die erste Zeile konnte ich lesen, als ich es aufhob:

Lieber Wer-immer-du-bist,

ich habe das Papier geöffnet und deinen Brief gelesen, und so viele deiner Wünsche sind genau das, was ich so gerne geben möchte.

Damit ich dir etwas geben kann, musste ich aber ein anderer werden. Oder besser gesagt, wieder der Mensch werden, der ich einmal war. Ich bin auf diesem Weg ein Stück vorangekommen, aber er ist noch lang.

Eigentlich wollte ich dich bitten zu warten, bis ich wirklich der Mann bin, der ich für dich sein möchte. Aber vielleicht sollten wir nicht länger warten. Vielleicht ist jetzt die Zeit, einander zu begegnen und festzustellen, ob wir unser Kennenlernen auf eine neue Ebene bringen wollen.

Bitte stell einen Umschlag in dein Fenster, wenn du das auch möchtest. Schreib darauf einfach JA.

Hättest du am Wochenende Zeit? Wollen wir uns vor dem Eingang zum Royal Pavillon treffen? Wenn ich auf dich zukomme und du entscheidest, dass ich nicht der Mann bin, den du erwartet hast, dann geh einfach. Es wird mich sehr traurig machen, aber während ich ja weiß, wer du bist und wie du aussiehst, weißt du es von mir nicht.

Es ist meine große Hoffnung, dass du auf mich zukommst. In der Hand werde ich einen Brief halten, wie ich sie dir so gerne geschrieben habe.

Wenn du am Wochenende kannst, dann bitte stell einen zweiten Umschlag in dein Fenster und schreib darauf den Tag und die Zeit, die gut für dich wären. Wenn du bis hierher gelesen hast, dann danke ich dir. So wie ich dir für alle deine Gedanken und Fragen danke, die du mir gestellt hast.

Du hast mein Leben verändert. Selbst wenn du mich nicht näher kennenlernen möchtest, werde ich mich immer in großer Dankbarkeit an dich erinnern.

Dein Paul

PS: Ich kann mir vorstellen, dass du dich noch immer wunderst, woher ich den Inhalt deiner Briefe kannte. Diese Erklärung bekommst du aber nur von mir persönlich. Ein kleiner Trick von mir, damit du unserem Treffen zustimmst.

63

Still zu sitzen, war Emma nicht möglich. Sie stand neben dem abgeschlagenen weißen Holztisch im Marmalade, an dem sie mit Patricia und Eric frühstückte.

Das heißt, die beiden aßen Frühstück, während Emma nur ab und zu einen Schluck Cappuccino nahm. Mehr brachte sie nicht hinunter.

»Analyse«, sagte Patricia mit professionellem Ton, »dieser Mann ist entweder der genialste Betrüger oder aber ein herzlicher Mensch, wie es nur wenige gibt.«

Eric hielt zwei Finger hoch. »Zweiteres. Ich tippe auf Zweiteres. Für mich klingt es auch so, als hätte er seine Frau verloren.«

Da stimmte ihm Patricia zu.

»Wann soll ich ihn treffen? Am liebsten wäre mir heute!«, sagte Emma, schnappte Erics Croissant und biss davon ab.

»Er kann nur am Wochenende, du musst Geduld haben.«

»Die Umschläge im Fenster muss er sich irgendwann ansehen. Ich könnte auf ihn warten und dann sofort hinaus und...«

Emmas Redefluss wurde von Patricia mit heftigem Kopfschütteln und Abwinken gestoppt.

»Ganz sicher nicht. Das wäre ein Überfall. Dieser Mann will dir auf eine Art begegnen, bei der er sicher sein kann, dass du wirklich mit ihm reden willst. Er gibt dir jeden Fluchtweg.«

»Gentleman!«, warf Eric ein. »So einem bin ich überhaupt noch nie begegnet.«

»Mach dich auf Überraschungen gefasst«, warnte Patricia Emma vor. »Paul ist ein Mann, der einiges zu bieten hat.«

»Er ist... also ich habe mir nie genau vorgestellt, wie mein Mann aussehen soll, aber sonst... ich weiß nicht...« Emma wusste nicht weiter. Eric stand auf und drückte sie auf den leeren Stuhl neben sich.

»Das ist das Wunderbare an den Liebesbriefen an Unbekannt«, erklärte Patricia, »sie bringen oft einen Menschen, der in einigen Eckpunkten völlig anders ist, als wir es erwarten. Aber hier drinnen«, sie klopfte auf ihre Brust, »da steckt genau das, was wir uns wünschen und was uns gut tut.«

»Theorie, Theorie!« Emma bediente sich an Patricias Toast.

»Ich habe frei bis elf Uhr«, sagte Eric. »Ich bleibe bei dir, wenn es recht ist.«

Natürlich war Emma damit einverstanden.

»Zuerst stellst du die Umschläge ins Fenster«, trug ihr Patricia auf. »Danach tust du alles, was dich ablenkt.«

»Wann ist die beste Zeit, um Paul zu treffen?«, wollte Emma von den Freunden wissen.

Eric befragte sein Handy. »Samstag später Nachmittag.«

Emma verzog das Gesicht. »Wieso so spät und wieso brauchst du dein Handy dafür?«

»Weil ich mir die Wettervorhersage angesehen habe. Samstag späterer Nachmittag und Abend wird trocken mit ein wenig Sonne. Samstagvormittag und der ganze Sonntag nicht.«

»Du denkst an alles.« Emma küsste ihn auf die Wange. Eric grinste und sagte: »He, dann denk du an mein Geburtstagsgeschenk.«

Patricia bestellte sich noch Toast und Spiegeleier. »Was wünschst du dir? Wann ist dein Geburtstag überhaupt?«

»22. Juli.«

»Und dein Wunsch?«

»Ein Mann.«

»Dann fang an, Briefe zu schreiben, wie Emma und...«

Eric winkte ab. »Nicht nötig. Emma hat versprochen, mir den richtigen Mann zu finden.«

»Emma als Date-Vermittlerin. Interessant.« Patricia zwinkerte ihr zu. »Emma, bist du O.K.? Du guckst so...«

»Mir ist etwas eingefallen.«

Die beiden anderen sahen sie an. »Schlimm?«

»Nein, vielleicht gut.« Zu Eric sagte sie: »Auf jeden Fall wird dein Geburtstag gefeiert. 25 wirst du, nicht wahr?«

»Ja. Aber ich muss an diesem Abend arbeiten.«

»Dann feiern wir vor oder nach.«

»Vorfeiern ginge. Montag habe ich auf jeden Fall frei.«

»Ist notiert.« Emma tippte auf ihren Kopf, um ihm zu zeigen, wo.

64

Die Nervosität vor Samstagabend wurde für Emma von Stunde zu Stunde schlimmer. Sie war sogar in der Nacht zweimal die Treppe heruntergekommen und hatte die beiden Umschläge im Fenster kontrolliert.

Standen sie noch gut? War die Schrift dick genug? Sie hatte große Buchstaben gezeichnet und sie ausgemalt, damit sie vom Gehweg aus bestimmt gut zu sehen waren.

Natürlich hatte sie auch hinaus auf die Straße geblickt. Viele Male am Tag.

Ein volles Haus erwartete Emma am Wochenende. Das sonnige Wetter, das vorhergesagt war, hatte einige schnell Entschlossene über ihre Webseite buchen lassen. Außerdem hatte sie sehr gute Kritiken auf TripAdvisor und anderen Reiseseiten bekommen, die zusätzlich Leute anlockten.

Emma stand bereits kurz nach sechs Uhr auf und hatte einen genauen Plan für den Tag: Als erstes musste sie die letzten Spuren der Renovierung beseitigen. Danach würde sie alle Zimmer lüften und Kirschen kaufen. In jedem Zimmer stand zur Begrüßung eine kleine Schale. In einem B&B, das Cherry Tree hieß, war das zu dieser Jahreszeit doch selbstverständlich, fand sie.

Ein Großeinkauf war nötig, um Frühstück für so viele Leute zuzubereiten, und ihr Lagerbestand an Toilettenpapier musste aufgestockt werden.

Es würde anstrengend werden, und sie freute sich darauf. Die Arbeit lenkte sie ab, und sie würde nicht ununterbrochen an Samstagabend denken.

Ping ping.

Eine SMS von Manuel, der sich für diesen Freitag angemeldet hatte.

Manuel
Kann leider nicht
kommen. Job.
Muss ich zahlen?

Emma wollte schon zurückschreiben, dass er natürlich keine Stornogebühr bei ihr hatte, aber dann zögerte sie.

Emma
Wann kommst
du stattdessen?

Manuel
Ziemlich pleite.
Sorry.
Wahrer Grund.

Das hatte sie sich gedacht.

Emma
Da du mein
100. Gast warst,
schenke ich dir
eine ganze Woche:
19. bis 26. Juli.

Manuel
Nicht dein Ernst?

Emma
Voller Ernst.
Kannst du dir
Urlaub nehmen?

Manuel
Sicher sogar.
Ich komme.

Emma lächelte in sich hinein. Wie gut, dass Eric sie gestern an seinen Geburtstag erinnert hatte. Mittlerweile hielt sie Manuels Absage für heute auch nicht mehr für einen Zufall. Da wollte vielleicht etwas so sein, und sie musste nur ein wenig nachhelfen.

Als Emma zum Einkaufen aufbrach und Richtung Supermarkt marschierte, sah sie eine bekannte Gestalt auf sie zukommen. Sie wollte die Gehsteigseite wechseln, aber Jamie war nicht an der Leine und stürmte auf sie zu. Sie konnte nicht über die Straße, da der Hund ihr womöglich nachlief und überfahren wurde. Also hockte sie sich nieder und begrüßte ihn. Er sprang an ihren Knien hoch und leckte jedes Stück Haut ab, das er erreichen konnte.

Neben Emma tauchten Jeremys Anzugsbeine auf. Sie hatte nicht die geringste Lust, mit ihm zu reden. Er kauerte sich neben sie und zog Jamie zurück.

»Ich weiß, es ist viel verlangt, aber kannst du mir verzeihen? Ich will mich auch für meine Familie entschuldigen. Wir hatten einen großen Streit, nachdem du gegangen bist, und ich habe die Wohnung über meinem Büro gemietet. In nächster Zeit wohne ich dort.«

»Und bügelst deine Boxershorts?« Emma konnte sich nicht verkneifen, das zu fragen.

Er lachte verlegen. »Ja, das tue ich, denn die Wäscherei macht es nicht ordentlich.«

»Oh Jeremy.« Emma verdrehte die Augen.

»Ich will das wirklich wieder gutmachen«, beteuerte er. »Weil du einfach sehr nett bist.«

»Aber ich stehe nicht auf dich«, erklärte Emma, damit es keine Missverständnisse gab.

»Ein Gentleman lernt mit Zurückweisung zu leben und trotzdem das Gute zu nehmen, das sich ihm bietet.«

»Schön gesagt«, meinte Emma.

»Was kann ich für dich tun? Bitte sage es mir.«

Weil er sie so anflehte, erfüllte ihm Emma den Wunsch. Zuerst sollte er mit ihr in seinem Wagen zum größten Supermarkt von Brighton fahren, da sie dort alles noch viel billiger bekommen konnte.

Jeremy war überglücklich und willigte sofort ein.

65

Er zählte die Stunden.
Um siebzehn Uhr würden sie sich morgen, Samstag, treffen. Das war in 21 Stunden. Morgen um diese Zeit würde er mehr wissen.

Ein ungutes Gefühl beschlich ihn. Wenn sie ihn fragte, wo er wohnte, würde er zugeben müssen, dass er noch immer im Wohnheim für Obdachlose lebte. Es waren die letzten Tage, und dann sollte er gemeinsam mit Sam in eine Wohnung übersiedeln, die sie sich mit zwei anderen teilten.

Außerdem würde er seine Eltern wieder anrufen. Paul hatte damals, Monate nach dem Unfall, als er sich immer mehr Schuld gab, den Kontakt zu ihnen abgebrochen und war untergetaucht.

In seiner Tasche hatte er ein Handy mit vorbezahlter Karte. Der erste Anruf würde seinen Eltern gelten. Er hatte sogar schon ihre Nummer eingespeichert, aber noch wusste er nicht, was er genau sagen sollte.

Sie würden ihm sein Verschwinden und das mehr als zwei Jahre lange Schweigen verzeihen, das wusste er, aber trotzdem hatte er den Anruf noch nicht geschafft.

Zuerst wollte er die Begegnung mit Emma erleben. So sehr er sich wünschte, dass ihr Treffen so wunderbar würde wie die Briefe, so sehr wuchs in ihm eine Unsicherheit und Angst.

Er hatte erlebt, was es mit ihm gemacht hatte, sie mit dem anderen Mann zu sehen. Vielleicht wollte sie ihn nur treffen, um ihm mitzuteilen, dass er sie in Ruhe lassen solle, da sie einen anderen hatte.

Stopp, Stopp! Seine Fantasie schlug Kapriolen. Das tat sie, seit er ein Kind war, aber seine Vorausberechnung von möglichen Katastrophen war ihm als Banker von größtem Nutzen gewesen. Er hatte Szenarien des Geldmarktes in seinem Kopf entstehen lassen können und die nötigen Vorsichtsmaßnahmen dazu entwickelt. Mehrere Male hatte er damit Anlegern und seiner Bank viel Geld erspart.

Wenn sie, sobald sie ihn erkannte, sich wegdrehte und ging? Würde er mit dieser Zurückweisung leben können?

Was ihm Mut gab, war ein Spruch, den ihm seine Großmutter einmal auf einem Grabstein gezeigt hatte:

Better to have loved and lost, than never to have loved.

Ja, es war besser, geliebt und die Liebe verloren zu haben, als niemals Liebe empfunden zu haben.

Trotzdem.

Die halbe Nacht lag er wach, und in seinem Kopf kippte die Wahrscheinlichkeit des Gelingens des Treffens immer mehr in den Minus-Bereich.

66

Würde es wie zu Weihnachten sein? Die Vorbereitungen, die Spannung, die Neugier – alles hatte Emma als Kind immer aufregender empfunden als den Weihnachtstag selbst.

Ihr erster Gedanke, wenn sie die Geschenke öffnete, war gewesen, dass Weihnachten damit wieder vorbei war. Einen Weihnachtsbaum hatte es nur in der Hotellobby bei ihnen gegeben, und das Weihnachtsessen im Restaurant ihres Hotels, da die Eltern arbeiten mussten.

Würde es heute genauso sein? Würde die Begegnung enttäuschender sein als die Vorbereitungen?

Sie war nicht zum Friseur gegangen und hatte sich auch keine neue Kleidung gekauft. Emma hatte das Gefühl, sie sollte einfach so sein, wie sie immer war. Derzeit fühlte sie sich jeden Tag ein wenig wohler in ihrer Haut.

Nach kurzem Regen am Morgen brach zu Mittag die Sonne durch die Wolken. Emma trug Jeans, ein orangefarbenes T-Shirt und darüber die hellblaue Bluse, die sie damals für den Abend mit Damian gekauft hatte. Ihr Haar fiel gut, obwohl ein paar Strähnen sicher zu lang waren, aber das störte sie nicht.

Wenig Make-up, dafür ein strahlendes Lächeln. Sie verwendete die letzte Parfümprobe, die sie noch besaß.

Eric und Patricia hatten beide angerufen und Emma alles Gute gewünscht.

Sie brach um halb fünf Uhr von zu Hause auf, nahm den Weg durch die schattigen kleinen Gassen von Kemptown, überquerte die große Kreuzung von Old Steine, ging am Stadttheater von Brighton vorbei, wo gerade der Thriller Woman in Black gespielt wurde, und bog dann in den kleinen Park vor dem Royal Pavillon ein.

Die spitzen Kuppeln und Türmchen ragten über die Büsche. Sie musste sich beherrschen, nicht zu rennen und den gewundenen Weg hinunterzuschlendern. Es sollte aussehen, als machte sie nur einen Spaziergang.

Im Rasen saßen viele Leute, tranken Limo und Bier, aßen Sandwiches, hörten Musik, lachten und unterhielten sich. Emmas Blicke wanderten ständig herum, auf der Suche nach einem Mann mit einem Umschlag in der Hand. Sah er wirklich so gut aus wie auf der Straßenzeichnung?

Sie erreichte den Haupteingang des Palastes, vor dem ein eingezäuntes Rasenstück lag.

Hatte er gemeint, sie solle direkt unter dem Vordach des Eingangs warten? Es wurde von vier Säulen gestützt und sprang weit vor. Oder vorne am Rand des Grasstücks, wo sie besser die Wege überblicken konnte, die nach links und rechts zu Straßen und in den Park vor dem Pavillon führten?

Es war 16:50 Uhr. Sie hatte also noch Zeit. Nach einigen Versuchen, wo die beste Position war, entschied sie sich für vor dem Rasen, da sie von dort auch zum Eingang sah. Sie konnte ihn also nicht verpassen.

67

Seit zwei Uhr am Nachmittag war Paul dort gewesen. Bestimmt war er jeden Weg, der zum Pavillon-Eingang führte, dreimal abgegangen. Er hatte versucht zu erahnen, wo sie stehen würde und von wo er kommen sollte.

16:59 Uhr

Er stand an einer Biegung des Weges, der zum Pavillon Dome führte, der Konzerthalle mit dem sehr breiten, flachen Kuppeldach. Neben ihm blühten Mohnblumen, violett, gelb und rot. Sie reichten ihm bis zum Bauchnabel.

Er konnte sie sehen. Sie blickte in Richtung Theater.

Den Umschlag hielt er hinter dem Rücken versteckt.

Als er sein Spiegelbild beim Hergehen in einer Schaufensterscheibe betrachtet hatte, war er sogar recht zufrieden gewesen: Ein sandfarbenes Sakko, glatt rasiert, die Haare gewaschen, und da er in den vergangenen Tagen die Sonne am Morgen und am Abend auskosten konnte, hatte er ein wenig Farbe bekommen.

Der oberste Knopf seines blauen Hemdes stand offen, die dunkle Leinenhose war etwas zu weit, so wie die Ärmel des Sakkos etwas zu kurz waren. Aber es waren die Sachen, die ihm am besten gefallen hatten, und verschiedene Größen zur Auswahl gab es nicht in einem Charity Shop.

17:00 Uhr

Er sollte jetzt losgehen, den Umschlag vor sich haltend. Einfach langsam auf sie zugehen. Sollte er sie auch rufen, winken?

Er spürte den Schweiß auf seinem Rücken. Sein Herz schlug schneller. Jetzt.

17:05 Uhr

Noch immer stand er an derselben Stelle.
Sie ging ein wenig auf und ab, und ihre suchenden Blicke wurden besorgter. Sie schien zu fürchten, ihn übersehen zu haben.

17:10 Uhr

Er konnte nicht. Er schaffte es nicht, sich zu überwinden und loszugehen. Die Angst, die in ihm seit gestern immer größer geworden war, die Vorstellung, am Ende doch zurückgewiesen zu werden, ihren Wünschen nicht zu entsprechen, das alles ertrug er nicht.

Besser, ihr nicht gegenüberzutreten und zu behalten, was er schon von ihr besaß und hütete. Sein Mut war nicht groß genug. Er hatte mehr zu verlieren als zu gewinnen, dachte er.

17:15 Uhr

Sie sah auf ihr Handy. Fragte eine Frau nach der Zeit, weil sie wohl nicht glauben konnte, dass er nicht kam. Sie lief in die Wege des Parks und suchte. Er war weiter zurückgewichen.

Schließlich gab er sich einen Ruck und ging Richtung Dome davon. Seine Schritte wurden schneller und schneller. Er begann zu laufen, dann zu rennen.

Weg!

Fort, bevor er es sich anders überlegte und den größten Fehler machte.

68

Emma verstand nicht, wieso er nicht gekommen war. Hatte er die Umschläge im Fenster nicht gesehen? Hatte er nicht vorbeikommen können? War ihm etwas zugestoßen?

Um halb sieben Uhr beschloss sie, nach Hause zu gehen. Sie hatte eineinhalb Stunden gewartet. Emma fühlte sich so enttäuscht und niedergeschlagen, dass sie nicht einmal einen ihrer Freunde anrufen wollte.

Als sie auf New Steine ankam, sah sie jemanden vor dem Eingang des B&B stehen. Er drehte ihr den Rücken zu. Ihr Herz schlug schneller. Emma ging rascher. Der Mann trug eine Windjacke und eine Baseballkappe und blickte zum Meer. Sie kam von oben von der St. James's Street, und mit jedem Schritt hämmerte ihr Herz mehr.

Er war hier. Obwohl sie sicher war, dass er vom Pavillon geschrieben hatte, stand er vor ihrem Haus. Er musste etwas durcheinandergebracht haben, aber das war egal.

Er drehte sich zu ihr um.

»Hi, Babe.«

Es war Philip. Er grinste sie breit an und zeigte seine Zähne. Es war ein Haifischgrinsen, dem jede Herzlichkeit fehlte. Er deutete auf die Reste des Straßenbildes, das der Regen arg verwaschen hatte. Emmas Portrait war aber noch zu erkennen.

»Was ist das da?«

Emma blieb abrupt stehen. Zwischen ihr und Philip waren noch ungefähr fünf Schritte Abstand.

»Verschwinde!«

»Wir müssen reden.«

»Es gibt nichts mehr zu reden. Verschwinde sofort.«

»An deiner Stelle würde ich mir erst anhören, was ich zu sagen habe. Du steckst nämlich in ziemlichen Schwierigkeiten, wenn du die Scheidung durchziehst.«

»Sicher nicht.«

»Dein Dad versucht gerade, mir Ärger zu machen, aber ich habe alle Trümpfe in der Hand. Es wäre besser, wenn ich Teil der Organisation bleibe.«

»Philip, lass mich in Frieden und verschwinde«, wiederholte sie. Als er einen Schritt auf sie zumachte, rannte sie an der Seite an ihm vorbei und jagte die Stufen zum Eingang ihres Hauses hinauf. Philip kam ihr sofort nach.

Sie schaffte es nicht, den Schlüssel ins Schloss zu stecken. Emma wollte um Hilfe rufen. Als sie den Mund öffnete, war er hinter ihr und legte ihr den Arm von hinten auf die Kehle. Er drückte zu und würgte sie.

»Mach auf, und wir reden drinnen.«

Emma bekam kaum Luft. Sie wusste nur zu gut, dass Philip gewalttätig werden konnte.

»Schließ auf, Babe. Sei ein braves Mädchen und gehorsam, wie es sich für dich gehört.«

Ihr fiel der Schlüssel aus der Hand. Klirrend landete er auf den Fliesen des Windfangs.

Hinter ihnen tat sich etwas. »Lass sie los!«, sagte jemand.

Philip drehte den Kopf, lockerte aber den Griff nicht. »Hau ab, Familiensache.«

»Lass sie los!«

»Hast du keine Ohren?« Da war noch ein zweiter Mann.

Als Philip noch immer keine Anstalten machte, Emma loszulassen, riss ihn einer der Männer an der Jacke fort. Philip stolperte nach hinten und zerrte Emma mit sich. Beide stürzten sie, und sie landete auf ihm.

Mit einem wütenden Schnauben sprang Philip wieder in die Höhe. Am oberen Ende der Stufen standen zwei Männer im Eingang. Einer war so groß wie Philip. Der andere, kleiner, drahtig, mit einem kantigen Kopf und Stoppelfrisur, war Sam. Emma erkannte ihn sofort wieder. Er hatte die Fäuste geballt und streckte sie drohend vor.

»Kumpel, du lässt die Frau in Frieden, klar?«

Da sah Emma den Umschlag. Er lag auf dem Boden. Sie blickte von ihm hinauf in das Gesicht des Mannes, der Paul sein musste. Ihre Augen trafen sich, und Emmas erkannte darin die Wärme seiner Briefe.

Philip schnappte Emma erneut am Arm und als Sam ihr zu Hilfe kommen wollte, trat er nach vorn und Sam mit voller Wucht zwischen die Beine. Als Sam zu Boden ging, machte Philip Anstalten, weiter nach ihm zu treten.

Dazu kam er aber nicht. Paul hatte ausgeholt und landete einen Faustschlag in Philips Gesicht. Emma spürte, wie sich sein Griff an ihrem Arm löste, und sprang zur Seite.

»Du Arschloch«, keuchte Philip. Blut schoss aus seiner Nase. Er war leicht eingeknickt, nun aber wieder auf den Beinen. Sein Tritt traf Paul im Bauch. Er stürzte rücklings die Treppe hinunter auf den Gehweg.

Der Kleinere kroch hinterher, auf Grund der Schmerzen noch immer unfähig zu gehen.

»Du lässt Emma in Ruhe«, keuchte Paul, als er wieder aufstand.

»Ist das dein Neuer?«, fragte Philip, der sich mit blutverschmiertem Gesicht zu Emma gedreht hatte.

Der Bär mit dem Yorkshire Terrier sah von der anderen Seite des Platzes herüber. »Ich rufe die Polizei«, rief er.

»Die zwei haben die Frau angegriffen«, schrie Philip. »Sie wollten sie ausrauben! Druggies!«

69

Nicht die Polizei«, dachte Paul.

Wem würde sie glauben? Zwei Obdachlosen, von denen einer Blutspritzer auf der Jacke hatte und Blut an der Faust, mit der er zugeschlagen hatte? Oder einem Mann in teuren Klamotten?

Paul war vom Pavillon direkt zurück in das Obdachlosenheim gegangen, wo sein Zimmerkumpel überrascht über sein frühes Auftauchen gewesen war.

»Ich habe den Mut nicht gehabt. Ich bin wieder gegangen«, hatte Paul ihm gestanden.

Er hätte nie gedacht, wie energisch und aufgebracht Sam werden konnte. »Dude, was heißt kein Mut? Kein Mut? Du gehst jetzt zu ihr. Ich habe mir nicht die Finger wundgezeichnet, damit du dann keinen Mut hast.«

Damit Paul auch bestimmt nicht auskonnte, hatte Sam ihn zu New Steine begleitet. Dort hatten sie den Mann warten gesehen, was selbst Sam zuerst verwundert und verwirrt hatte. Dann aber war Emma gekommen, und der Mann hatte sie angegriffen.

Die Polizei würde gleich eintreffen und einen blutenden Paul vorfinden, der als Wohnort Obdachlosenheim angeben musste. Er wusste von anderen Heimbewohnern, welchen Schikanen sie bei Polizeikontrollen ausgesetzt waren und dass niemand je an ihre Unschuld glaubte. Mit dem Blut an der Kleidung schon gar nicht.

»Komm, komm weg.« Er zog Sam Richtung Marine Parade. Dort konnten sie hinunter zum Strand oder im Gedränge beim Pier untertauchen und sich auf einer Toilette abwaschen.

Er stolperte den Gehsteig Richtung Straße.

Da waren Stimmen. Leute riefen. Er hörte die Sirene von Einsatzfahrzeugen. Auf der Marine Parade rollte der Abendverkehr. Er musste die Verfolger abhängen. Er durfte nicht erwischt werden.

»Kumpel!« hörte er den einzigen Freund rufen, den er hatte.

Hupen. Ein langer, fast schreiender Ton.

Ein Quietschen von Bremsen. Ein Aufschrei. Dann ein Schlag in seine Seite, der ihn zu Boden schleuderte. Ein stechender Schmerz in seinem Kopf.

Er hatte den Elektrobus nicht kommen gehört.

70

Bitte, ich muss zu ihm.« Emma sah die Frau am Empfang im Krankenhaus flehend an.

»Miss, wie oft noch? Ich darf niemanden zu ihm lassen.« Die Frau blätterte in Listen, wohl um Emma zu zeigen, dass sie beschäftigt war. Sie hatte die Abgestumpftheit eines Menschen, auf den hunderte andere jeden Tag einredeten.

»Aber ich... ich bin seine Freundin.«

Eric, der neben ihr stand, nickte bekräftigend. »Sie ist seine Freundin.«

»Dann sind Sie nicht engste Familie, und außer seinen Eltern, Geschwistern oder dem Ehepartner darf niemand zu ihm.«

»Aber ich...«

»Miss, hinter Ihnen warten bereits vier andere Leute. Bitte gehen Sie zur Seite.«

Emma musste sich geschlagen geben. Sie trat mit Eric ans Ende der Theke und machte Platz für andere.

»Wenigstens wissen wir, dass er wirklich hier liegt«, sagte Eric. Er hatte im »Argus«, dem Sensationsblatt von Brighton, einen kleinen Bericht über den Unfall auf der Marine Parade gelesen.

Es war typisch »Argus«, daraus eine Story zu machen, in der es – nach nicht bestätigten Aussagen – um einen Streit zwischen Drogendealern ging, die beide obdachlos waren. Einer von ihnen stolperte laut Augenzeugen blutend vor einen Bus und wurde ins Royal Sussex Hospital eingeliefert. Seit drei Tagen versuchte Emma zu ihm vorzudringen oder mehr über seinen Zustand zu erfahren, aber sie hatte keinen Erfolg.

Patricia persönlich war in das Obdachlosenheim gegangen und hatte dort bei der Leiterin vorgesprochen. Die Frau namens Amber Brown war sehr freundlich, wusste über den Unfall Bescheid, durfte aber weder den Namen noch andere Details über den Verunglückten herausgeben. Sie sagte nur, dass seine Eltern hatten verständigt werden können, sich aber in Südafrika aufhielten und auf dem Weg waren.

»Ich fühle mich so schuldig«, sagte Emma immer wieder.

Patricia und Eric wechselten sich darin ab, sie zu betreuen und zu unterstützen. Eric war bei ihr sogar eingezogen, damit sie in der Nacht nie allein war.

»Schuldig? Du dich?« Patricia hatte die mächtige Lockenmähne geschüttelt. »Es gibt einen einzigen Schuldigen, und das ist dein Ex.«

Philip war von der Polizei in Gewahrsam genommen worden, und Emma hatte angegeben, dass er sie bedroht hatte. Was weiter mit ihm geschah, wusste sie nicht, und es war ihr im Grunde auch egal. Hauptsache, er war nicht mehr in ihrem Leben. Ihre Mutter hatte sich am Telefon ein »Ich habe dich gewarnt« nicht verkneifen können.

Christkind schaute vorbei und bot an, die Kamera wieder zu aktivieren. Diesmal aber so, dass Emma immer informiert war, wer zu ihrem Haus kam. Falls Philip noch einmal auftauchen und lauern sollte, war sie gewarnt. Emma stimmte zu.

Im Warteraum der Unfallstation waren die meisten der orangeroten Plastiksitze besetzt. Eine sehr monotone Stimme rief Nummern auf, die Patienten beim Eintreffen bekamen, und nannte die Behandlungsräume, in die sie gehen sollten.

Emma musste auf die Intensivstation, wo Paul lag. Wie sollte sie es schaffen doch noch zu ihm zu gelangen und mit ihm zu reden? Der Zutritt war sehr gut gesichert.

Trotzdem fuhr Emma in das dritte Stockwerk hoch und wartete vor dem Zugang zur Station. Lange tat sich nichts, dann aber eilte eine junge Ärztin in wehendem weißem Mantel und einem iPad in der Hand heraus. Ihr Gehabe strahlte Wichtigkeit aus. Hinter ihr fiel die Tür wieder zu und war, wie Emma bereits festgestellt hatte, verriegelt. Man brauchte eine Magnetkarte, um sie zu öffnen.

»Frau Doktor!« Emma versperrte der Ärztin den Weg. Diese musterte sie irritiert.

»Ja, bitte?«

»Wie geht es Paul, der von einem Bus angefahren worden ist?«

»Stehen Sie in einem Verwandtschaftsverhältnis zu ihm?«

»Nein...«

»Dann kann ich Ihnen keine Auskünfte geben.«

»Bitte. Er war unterwegs zu mir. Bitte, ich muss wissen, wie es ihm geht.«

»Tut mir leid.«

Emma fiel etwas ein. »Ist er bei Bewusstsein? Bitte sagen Sie mir wenigstens das.«

»Wir haben ihn auf Grund der Gehirnverletzung in künstlichen Tiefschlaf versetzen müssen.«

»Wann wird er wieder aufwachen?«

Die Ärztin wollte an ihr vorbei. »Hören Sie, ich habe schon zu viel gesagt. Das kann mir Ärger bringen.«

»Bitte.« Emma sah sie flehend an.

»Das ist aber wirklich die letzte Auskunft.« Sie sah sich um, ob sie jemand beobachtete oder mithören konnte. »Morgen leiten wir den Aufwachvorgang ein.«

»Wird er wieder gesund?«

Sie konnte den Blick der Ärztin nicht deuten.

»Kann ich ihm einen Brief schreiben? Wird er ihm gegeben, wenn er wieder bei Bewusstsein ist?«

»Das müssen sie mit der Schwester am Empfang besprechen. Dazu kann ich nichts sagen.«

»Danke.« Große Hoffnungen machte sich Emma nicht, dass die emotionslose Person an der Rezeption ihr doch noch helfen würde, aber unversucht wollte sie es nicht lassen.

Wieder zu Hause zog sich Emma in ihr Büro zurück. Eric duschte in der Zwischenzeit oben und machte sich für den Abend fertig. Er hatte Schicht im Lucky Beach und würde erst gegen Mitternacht nach Hause kommen.

Vor Emma lag ein Blatt, und sie musste nicht lange überlegen, was sie schreiben wollte. Ihre Hand glitt wie von allein über das Papier.

Mein lieber Paul,

so gerne wäre ich an deiner Seite, würde dich trösten, beruhigen, tun, was gut für dich wäre. Aber ich werde nicht zu dir vorgelassen, weil ich nicht mit dir verwandt bin.

Aber sind wir zwei nicht seelenverwandt? Zählt das nicht mehr als Blutsverwandtschaft? Leider ist die Frau an der Rezeption taub für solche Begründungen. Wie soll ich dir dafür danken, dass du genau in dem Moment gekommen bist, als ich Hilfe gebraucht habe? Ohne dich hätte Philip mich ins Haus zerren können, und ich will nicht daran denken, was er dort in seiner Wut getan hätte.

Wie hast du es gespürt? Woher wusstest du es? Wieso bist du bei meinem Haus aufgetaucht, aber nicht zu unserem Treffpunkt gekommen? Vieles hätte so anders kommen können. Aber Wenn und Aber macht jetzt keinen Sinn.

Du sollst wissen, dass ich jetzt nur an deiner Seite sein und für dich da sein will.

Ich schreibe hier keiner Traumgestalt, sondern einem Mann, an dessen Seite ich so gerne gehen würde. Mit dem ich am Strand sitzen möchte und auf das Meer hinausblicken. Träumen, die Zufriedenheit fühlen und nicht viel reden müssen. Schweigen, weil wir im Geiste verbunden sind und nicht jeden Moment krampfhaft mit Worten füllen müssen.

Es gibt noch so viel, das ich dir sagen möchte. Aber vielleicht ist das Lesen für dich anstrengend, und daher halte ich den Brief kurz.

Am 18. Oktober werde ich dreißig Jahre alt. Ein neues Jahrzehnt in meinem Leben, und mein einziger Wunsch ist es, diesen Abschnitt mit dir zu beginnen.

Ich hoffe, ich kann dich bald sehen.

Bis dahin schicke ich dir Gedanken, die dich stärken sollen, dir Mut machen und dich spüren lassen, dass du geliebt wirst.

Deine Emma

Sie brachte den Brief noch am selben Nachmittag ins Krankenhaus zu der missmutigen Rezeptionistin, die keine Gefühle zu kennen schien. Sie nahm ihn entgegen, versprach aber nicht, ihn zu übergeben.

Danach konnte Emma nur noch warten. Jeremy kam nach der Arbeit vorbei, und sie begleitete ihn und Jamie zu einem langen Spaziergang entlang des Meeres. Emma bat ihn um Rat, wie sie vielleicht doch zu Paul vorgelangen konnte, aber Jeremy konnte ihr keine Hoffnungen machen.

71

Paul schlief viel und fühlte sich auch im Wachen benommen. Der Grund, so hatte die Ärztin ihm erklärt, waren die starken Schmerzmittel, die ihm verabreicht wurden. Das Wichtigste für ihn war jetzt Ruhe. Seine Kopfverletzung war unter Kontrolle, aber es gab andere, viel größere Probleme.

Paul lag in etwas, das sich für ihn anfühlte wie ein Mumiensarg. Er konnte seinen Kopf nicht bewegen, die Arme kaum und die Beine wenig. Vor allem aber wurde seine Wirbelsäule mit Seilzügen und einem Gestell im Nacken und im Becken gestreckt.

Seine Eltern waren gekommen, beide mit so viel Liebe und Sorge im Gesicht. Pauls Mutter hatte geweint, weil sie ihren Sohn nach der langen Zeit hier wiedersehen musste. Sein Vater war vernünftig geblieben, wie immer, hatte ihm Mut zugesprochen und seine Frau getröstet.

»Werde ich wieder gehen können?«, hatte er flüsternd gefragt, und seine Mutter war in Tränen ausgebrochen. Paul verstand diese Antwort. Die Ärztin war seiner Frage auch schon ausgewichen.

Sein Vater versuchte wie immer, Haltung zu bewahren, und versicherte ihm mehrere Male, dass sie ihm die besten Ärzte und Einrichtungen für seine Genesung besorgen würden.

Was für ein Leben. Paul konnte sich im Augenblick nur still ergeben, weil er zu etwas anderem nicht fähig war. Er musste von Krankenschwestern gewaschen werden, und sie putzten ihm sogar die Zähne. Er fühlte sich wie ein Baby, dem auch das Hinterteil ausgewischt werden musste.

»Es war jeden Tag eine junge Frau da, die nach Ihnen gefragt hat. Sie hat einen Brief gebracht.« Eine Frau in etwas anderer Uniform als die Schwestern war in das Zimmer getreten, in das er von der Intensivstation verlegt worden war. Es war ein Einzelzimmer, und vor dem Fenster stand ein Baum.

Die Frau hielt ihm einen Umschlag vor das Gesicht, auf dem er Emmas Handschrift erkannte.

»Sie darf mich nicht so sehen«, flüsterte er.

»Es wird niemand hereingelassen«, versicherte ihm die Krankenhausmitarbeiterin.

Da seine Hände nicht immer taten, was er von ihnen wollte, bat er die Frau, den Brief zu öffnen und ihm vor das Gesicht zu halten, damit er ihn lesen konnte.

»Das darf ich nicht. Der Inhalt könnte Sie aufregen. Wir warten, bis Ihre Eltern kommen.« Sie legte den Brief auf das Nachtkästchen neben seinem Spitalsbett, derzeit unerreichbar für ihn.

Paul dachte an Emma, machte sich Vorwürfe, wieso er sich nicht getraut hatte, vor dem Pavillon auf sie zuzugehen. Alles wäre anders gekommen, und er wäre jetzt nicht hier. Nicht in dieser hilflosen Lage, aus der es womöglich nie einen Ausweg geben würde.

Die Tür seines Zimmers wurde geöffnet, und er vermutete seine Eltern. Den Kopf drehen konnte er aber nicht.

Über ihm tauchte ein eckiges Gesicht mit Stoppelbart und Stoppelfrisur auf.

»Dude, tut es sehr weh?«

»Nur, wenn ich tanzen will«, versuchte Paul einen Scherz.

»Mann. Ich dachte, du bist tot.«

»Noch nicht.«

»Ich habe jetzt einen anderen bei mir im Zimmer. Er stinkt und schnarcht leider, und ich halte ihn nicht aus. Aber übermorgen übersiedle ich in die Wohnung. Beeil dich, werd schnell gesund, damit du nachkommen kannst.«

Paul lächelte müde. Daraus würde nichts werden.

»Sam, bitte zeig mir den Brief, der dort liegt.« Er deutete mit den Augen zum Nachtkästchen. Sein Freund öffnete den Umschlag, zog die Seite heraus und hielt sie Paul vor das Gesicht.

Seine Augen wanderten über die Zeilen.

Er las den Brief dreimal und versuchte sich so viel wie möglich zu merken.

»Danke.« Er spürte, wie sein Hals abgeschnürt wurde. »Bitte steck ihn in meine Jacke.«

Sam sah sich im Zimmer um, öffnete den Schrank, aber er fand keine Kleidung.

»Ich glaube, das war alles unbrauchbar«, sagte er.

»Dann, bitte, gib den Brief in die Lade. Und komm wieder. Ich will ihn noch einmal lesen, aber meine Eltern nicht darum bitten müssen.«

»Klar, Dude. Alles für dich. Bleibst du noch lange hier?«

»Meine Eltern wollen mich in eine Spezialklinik verlegen lassen. Nach London.«

»Wirst uns echt fehlen, Kater und mir.«

Paul versuchte ein Lächeln, das kläglich ausfiel.

»Aber man sieht sich immer zweimal oder so.«

Die Tür flog auf, und Leute in Spitalskleidung stürmten herein. »Wir haben Ihnen gesagt, dass der Zutritt verboten ist«, hörte er die Ärztin rufen. Sam hob die Arme. »Gehe schon. Gehe schon.«

Paul fühlte sich erschöpft. Er schlief sofort wieder ein.

Zwei Tage später erklärten ihn die Ärzte für transportfähig, und ein Helikopter brachte ihn nach London.

72

Die Empfangsdame im Krankenhaus hatte mit Emma Erbarmen gehabt und ihr zwei Informationen gegeben:

Ihr Brief war bei Paul.

Paul aber war nicht mehr im Krankenhaus, und sie wusste nicht, wo er jetzt war.

Die Traurigkeit, die Emma erfasst hatte, war eine völlig andere als nach dem Scheitern ihrer Ehe und dem Auffliegen von Philips Machenschaften.

Sie hatte einen Menschen verloren, der ihr so nahe gewesen war. Die Leere, die er hinterlassen hatte, war das Schlimmste.

In der Lade des Schreibtisches am Fenster hatte sie alle seine Briefe aufbewahrt, und jeden Tag nahm sie zumindest einen heraus und las ihn. Sie würde sie für immer aufbewahren.

Paul war vielleicht nicht mehr in ihrem Leben, aber seine wunderbaren Gedanken, die würden für immer bleiben. Gedanken und Sätze, die Emmas Leben verändert hatten.

Den 21. Juni, den längsten Tag und die kürzeste Nacht, feierte Emma mit einem Strandspaziergang. Allein. Als sie zu den Arkaden zurückkehrte und das Ende der Treppe erreichte, blieb sie stehen und strich über die metallene Kugel.

Hier hatte alles begonnen. Hier war Paul gesessen, als sie auf ihn gesprungen war. Wieso war alles so anders gekommen, als sie gehofft hatte?

Die Buchungen für das Cherry Tree waren großartig. Das Haus war nicht nur zum Wochenende voll, sondern die ganze Woche. Die viele Arbeit bot Emma Ablenkung. Am Abend aber, wenn die Gäste alle versorgt waren, spürte sie die Einsamkeit.

Sie hatte Eric und Patricia, die beide allerdings sehr beschäftigt waren. Lionel und Madonna waren liebe Freunde geworden. Auch Jeremy traf sie mindestens einmal die Woche, und er schien die Hoffnung, sie doch noch für sich gewinnen zu können, nicht aufzugeben. Emma bestätigte ihn darin nicht, verbrachte aber trotzdem gerne ein paar Stunden mit ihm.

Ihr Leben ging dahin, besser und mit viel mehr liebevollen Menschen an ihrer Seite, als sie es jemals erlebt hatte. Sie war dafür dankbar. Aber die Ungewissheit, was mit Paul geschehen war und wo er sich befand, beschäftigte sie sehr.

Jeremy hatte versucht, auf den Wegen eines Anwalts mehr herauszufinden, war aber auch nicht weitergekommen.

Auch wenn Paul weit weg war – räumlich und vielleicht auch in ihrem Leben – wollte ihm Emma ab und zu noch weiter Briefe schreiben und erzählen, was sich bei ihr so tat und welche Gedanken ihr durch den Kopf gingen.

Irgendetwas in ihr sagte ihr, dass sie nicht aufgeben durfte.

73

Ein weiterer Monat vorbei.
Kein Zeichen von Paul.

An der Strandpromenade war Emma eines Tages auf dem Weg zu Lucky Beach auf Sam getroffen, der ein neues Liebespaar im Sonnenuntergang mit Kreide malte. Er hatte sie erkannt und war zuerst verlegen gewesen. Wieder einmal hatte ihm sein Kater geholfen, der Emma mit hoch erhobenem Schwanz um die Beine gestreift war.

Sie hatte mit Sam ein paar Worte gewechselt. Er hatte ihr von seinem heimlichen Besuch im Krankenhaus erzählt, und dass Paul ihren Brief gelesen hatte.

»Hat er etwas gesagt?«, wollte sie wissen.

»Er hat ihn mindestens dreimal gelesen. Und er hat gelächelt. Er wollte, dass ich den Brief in seine Jacke stecke.«

Emma seufzte. In ihr wallte wieder eine Mischung an Gefühlen auf: Traurigkeit, Hoffnung, Zuneigung und gleichzeitig die Angst, dass sie Paul niemals wiedersehen würde. Nur keine Hoffnungen machen, dachte sie, denn Erwartungen konnten zu Enttäuschungen führen.

Um das Thema zu wechseln, erkundigte sie sich, wie es Sam so ging. Er berichtete von der neuen Wohnung und einer neuen Arbeit: im Tierheim. »Für Katzen.«

Das meiste Geld verdiente er aber mit seiner Straßenmalerei und Emma verstand den Grund. Seine Werke zeigten Können und viel Herz. Emma wünschte ihm alles Gute und warf eine zwanzig Pfund Note in die Kappe neben dem Bild. Der Kater hob dankend die Pfote.

Auf den Abend des heutigen Tages freute sich Emma sehr.

»Und was ist die Überraschung?«, wollte Eric wissen. »Und wieso jetzt schon? Mein Geburtstag ist erst am Donnerstag.«

»Man muss die Feste feiern, wie sie fallen«, sagte Emma.

Sie saßen im Wohnzimmer des Cherry Tree. Es war Erics freier Tag. Auch Dienstag musste er nicht ins Lucky Beach, dafür rechnete er zum Wochenende mit Überstunden.

Immer wieder sah Emma auf ihr Handy.

»Wartest du auf eine Nachricht? Anruf?«

»Nein, ich will nur die Zeit wissen.«

»Wieso? Was machen wir heute noch?«

»Ich gehe zu Patricia.«

»Aha, und ich?«

»Du bleibst da.«

»Was soll das denn heißen?« Eric sah Emma stirnrunzelnd an.

»Du hast ein Blind Date.«

»Wie bitte??? Habe ich da nicht was mitzureden?«

»Nein. Es ist deine Geburtstagsüberraschung, und ich dachte, vielleicht wollt ihr ein bisschen Zeit haben, um einander kennenzulernen.«

»Sag mal, du hast alles geplant, oder wie?«

»So ähnlich. Du hast dir doch einen Mann von mir zum Geburtstag gewünscht.«

»Das war doch nur so gesagt.«

»Lass dich überraschen. Nur das mit der Schleife an der richtigen Stelle kann ich dir nicht garantieren.«

Es klingelte an der Tür, und Emma lief aufmachen. Sie drehte sich um und sah Eric aus dem Wohnzimmer spähen.

Als sie die Tür öffnete, stand draußen Manuel, der ihr um den Hals fiel und sie auf die Wangen küsste.

»Diese Woche hier kann ich wirklich gebrauchen. Danke, danke, danke.«

»Ich habe dir vergessen zu sagen, dass es da einen Freund von mir gibt, den du unbedingt kennenlernen musst. Er wartet im Wohnzimmer auf dich, und ich dachte mir, ich lasse euch besser allein.«

Manuel sah sie mit großen Augen an. »Erklär mir das.«

Dazu kam es aber nicht, da Eric aus dem Wohnzimmer trat. Emma stellte mit Befriedigung fest, mit Manuel, zumindest was das Aussehen anging, seinen Geschmack getroffen zu haben. Alles andere mussten die zwei ohne sie erkunden.

74

Es war ein Sommer in Brighton, wie er nur alle paar Jahre vorkam: heiß mit vielen Sonnentagen.

Emma war bis in die dritte Septemberwoche ausgebucht. Ihre Tage waren lang und anstrengend, und weil er nicht mehr jeden Abend bis in die Morgenstunden servieren wollte, arbeitete Eric für sie im B&B, half beim Frühstück und machte mit ihr die Zimmer.

Vor allem an den Wochenenden wollte er Zeit haben, wenn Manuel am Freitagnachmittag eintraf und am Sonntag erst den letzten Zug nach London nahm.

»Ist es gut oder schlecht, dass meine Traurigkeit weniger wird?«, fragte Emma Patricia bei einem ihrer vielen Treffen am Strand.

»Wieso schlecht?«

»Weil ich vielleicht vergesse.«

»Du heilst«, hatte Patricia dazu nur gesagt.

Als Emma den Brief mit Pauls Handschrift in der Post fand, bekam sie das gleiche Herzklopfen wie früher. Der Brief trug ihre volle Adresse, hatte eine Briefmarke, und laut Poststempel war er in London aufgegeben worden. Absenderadresse stand keine. Sie schlitzte ihn mit dem Brieföffner auf, zog die Blätter heraus, faltete sie auf und setzte sich an ihren Schreibtisch.

Meine liebe Emma,

verzeih mir, dass du erst jetzt von mir hörst, aber es hat gedauert, bis ich wieder sitzen konnte und meine Hand mir gehorcht und schreibt, was ich möchte. Das ist ein Brief, den ich niemandem diktieren kann. Dir, Emma, schreibe ich selbst.

Danke für den wunderbaren Brief, den du mir ins Krankenhaus geschickt hast und den ich jeden Tag lese.

Ich denke ständig an dich. Beim Aufwachen, wenn mir das Frühstück gebracht wird, wenn mein Tag voller Behandlungen beginnt, wenn er zu Ende geht und wenn ich oft schlaflos im Bett liege.

Ich stelle mir dich vor, und das rettet mich davor, in Grübeleien zu verfallen, in Selbstvorwürfe und in meine Wut auf das Schicksal.

Das Reha-Zentrum, in dem ich hier bin, erscheint mir wie die moderne Version einer Folterkammer. Therapeuten machen mit mir schrecklich schmerzhafte Übungen und versichern mir ständig, es wäre alles zu meinem Besten und für meine Genesung.

Ich fühle mich in den Zustand eines Einjährigen zurückversetzt, der Laufen lernen soll. Die Ärzte und meine Eltern verbreiten viel Optimismus, aber ich weiß nicht, ob ich ihnen glauben kann.

Die Liste der Verletzungen ist lang: Mein Becken ist gebrochen, mein Oberschenkel auch, mein Gelenkskopf gesprungen, mein Knie zertrümmert, der andere Knöchel ebenfalls. Was aber das Schlimmste ist, ein Wirbel hat einen Schaden abbekommen und mich zum Krüppel gemacht.

Die Ärzte haben es nie ausgesprochen, aber es besteht die Möglichkeit, dass ich nie wieder werde laufen können und ein Leben lang im Rollstuhl sitze. Derzeit sind meine Nerven vom Bauch abwärts noch immer taub. Angeblich können sie wieder zu neuem Leben erwachen, aber es gibt keine Garantie dafür.

Ich habe beschlossen, dir das Leben mit einem Krüppel zu ersparen. Du warst so ein Lichtblick für mich, und ich bin dankbar für jeden Moment, für jedes Wort.

Diese Erinnerungen geben mir Kraft und Mut, denn ich will nicht aufgeben. Aber mein Kampf kann vergeblich sein, und in diesem Fall möchte ich dich nicht belasten. Bitte versteh das, bitte sieh es als meine größte Achtung vor dir. Bitte akzeptiere diesen Entschluss.

Ich bereue es sehr, dass ich meinen Eltern so viel Kummer nach dem Tod meiner Frau Angie und meiner kleinen Tochter Nora bereitet habe. Etwas, das ich bei dir nicht wiederholen möchte.

Manchmal trifft man Menschen aus einem Grund, manchmal um ein Stück des Weges gemeinsam zu gehen. Manchmal, wenn man viel länger beisammen bleiben möchte, sagt das Leben nein. Diese Grausamkeit werde ich nie verstehen.

Pass gut auf dich auf, Emma.

Danke.
In Liebe, dein Paul

In den Tagen danach wartete Emma immer ungeduldig auf die Post.

Die Tage wurden zu Wochen. Aber von Paul kam kein Brief mehr.

75

Emma erwachte um kurz nach acht Uhr am Morgen. Vor ihrem Fenster lieferten sich zwei Möwen einen erbitterten Kampf mit viel Geschrei.

Das war es also. Sie war nun offiziell dreißig Jahre alt. Oder jung, wie ihr Eric vor zwei Tagen versichert hatte.

Da sie um kurz vor drei Uhr morgens zur Welt gekommen war, hatte sie keine Möglichkeit mehr, die letzten Stunden in ihren Zwanzigern zu genießen. Sie dachte an ihren Vater und an die Ausrede, die er benutzt hatte, um sich vor seinen Geburtstags-Gästen zu verstecken.

Nachdem sie sich ausgiebig gestreckt hatte, setzt sich Emma auf. Durch die Fensterläden kam ein wenig Sonnenschein, ein schöner Tag kündigte sich an. Sie mochte den Herbst in Brighton fast mehr als den Sommer.

Emma griff nach ihrem Handy und schaltete es ein.

Ein mehrfaches Ping ping.

Zahlreiche SMS trafen ein. Sie las eine nach der anderen, löschte die meisten aber wieder. Sie waren von Menschen aus ihrem früheren Leben, die ihr ein knappes Happy Birthday schickten. Wahrscheinlich hatte sie Facebook an ihren Geburtstag erinnert.

Emma stand auf und putzte sich die Zähne. Danach ging sie hinunter, um sich in der Küche Tee zu kochen. Gäste waren keine da, erst zum Wochenende waren drei Zimmer belegt.

In der Diele fand sie auf dem Boden mehrere Briefe. Sie hob sie auf, und wieder meldete sich die leise Hoffnung, einen Brief von Paul zu finden.

Zwei Werbungen für Sonderangebote in Restaurants, die Gas- und Stromrechnung und drei Karten. Es waren Glückwünsche von Menschen, die hier im Cherry Tree gewohnt hatten, Gäste, denen Emma von ihrem Geburtstag erzählt haben musste.

Die lustigste Karte war von Jacob und Adele, dem alten Ehepaar, das einst seine Flitterwochen in Brighton verbracht hatte. Sie waren drei weitere Male gekommen und immer vier Nächte geblieben.

Gratulation zu lächerlichen 30!

Dieser Glückwünsch stand auf der Rückseite eines Fotos, das Jacob und Adele im Hochzeitspavillon in Hove am Rande des Strandes zeigte. Er war 81, sie 79. Der dreißigste Geburtstag musste ihnen wirklich unendlich weit entfernt vorkommen.

Im Wohnzimmer stellte Emma die Karten auf dem Sims über dem Kamin auf. Eine weitere SMS traf ein. Als sie den Namen des Senders las, war sie sehr überrascht.

Damian!

Damian

Bleib sexy!

Alles Gute,

Damian

Sie erinnerte sich, über Sternzeichen gesprochen zu haben, und dabei hatte sie natürlich ihren Geburtstag erwähnt. Wie freundlich, dass Damian ihn notiert hatte.

Sie schickte ihm ein Danke samt Küsschen-Smiley zurück.

Für diesen Tag hatte Emma einiges geplant. Sie wollte in die Lanes gehen und sich den knallroten Blazer kaufen, den sie in einem Laden im Schaufenster gesehen hatte. Das war ein Geschenk an sich selbst. Ein langer Spaziergang am Strand war vorgesehen und außerdem ein Besuch im Heimwerkermarkt. Sie brauchte neues Werkzeug und wollte sich einiges einmal ansehen. Im Winter gab es im Haus vieles zu reparieren.

Um sechs Uhr am Abend würden ihre Gäste eintreffen. Eine kleine Runde, auf die sie sich freute.

Der Tag verstrich ruhig und sonnig. Emma war mit sich so zufrieden wie schon lange nicht mehr. Zu Neujahr hatte sie noch mit Entsetzen ihrem runden Geburtstag und der schrecklichen Bilanz, die sie an diesem Tag ziehen würde, entgegengeblickt.

Aber die Bilanz war nicht so übel. Sie hätte gerne auf einiges in den vergangenen Jahren verzichten können, aber das Leben war kein Wunschkasten, in den man einwarf, was man gerne hätte. Sie hatte gelernt, die Dinge zu nehmen und das Beste daraus zu machen.

Auch wenn es mordsmäßig anstrengend war.

Als Erste traf Patricia ein. Ihr Haar war offen, und es wirkte, als würde zuerst diese mächtige Kraushaarmähne in die Diele schweben und dann erst Patricia. Sie überreichte Emma eine schwere Statue aus Bronze, die einen dicken Buddha mit Espressotasse in einer Hand und Handy in der anderen darstellte.

»Ein Leben, das dich vor Freude tanzen lässt, und die Ruhe, die dieser Buddha hat«, wünschte sie ihr mit vielen Wangenküssen und einem mehrfachen Drücken.

Die Nächsten waren Eric und Manuel. Beide herzten Emma, und Eric flüsterte ihr »danke, danke, danke« ins Ohr. Sie brachten zwei Orchideen, zwei Kerzenhalter samt Kerzen und zwei große Teetassen.

»Gutes Feng Shui«, erklärte ihr Manuel mit seinem wunderbaren Akzent. »Alles doppelt zu haben, zeigt dem Universum, dass wir für ein Leben zu zweit bereit sind.« Er legte den Arm um Erics Schultern, der sich sofort an ihn schmiegte. Die zwei waren seit Juli unzertrennlich und überlegten, ob Eric nach London ziehen sollte oder Manuel nach Brighton.

Beim nächsten Klingeln stand ein Blumenstrauß vor der Tür. Es war der größte, den Emma jemals gesehen hatte. Dahinter kam Jeremy zum Vorschein.

»Die besten Glückwünsche«, sagte er förmlich, wie er eben so war. Emma nahm ihm die Blumen ab, deren Gewicht ihre Arme nach unten sacken ließ. Danach küsste sie ihn links und rechts und lud ihn ein, weiter ins Wohnzimmer zu gehen.

Lionel und Madonna kamen ebenfalls. Lionel sogar ohne Perücke und Kleid, Madonna in einem Kaftan mit breiter roter Schleife um den Bauch, auf die elektrische Kerzen genäht waren.

»Dreißig«, verkündete Madonna gurrend. Lionel hantierte an ihrem Rücken, und die Kerzen leuchteten alle auf.

»Happy Birthday!«, riefen die zwei im Chor. Die Kerzen blinkten.

Emma drückte Madonna etwas unbeholfen und so, dass sich ihre Bäuche nicht berührten, da sie die Pracht nicht beschädigen wollte.

Lionel reichte Emma einen schweren Karton. Sie riss das Papier an der Seite auf und sah sofort, was das Geschenk war: eine Bohrmaschine, die sie sich an diesem Tag nicht gekauft hatte, weil sie ihr zu teuer gewesen war.

Arnold und Fiona trafen ein – Arnold brachte als Geschenk einen geschmackvollen Silberarmreif, den Emma sofort anlegte. Als er auch noch das Wohnzimmer betrat, war es dort schon recht voll.

Emma hatte Champagner bereitgestellt, kleine Häppchen und Chips. Später würde es Lasagne geben, die in der Küche noch ins Rohr geschoben werden musste.

Patricia deutete auf drei weitere Champagnerflöten. »Wen erwartetest du noch?«

Da läutete es schon wieder, und Emma öffnete. Draußen standen ihre Eltern und Amelie.

»Harald lässt sich entschuldigen und schickt viele Grüße«, sagte Amelie als Erstes.

»Schön, dass ihr kommen konntet.« Emma ließ die drei herein. Ihre Mutter hauchte zwei Küsschen, Amelie drückte sie ungestüm, und ihr Vater hielt sie an den Schultern, sah ihr in die Augen und sagte: »Alles Gute zum Geburtstag, Emma. Wir sind sehr stolz auf dich und das, was du hier alles geschafft hast.«

Emmas Vater hatte sie erst vor ein paar Wochen besucht und ihre Arbeit bewundert. Vor allem aber brachte er einige Nachrichten.

Die erste war, dass die Scheidung endgültig erledigt war und Philip außerdem nicht ungeschoren davonkommen würde. Philip hatte keine Macht mehr über sie, da die steuerlichen Themen, auf die er angespielt hatte, geregelt waren. Die Strafe wegen der Schlägerei in Brighton war saftig ausgefallen. Die Anwälte hatten von ihm einen Großteil des unterschlagenen Geldes zurückgeholt und die Eltern dafür auf eine weitere Anzeige und einen Prozess verzichtet, der für ihn mit einer Gefängnisstrafe hätte enden können.

Die zweite Nachricht betraf Nell, die nicht beabsichtigte, in der näheren Zukunft nach England zurückzukehren. Sie arbeitete als Yogalehrerin in Indien, und es gefiel ihr dort wesentlich besser als im kalten Brighton. Emma sollte das B&B noch eine Weile weiterführen.

Ihr Vater reichte ihr beim Eintreten einen Umschlag mit den Worten: »Unser Geschenk für dich und deine Zukunft.«

Was da wohl drinnen war? Sie führte die Eltern ins Wohnzimmer und stellte sie den anderen vor. Ihre Mutter hob die Augenbrauen, als sie Eric mit Manuel sah, aber Eric ging sofort auf sie zu und streckte ihr die Hand hin. »Wir kennen uns vom wunderbaren Geburtstagsfest Ihres Mannes. Und das ist mein Mann.« Damit zeigte er auf Manuel.

Es war Emmas Mutter anzusehen, dass sie diese Enthüllung kurz verdauen musste. Sie dachte am liebsten in Kategorien, und Eric hatte bisher in der Schublade »Liebhaber von Emma« gelegen.

In der Diele öffnete Emma den Umschlag, zog ein gefaltetes Dokument heraus und las es. Eine Minute später ließ sie es sinken, ging ins Wohnzimmer und strecket es ihrem Vater hin.

»Im Ernst?«

Er nickte.

»Aber nicht, weil wir dich loswerden wollen. Sondern nur, weil du hier Freude hast«, beeilte sich ihre Mutter hinzuzufügen. »Du scheinst uns glücklicher als früher, daher hatte dein Vater die Idee, und da doch finanziell…«

Emmas Vater deutete ihr, einen Punkt zu machen.

»Danke«, sagte Emma, noch immer fassungslos.

Patricia kam näher und warf einen Blick auf das Schriftstück in Emmas Hand. Sie stieß einen Pfiff aus und sagte: »Es überrascht mich nicht ganz, weil die Tarot-Karten so etwas für dich gesagt haben. Ich wollte es dir aber nicht verraten.«

Ihre Eltern hatten das B&B für Emma von Nell gekauft und unter ihrem Namen ins Grundbuch eintragen lassen.

Eric ließ den Champagnerkorken knallen und füllte gekonnt die Gläser. Emma reichte jedem ihrer Gäste eines, und alle stießen mit ihr an. Jeremy begann Happy Birthday zu singen, und die anderen fielen ein. Er sang unglaublich falsch, schien es aber selbst nicht zu bemerken.

Seine Konversationskünste waren in diesem Moment sehr willkommen, da er sofort mit Emmas Eltern zu reden anfing und sogar ihre Mutter einmal zuhörte. Eric und Manuel unterhielten sich mit Patricia darüber, ob sie sich einen kleinen Blick in die Zukunft bei ihr gönnen sollten. Könnte das bei ihrer Entscheidung helfen? Madonna und Lionel überprüften die Qualität der eigenen Arbeit an den Wänden und den Möbeln.

In der Küche schob Emma die Lasagne ins Rohr. Als sie die Klappe des Backrohrs schloss, ging oben der Türgong.

Wer könnte jetzt noch kommen? Eingeladen hatte sie niemanden mehr, aber in Brighton gab es immer Überraschungen.

Emma öffnete und schlug die Hand vor den Mund.

76

Am anderen Ende des Windfangs, dort wo die Stufen vom Gehsteig nach oben kamen, stand auf zwei Krücken gestützt Paul. Sein Haar war länger als im Sommer, seine Gesichtsfarbe gesünder.

Emma ließ die Hand sinken und wollte etwas sagen, aber er deutete ihr, es nicht zu tun. Als sie eine Bewegung auf ihn zu machte, gab er ihr ein Zeichen zu bleiben, wo sie war.

Paul lehnte eine Krücke an das Metallgeländer, atmete kurz durch und stellte dann die andere dazu. Leicht schwankend stand er da, und Emma fürchtete, er könnte rücklings die Treppe hinunterstürzen. Mit etwas verkrampftem Lächeln setzte Paul den linken Fuß vor den rechten. Er verharrte kurz und machte dann einen Schritt mit dem rechten Fuß.

Sehr langsam, ständig das Gleichgewicht suchend, kam er auf sie zu. Seine Schritte waren klein, aber sie brachten ihn bis zu Emma, die ihn mit Tränen in den Augen anstarrte.

»Geburtstage vergesse ich nie«, sagte Paul. Er stolperte leicht und musste sich an ihr abstützen. »Die Ärzte sagen, wenn ich so weitermache, dann werde ich in einem Jahr wieder fast normal gehen können. Und meine Nerven, die sind wieder erwacht. Hier unten.« Er deutete mit einem jungenhaften Grinsen auf seine untere Körperhälfte.

Noch immer brachte Emma kein Wort heraus. Er richtete sich auf und hielt sie an den Schultern. »Alles Gute, Traumfrau. Alles Gute zum Geburtstag.« Paul beugte sich zu ihr vor und küsste sie zart auf den Mund. Ihre Lippen bebten. Der zweite Kuss war fester und drängender und Emma erwiderte ihn herzlich und innig. Sie umarmte ihn, und die zwei hielten einander einfach nur fest.

»Darf ich reinkommen?«, fragte er leise.

»Ich habe ein kleines Fest.«

»Ich will nicht stören.«

»Spinnst du, du bist der wichtigste Gast.«

»Das ist übertrieben.«

Emma grinste. »Stimmt, der wichtigste ist das Geburtstagskind.«

Paul stützte sich auf ihre Schulter und ging mit langsamen Schritten durch die Diele zum Wohnzimmer. Als sie dort in der Tür standen, verstummten die Gespräche. Alle Köpfe drehten sich zu ihnen.

»Oh mein Gott«, entfuhr es Patricia.

Eric lächelte selig und voller Freude für seine sicherlich beste Freundin in Brighton.

Emmas Mutter sah fragend zu ihrer Tochter und dann zu Amelie, die aber nur mit den Schultern zucken konnte. Sie wusste nichts.

Jeremy wirkte ein wenig, als hätte ihm gerade jemand ein Spielzeug weggenommen. Er musste wohl einsehen, dass seine Chancen bei Emma damit endgültig verschwunden waren.

»Das ist Paul«, sagte Emma.

»Hallo.« Paul hob eine Hand und nickte in die Runde.

Nacheinander kamen nun alle, er wurde geküsst und gedrückt, und manche schüttelten einfach seine Hand.

»Auf das Universum, die Liebe, die Gesundheit und all das Schöne, mit dem man im Leben rechnen muss.«

Patricia hob ihr Glas und alle anderen auch. Sie stießen mit Paul an, der neben Emma stand, den Arm auf ihrer Schulter.

Sie sah ihn von der Seite an, fühlte sich so glücklich wie vielleicht noch nie, und so vertraut, als wäre Paul schon lange hier bei ihr.

»Riecht es hier angebrannt?«, fragte Manuel.

Die Lasagne!

Eric stürmte nach unten in die Küche. Ein paar Minuten später kehrte er mit der Meldung zurück, dass Emma wohl besser Pizzas bestellen sollte.

So saß die Geburtstagsgesellschaft eine Stunde später im Frühstücksraum, und Eric zerschnitt die gelieferten Pizzas. Emma verteilte sie auf Tellern an die Gäste.

Patricia stieß völlig unerwartet einen Schrei aus, der alle zusammenzucken ließ. »Das Wichtigste jetzt auf der Stelle.«

Emma sah sie verwundert an. Was meinte Patricia?

»Paul, wieso wusstest du, was Emma schreibt? Den ersten Brief hast du gefunden, das wissen wir.«

»Und einen zweiten habe ich aus dem Papiercontainer gezogen«, gestand er verlegen.

»Jaja, aber die Briefe, die sie in ihren Schreibtisch eingeschlossen hat. Wie konntest du wissen, was drinnen steht?«

Emma, die neben Paul stand, ließ sich auf den Stuhl sinken und war nun auch sehr auf die Antwort gespannt.

»Ich bin, wie du weißt, alles andere als perfekt«, sagte er und sah dabei vor allem Emma an. »Ich wurde mit einer Hörstörung geboren. Als ich neun Jahre alt war, gab es eine neue Operationstechnik und seither habe ich auf meinem rechten Ohr fast hundert Prozent Hörfähigkeit, auf dem linken zumindest sechzig.«

»Ja und?« Patricia ließ nicht locker.

»Ich habe als Kind Gebärdensprache gelernt und Lippenlesen. Nachdem mir der Wind deinen Brief gebracht hat, bin ich oft an deinem Haus vorbeigegangen. Ich hatte damals viel Zeit. Immer habe ich Ausschau gehalten, ob du wieder im Erker am Fenster sitzt. Ich bin dabei aber immer versteckt hinter den Autos gestanden.«

»Dort habe ich dich einmal bemerkt«, erinnerte sich Emma.

Paul gab ihr Recht. »Als du dann deine Schlüssel verloren hast und ich sie Arnold gegeben habe, damit sie nicht einfach nur im Windfang liegen und sie dort jemand findet.«

»Aber wie hast du herausgefunden, was Emma schreibt?«, drängte Patricia, die das Ende der Geschichte zu erahnen glaubte.

»Du sprichst alles mit, was du schreibst, Emma.«

Ihre Mutter rief: »Das stimmt! Die Lehrer haben sich immer darüber beschwert. Wir mussten ihr Heftpflaster über den Mund kleben, für Schularbeiten.«

»Wenn ich Emma beim Schreiben beobachtet habe, dann konnte ich viele Worte und ganze Sätze von ihren Lippen ablesen«, erzählte Paul und lächelte Emma an. Sie waren beide noch zu verlegen, sich vor den anderen zu küssen, auch wenn ihnen danach war.

»Im richtigen Moment am richtigen Ort, vom Kosmos perfekt organisiert«, stellte Patricia fest.

Emma formte für Paul mit dem Mund lautlos ein paar Wörter.

Paul antwortete ebenfalls mit stummen Lippenbewegungen.

»Das kann sogar ich lesen«, platzte Amelie heraus. »Er hat ›Ich dich auch!‹ gesagt.«

DANKE

Danke sage ich dem Leben, das mir eine wirklich schreckliche Zeit geschickt hat. Eine traurige Trennung nach 19 Jahren mit einem Mann, der für mich Partner, Freund und Verbündeter gewesen war, Probleme im Beruf und große Einsamkeit waren die Folge.

Danke sage ich deshalb, weil aus dieser Zeit, die man durchaus als Krise bezeichnen kann, die wahrscheinlich schönste Zeit meines bisherigen Lebens erwachsen ist.

Weil ich so allein war, habe ich selbst begonnen, jeden Tag einen Brief an meinen Partner der Zukunft zu schreiben. Es war in Griechenland, wohin ich von Freunden eingeladen worden war und mich dort unendlich einsam gefühlt habe. Damals habe ich begonnen, an jemanden zu schreiben, den ich nicht kannte. Täglich habe ich ihm erzählt, was sich bei mir alles getan hat, was ich mir von unserem Leben wünsche und dass ich hoffe, dass es ihm gut geht.

Ich habe auch immer wieder Vermutungen dazugeschrieben, wer er sein könnte. Je nach den Männern, die gerade in meinem Leben aufgetaucht sind. Meine Fehlerquote lag bei hundert Prozent.

Das angenehme Gefühl, das mir diese Briefe aber vermittelt haben, das ist unvergesslich. Ich habe sie alle aufgehoben, und als ich sie vor einiger Zeit gelesen und mit meinem jetzigen Leben verglichen habe, war ich mehr als überrascht: So vieles, was ich in den Briefen über mein zukünftiges neues Beziehungsleben beschrieben habe, war Wirklichkeit geworden.

Es waren nicht die Details, die zählten, sondern das Lebensgefühl, das sich genau so eingestellt hat.

Damals habe ich mir in meiner wilden Schriftsteller-Fantasie manchmal vorgestellt, wie es sein würde, wenn plötzlich eine Antwort auf meine Briefe käme. Das war der Beginn für diesen Roman.

Die Menschen darin sind nur zum Teil erfunden, denn in den zwei Jahren, die ich selbst in Brighton gelebt habe, sind mir viele begegnet. In meinem Kopf sind sie zu den Personen gewachsen, die ich hier beschreibe. Menschen, die im Roman vielleicht übertrieben erscheinen, sind wahrscheinlich diejenigen, die es genau so gibt.

Danke sage ich meinem Verleger Bernhard Salomon, der sich so sehr für meine Ideen begeistert, dass er mir damit Kraft und Schwung gibt. Danke dem Team der edition a für die angenehme Betreuung und liebevolle Gestaltung meiner Bücher.

Danke meinem Manager Markus Singer, der es versteht, rund um mich alles so einzurichten, dass ich in Ruhe und mit größter Freude schreiben kann.

Mein ganz besonderer Dank aber an meinen Mann Ivo für seine Unterstützung, seinen Rat und für die viele Freude, die er mir bereitet. Wir genießen jeden Tag, seit uns das Leben in Brighton zusammengeführt hat (vielleicht durch meine Briefe). ;-)

Thomas Brezina

Tu es einfach und glaub daran –
Wie du mehr Freude in dein Leben bringst

Was können wir tun, wenn uns die Welt, in der wir leben, nicht mehr gefällt? Wie finden wir die Liebe, wenn wir einsam sind? Wie schaffen wir es, im Moment zu leben? Mit 40 Millionen verkauften Kinderbüchern prägte Thomas Brezina die Kindheit einer ganzen Generation. Sein erster Ratgeber über Freude im Leben stand monatelang auf den österreichischen Bestsellerlisten.

Gebundene Ausgabe
272 Seiten
ISBN: 978-3-99001-284-0
20 Euro

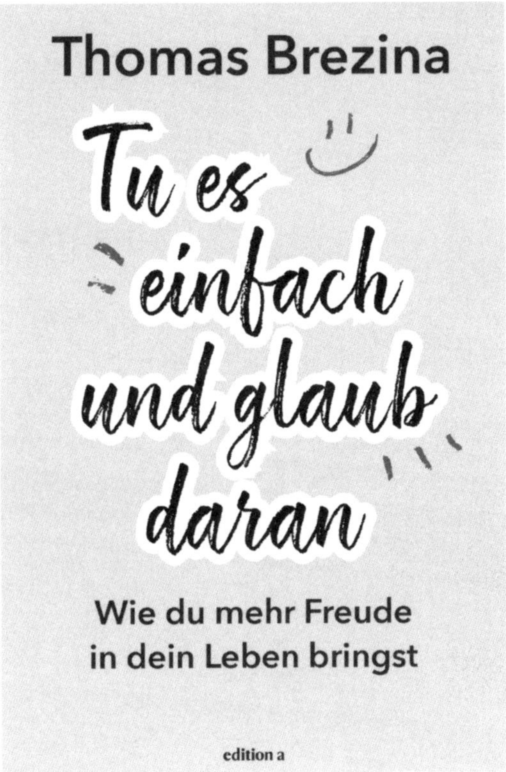
Thomas Brezina
Tu es einfach und glaub daran
Wie du mehr Freude in dein Leben bringst
edition a